我想和你一起生活在某个小镇

我想和你一起生活在某个小镇，
一起饮用那无尽的黄昏
和连绵不绝的钟鸣。
在小镇的旅店里——
古老的钟敲出渺茫的响声
像轻轻嘀嗒的时间。
黄昏，偶尔有人在顶楼的某个房间
倚着窗子吹笛。
窗口盛开着大朵大朵的郁金香。
——此时如果你不爱我，我也不会介意。

（作者：茨维塔耶娃）

这就是我想过的生活

I WANT THE LIFE LIKE THIS

车凤
王树兴
著

中国致公出版社
China Zhigong Press

序 言

（一）我们都在寻求一种活法

稻盛和夫有一本很精彩的书，名字就叫《活法》。仔细想来，身边所有的美满与不幸、健康与疾病、宽和与狭隘、激昂与落寞、苛责与感恩、确认与否定……莫不是与我们的活法有关。

冯友兰先生曾经把所有人的人生境界分为四类：第一种人活在“自然境界”中，比如原始人和婴孩。他们只是依靠本能生存，没有“觉解”，饿了就吃困了就睡，没有太多的奢望也没有什么复杂的思想，当然，更谈不到什么人生意义。第二种人活在“功利境界”中，他们做事情有着明确的功利目的，只去选择那些对自己有好处的事情，带有明显的利己主义倾向。当然，这

种利己不见得一定对他人产生损害。第三种人可以活到“道德境界”，他们能够认识到自己是社会整体的一部分，用儒家的话讲是“正其义不谋其利”的，他们做事会遵循一种道德标准。第四种人，是人类群体中境界最高的，他们能够意识到在人类社会的整体之上，还有一种更大的存在，就是宇宙，所以这种境界叫作“宇宙境界”，也叫“天地境界”。

事实上，任何人的活法，都是由他所拥有的人生境界所决定的，活法的背后就是我们对于生活、生命、自然、宇宙的看法。它归根结底是一种价值观，是一种人人在用毕生寻找和确认的密码。固然一个人的活法会受到很多现实条件的制约，但是多数人总还是有的选择。我们身边的每一个人，从健身、旅行、搬家到换工作、出国留学、做志愿者，甚至于相亲，这一桩桩一件件大大小小的事情，无一不在体现一个人对于自己活法的选择和追求。

作为中国古人的“四书”之首的《大学》，其开篇就讲：“知止而后有定，定而后能静，静而后能安，安而后能虑，虑而后能得。”这里面的“止”，不是停止，而是人生的目标和方向，我们选择何种活法，是由我们的“止”决定的。我们这本书，本质上也是两个作者在寻找、尝试和确认一种活法。

（二）物质时代的罪与苦

被称为“最后的儒家”的梁漱溟先生认为，人类面临着三大问题，顺序错不得，先要解决人和物之间的问题，接下来要解决人和人之间的问题，最后一定要解决人和自己内心之间的问题。从这个角度讲，我们对于生活的讨论，其次序必定要从人和物之间的关系开始。

人与物的关系，一是人与环境的关系，另一个是人与物质的关系。

中国古人讲究“天人合一”。《周易》上说：“与天地合其德，与日月合其明，与四时合其序，与鬼神合其吉凶。”中国文化和价值观念的核心之一就是个“和”字，不仅是人与人之间态度的和善，更有人与环境、自然宇宙的和谐、应和。然而，时至今日，我们所看到的却是太多不和谐的音符。人们对于环境的破坏已经产生了有目共睹的严重后果，绝大多数中国人都在遭受环境污染的困扰和罪苦。

从冯友兰先生划分的“人生四境界”不难发现，处在自然境界和功利境界中的人是依照本能，为了满足自己的私利做事，所以他们必定是狭隘和自私的，有时也是非理性的。对他们而言，人对于外物就是占有和使用的关系，他们看不到人只是万物的一个小小局部，表现出贪婪和自我，且鼠目寸光，难以关注到更多人，包括他们的子孙后代的长远利益和福祉。事实上，所有对环境施加了负面影响的个体，本身也在承受着自己不明智行为带来的后果。洁净和安全的空气、水、粮食，这些都是人类最基础的需要，而我们现在却并不能轻易享用到它们。

物质的丰富和精神的充实并不总是在同一方向上，有时甚至背道而驰。近代以来，随着西方工业化的高速发展及其向世界迅速推广，世界各处都出现了重科技而轻人文的异化倾向。人们关注的重心就是在科技推动下去改变外在世界，与此同时，却忽视了对人的精神需求的关注。有人曾经这样总结社会几十年来的发展：前三十年人们发现了斗争，后三十年发现了金钱，现在则发现了成功……按照现在的成功学逻辑，如果你没有赚到豪宅、名车、年入百万，如果你没有成为他人艳羡的成功人士，就证明你不行，你犯了“不成功罪”。

为什么经济和科技的发展、物质的富有带来的却是人类精神的贫穷和困境呢？首先，当我们回顾人类文明史，会看到“文艺复兴”把人从宗教和神权禁

锢中解放出来的一段历史；近代物质文明的飞速发展，却又让作为天之骄子的人类陷入新的禁锢中。科技井然有序地建构、开拓了我们的外在世界，使人类感到空前的方便和舒适，但人类同时也完全陷入其严格的控制之下。最简单的一个例子就是手机。生活中，我们每个人现在最亲密的伙伴就是手机，每天早上醒来第一件事就是拿起手机，晚上也是在手机陪伴下入睡，甚至坐在马桶上也要由它来陪伴。人的主动性和自由精神，就这样在日复一日方便舒适的享受中不知不觉地丧失了。人们在这种物质的异化中变得越来越孤独，亲人和朋友之间的人际交流也越来越少。有太多的人，在赢得辉煌的外在世界的同时，内心却越来越感到空虚和失落。

另一方面，对物质的追求和依赖让人盲目，也产生巨大的压力和不满足。有一本叫《流行性物欲症》的书，其中有这样一段非常经典的论述——“在中世纪，欧洲人的精神支柱是高耸入云的哥特式大教堂，而在当今的美国文化里，唯一能和哥特式大教堂并肩的，便是超级购物中心。像是得了精神上的艾滋病，面对琳琅满目的商品，人们在意志力方面纷纷丢盔卸甲，丧失了免疫力。”为了商业的利益需求，传媒和广告营造了一种物质等同于幸福的假象，鼓荡着人们的欲望。以物质为导向的生活，又会让人们有意无意地去和别人比较。当你住上了100平米的大房子，你突然发现曾经混得不如你的人已经住上了别墅；当你刚想在朋友圈分享去云南的旅行照片，你发现一个同事发了去马尔代夫度假的美图。这种比较带来的不平衡是永恒的，因为世界首富只有一个。如何最快、最多地获取物质资源和金钱，成为人们最关注的事情，也成为人们背负的最大压力。

当赚钱这件事变成人生最重要的部分，人们不再有时间去过悠闲的生活，去享受美，感知自然。有多少人还能看到生活中细微的美？能够品出一盏茶的回甘，能够发现一朵花的含苞，能够慢慢地看一朵天边变幻的云朵？著名文化学者蒋勋说："活得像个人，才能看见美。"一个人首先要活出一种滋味、一种兴致，才会有满足感和幸福感，并且自足的状态生成以后，才有可能去奉献美、布施爱。

当一个人认为一切的物质都是工具化的，是为我所用的，就会直接造成一种自大和狂妄之心，缺乏对环境、对自然宇宙的敬畏之心。老牌资本主义国家今日所享用的物质财富，来源于其500多年的历史积累，其中的原始积累长达300年，而我们的积累才刚刚开始。这就导致了别人300年的焦虑，要让我们在30年内消化。

物质化的社会还造成了另外一个直接的后果，就是人与人之间关系的物化和异化。当人们把大部分的精力都放在追逐物质、享受物质的时候，人与人之间的冷漠和隔膜必然出现。不管是同事、邻里之间，还是师生、朋友甚至是亲人之间，人们逐渐丧失了往日的亲密、信赖和相助。在大城市里，没有人能够做到随时开门迎客，款待任何来访者。我们可以很清晰地发现一个现实：在这个物化的社会环境中，人人内心都是孤独的，朋友们在一起的时候，大家都在看自己的手机，面对面也无话可聊。

当金钱比感情重要，道德的标准便会一降再降，"一诺千金"的人甚至会被很多市侩者嘲笑。为了利益，人们不惜出卖一切可以出卖的东西，也正因如此，造假货、说假话都已经成为一种普遍现象，人与人之间的信任和安全感不复存在。诗人北岛在40年前曾经在诗中呐喊"我不相信"，如今我们每个人都在日常生活中体味着另一种"我不相信"——我们不相信食品是安全的；我们不相信教育是公平的；我们不相信媒体是诚实的；我们不相信医生是尽职的；我们不相信官员是廉洁的；我们不相信水是清洁的；我们不相信空气是干净的……唯利是图让人们的信仰只剩下金钱，彼此间的信任荡然无存。

社会学家齐美尔曾说：“信任是社会中最重要的综合力量之一。没有人们相互间享有的普遍信任，社会本身将瓦解。现代生活远比通常了解的更大程度上建立在对他人诚实的信任之上。”一个人也好，一个社会也罢，想去寻求幸福，必然要建立在对他人和世界起码的信任之上。

（三）城乡协调与中国人的文化根脉

习近平总书记提出的“中国梦”理想，既是国家的梦想，更是千千万万普通民众的梦想。中国梦的实现，不仅是人民物质生活的极大改善，更要依托于每一个普通公民能够安居乐业，并且找到内心的安定。从民族性格和文化基因来讲，中国人是世界上最重视“家”的概念的群体，从城市到乡村，建设和打造一个什么样的家园，牵系着每个人的切身幸福和梦想的实现。

关于文化的定义有无数种，其中有一种是这样的：文化是一种包含精神价值和生活方式的生态共同体，它通过积累和引导，创建集体人格。这个定义的解释能力非常之强，几乎可以让我们在最短的时间里明白一种本质，就是一个地区与另一个地区的差异、一个民族与另一个民族的差异、一个国家与另一个国家乃至一种宗教与另一种宗教的差异究竟是什么。

说回到我自己。自从几年前在北师大开设中国古代哲学方面的选修课程，我一直在思考中国古人的思想和智慧到底对我们今人有什么样的意义和价值。传承文化是每个人的事情，很多非物质文化遗产的继承人，他们所传承的技艺和手艺是一种有形的、看得见摸得着的传承；而乡土中的风俗、老理儿、规矩、观念等则是一种无形的传承，每个家庭中的门风和家教，是一种最接地气的传承方式。相比之下，前者是形而下的，容易引起人的兴趣和关注；后者则是形而上的，却是真正决定了人的精神价值和生活方式的。

在中国传统农耕文明社会背景里，人与人的关系是亲近的熟人社会模式，个人的存在不是独立的，而是体现在一系列的社会关系中。我们最熟悉不过的就是根据血缘和距离定亲疏，人们习惯于找亲戚、同乡、同学去交往和办事。但是随着城镇化浪潮的席卷，城市的虹吸效应带来了乡村巨大的变化，中国社会已经渐渐从儒家文明框架下的熟人社会走向现代文明的陌生人社会形态。

中国经历了世界历史上规模最大、速度最快的城镇化进程，常住人口城镇化率从 1978 年的 18% 上升到 2014 年的 55%，中国每个月都会有 3000 个自然村乡村变成城镇。人们住进楼房，用上抽水马桶，看起来过上了一种体面和现代的生活。然而，在貌似繁华的景象背后，我们却不断在发现令人悲哀的问题：城市人群之间的日渐疏离、人与人信任度的丧失、乡村伦理的坍塌、农村留守儿童的教育问题、亲情的缺失……微信圈中被大量转发的农村调查报告，每一篇都在刺痛人们的神经：不管是对于乡村凋敝无力的吐槽，还是痛心的追问，都再一次把乡村很多残酷的问题带入了人们的视野。当然，最重要的是我们在发现这些问题、无奈和罪苦之后，要寻求怎样的改变和解决思路。

农民丧失的家园，不仅是他们的屋舍土地，更是所有中国人的文化家园。家到底对中国人意味着什么？这几十年来，中国人“家”的意义到底有了怎样的改变呢?

陶渊明有诗云：“众鸟欣有托，吾亦爱吾庐。”从文化渊源来讲，中国人“家”

的概念，建立在一种人伦关系的基础之上，与西方社会截然不同。西方文明一贯强调个体价值，向往生命的飞扬和体验，而中国人的精神寄托的主体都在于家庭关系中。《大学》中的八目为格物、致知、正心、诚意、修身、齐家、治国、平天下，我们不难发现，儒家个人修养和提升的根本目标就在于先去影响家庭（家族），进而再去报效国家和影响天下。也只有中国人会把“国”和“家”两个字如此紧密地关联在一起，叫作国家。西方“国”的概念，无论是 NATION，还是 STATE，抑或是 COUNTRY，强调的不是政体就是土地的边界，只有中国人会把国看成是一个大的“家”。

《国语》曰：“同姓则同德，同德则同心，同心则同志。”家族成员因为血缘关系而形成共同的利益关联与相近的思维观念，彼此之间相互信任、相互帮助、相互扶持，有利于加强家族甚至民族的凝聚力。同时，个人通过家族获得情感和心理上的支撑，感受家族中的温暖与便利，使个人获得社会联系和社会整合，积累和提高社会资本。这种以血缘关系为纽带的家族文化已深深地融汇于整个社会关系之中，成为影响中国人价值体系的重要因素。曾几何时，“光宗耀祖”“认祖归宗”这种对家族的认同常被人们挂在嘴边，这种传统的思维模式以及现实中利益的影响，使得传统社会中的人们在很大程度上都把自身与家族紧紧地捆绑在一起。

众所周知，家族和家庭的内涵在新中国建立后开始逐渐改变。到了 1978 年，独生子女政策的发布，让中国的家庭变得越来越小，三口之家成为城市家庭的主流，代际关联也逐渐松弛。说到乡村的衰败，首先是人口的转移。很多乡村只剩下“386199 部队”：“38”指妇女，“61”指儿童，“99”指老年人。经常有人遗憾于中国传统文化中“家风家教”的失落。事实上，人口转移之后，

不仅没有了家族，甚至连家庭都不再完整，留守儿童比比皆是，更不要说三代同堂或是四代同堂。如此的家庭生活，代际互动极为有限，更不要说有何家风家教。如今，我们多数人都是失教的，我们既没有从上一代人身上得到多少教益，也无法向下一代传承经验或是教训。

另一方面，如今人们经常提到乡愁，事实上，乡愁不仅仅是文人的东西，往深里说，乡愁就是对家乡的思念，对生命起源的思念。从现实因素考量，既然中国的“熟人社会”不可逆转地走向了“陌生人社会”，人们不可能再回到以往的地缘意义上的家园，最迫切也最有可操作性的做法，或许是选择性地吸取传统中的文化要素，融合进当代社会的发展与治理模式中。不仅原有的乡村要突破家族姓氏的束缚，强调睦邻友好，在新的城市社区中，也要吸纳千百年来传统“乡风礼俗”中的优良基因，通过新的“业主委员会章程”或“社区公约”规范管理新的社区共同体，使“家”的理念在“社区公约”中彰显新的内涵，进而提高整个社区成员之间的信任度和幸福指数。

（四）一个跨专业研究课题的诞生，一个地方的示范意义

在我们这样的时代，知识分子应当如何自我定位？这一直是萦绕在我心头的一个疑问。罗曼·罗兰曾说，世界上只有一种真正的英雄主义，就是在认清生活的真相后，依然热爱它。我们无法选择自己的出身、父母，也无法选择生活在怎样的社会环境中，但是这并不代表我们只能等待——尤其是责任更重的知识分子群体。

2013年，冯小刚导演曾经炮轰“开发商没文化”，炮轰那些“加州水岸”“普罗旺斯”“格拉斯”等匪夷所思的洋名，说他们缺乏对中国文化的理解和认同。

这件事情给我留下了很深刻的印象。

社区的概念原本就发源于西方，其实大家对洋名的追捧背后，是对西方价值观念和生活方式的向往，但是西化的生活方式真的就适用于中国吗？中国人的文化基因、老祖宗留给我们的生活方式和情感方式，是我们血液里的东西，中国式的社区生活和交往模式究竟应该是怎样的？中国古人的文化传统、价值观念、生活方式等，到底还有多少应该被我们继承和融化在生活中？每个个体的中国人，究竟应该选择什么样的生活方式？

基于以上原因，三年以前，当我获得了北京师范大学社会科学处青年教师自主科研基金项目的资助时，就申报了传统文化与中国人的家园建设方面的研究课题。两年多的时间，课题小组搜集整理了大量的文字资料，也关注和实地探讨了很多社区、乡村以及个人化的案例，其中包括："把农村建设得更像农村"的河南信阳郝堂村；全国首创与业主签订文明公约，致力于建设"没有陌生人"的幸福桃源的福建泉州聚龙小镇；第一家引进国外"社区支持农业"经营模式（CSA）、由博士夫妻程存旺、石嫣开办的北京顺义分享收获农场；以"农村文化礼堂"著称的浙江省湖州市洛舍镇东衡村；自称"幸福运营商"，被外界称为"京郊富人乌托邦"的北京延庆奥伦达小镇；有理想有信仰的"基督小镇"杭州良渚文化村……在对这些各具代表性的新型生活方式、文化传承方式、人际交往方式等观察、比较、思考之后，我们惊喜地发现了让梦想照进现实的更多路径。尽管很多经验和尝试是个性化的，但是有些依托于人的经济实力和人文素养（比如奥伦达小镇的戏剧和油画特色），有些得益于历史的积淀和区域性的风气（比如东衡村曾经出过 4 个尚书、11 位进士）。总体而言，这些具有开创意义的社区和乡村，不仅用自己独特的形式主义吸引世人的眼光，更是一点一滴地积累

了很多独特理念和经验，非常值得中国千千万万社区和乡村来学习借鉴。

这些地方主要是两种居住的形态——乡村和社区。它们坐落在中国的不同省份不同城市，核心的目标却是一致的：谋求人更幸福的生活状态。目前，人们一直关注“房子”甚于关注“家”。事实上，房子只是一个载体，“家园”二字所讲的不只是房子，更关乎人的生活方式、精神寄托，人与人之间的情感关系，人对于自己文化传统和文化基因的接纳与疏离等方方面面，而这些构成了人的生活状态。除了这条线索，另一个暗含的重点是“中国传统的农耕文明 + 熟人社会”模式，如何与“现代商业文明 + 陌生人社会”进行衔接和融合的问题。毫不夸张地讲，这一命题将是中国城镇化建设最值得聚焦和深思的命题之一。在这一点上，聚龙小镇、良渚文化村等地都表现出了非常有价值的探索。

聚龙小镇是我诸多调研个案中的一个，也是我们课题小组实地调研次数最多的个案。它有很多不可复制的特色，有社区和乡村的二元统一结构，是一个在乡村的环境中生长起来的社区。它有乡绅自治的意味，有几位有情怀的主导者，有自己的“业主文明公约”，更有社区内部的“文化治理”和“人情功效”。居民虽然来自五湖四海、四面八方，但是彼此在邻里宴、社区协会、义工社等组织和场合中相熟，人们的一言一行要顾及周围人的口碑和评价。传统中的乡风礼俗与西方文明中的契约精神在这里得到了非常好的融合，所有去过聚龙小镇的人，都会强烈感受到这里像一个“道场”，每个人都在受整体氛围的熏习。

曾经有很多的业界人士到这里来学习和体验，中国房地产的龙头企业绿城就是其中一个。绿城的各级管理者已有千余人前来小镇学习和调研，并且直接借鉴了很多聚龙的社区治理模式。2016 年 2 月底，当绿城一个备受欢迎和瞩目的项目开盘，每一位购房者都会被要求签订一份《邻里公约》，这就是直接受到了聚龙小镇影响的结果。

我们太习惯于抱怨，其实社会风气不是不能改变，但改变的过程中绝对是没有快捷键的。开风气之先是一种使命，改变或是影响一种固有的风气同样是一种使命。一个人，但凡能够建立一种意识，让自己的生活有所遵循，愿意用自己的言行影响他人，哪怕他只是个最不起眼的老百姓，都是真正令人尊敬的。

长久以来，有很多对中国感兴趣的国际观察者，由于时间、空间的限制，他们所看到和听到的中国往往是有很大局限性的。如果能有像郝堂村、聚龙小镇这样中国式的探索模式样本，我们的中国故事才能讲得更加生动、可信。这些案例，可以成为国际视野中社区研究、城乡研究乃至中国研究的非常好的范本。

感谢同道中的王树兴老师。作为一名职业作家，他以自己的敏锐观察和活泼泼的一支笔，写出了聚龙小镇很多不为我所知的故事和成因。感谢他对我的信任，愿意和我一起把这样一个世外桃源的故事讲给所有的读者朋友。行文至此，我不禁想到《沉思录》中的一段话：“追逐虚名的人把幸福寄托在别人的言辞上；贪图享乐的人把幸福寄托在自己的感官上；而有理智的人，则把幸福安置在自己的行动之中。”相信王老师和我一样，愿意把观察中国、表达中国当成自己的兴趣，愿意把幸福安置在这种体验和书写中。我以上的思考或许会让某些读者朋友感到疲累，相信接下来王老师所讲述的聚龙小镇的故事，一定会给您带来满满的愉悦和幸福感。感谢每一个读到这里的人。

车凤

2016 年 5 月

于北京师范大学

Chapter 1　居之殇，我们心安何处

一处偶然出现的“世外桃源”，让我惊讶自己这么多年来竟没有关于居住的理想。人其实应该先选择理想的居所，而不是无奈地因从事的职业而择居，我似乎颠倒了这个重要的顺序。

在知道聚龙小镇这个地方之前，关于居住，我几乎是满足的，因为在北京的四环已经有了一处百平米的房子。我开过玩笑，把这套价格不菲的房子卖了回老家可以买两到三套别墅，这样一下子我就可以成为所谓的中产阶级。可问题是，这么做是没有意义的，我得抛下现在居住的这个都市所给予我的一切。还不仅仅是我一个人的取舍，还牵涉到我太太现有的工作，甚至关系到家庭。我可能会一下子失去很多东西。我认为，这么做是得不偿失的。

我相信，在北京有很多人和我一样有着相同的处境，也有着相似的无奈。但一次偶然机会，聚龙小镇这个世外桃源的出现，使我意识到居住环境会影响人的很多很多方面。

知道聚龙小镇缘于一次朋友间的聊天。2015 年春运开始那天下午，由于我一部小说的影视改编问题，我到北师大附近的橡树咖啡厅约见北师大的车凤老师和出版人马志明讨论新著选题。

因为春运，我们三个漂在北京的人聊起了故乡，开始是关于一票难求，接着我们各自说起回家过年的打算。我是最为难的，正拿不定主意：不知道该去太太的老家山东还是自己的老家江苏。这是一件令我们夫妇头疼的事情，双方

父母都已七老八十。

往年都是接老人们到北京过年，可今年已经不能够作为选项，太太的父母身体不好，而我父亲也明确表示在外地过年没有意思，哪怕是北京也没有他想要的年味。父亲近八十岁了，即使能够活到百岁，我一年回家两次也不过再有四十次的机会，见一次少一次，在一起过年的次数就更屈指可数了。所以我很珍惜每一次能够回家的机会，尽可能多地回去陪他。

此外，其实对远方的那个家，那个游子称为故乡的地方，我也有一种紧迫的感觉，我希望了解它，希望我和它之间不会慢慢地变得疏远和陌生。

尽管在北京生活了好多年，我始终都觉得自己是客居，太太也有这样的感觉，认为这不是我们落叶归根的地方，我们只是漂在这里。至于将来，我们真的没有认真去想，忙是一个理由，更多的应该是不敢想。

故乡有父亲，姐姐们和弟弟也在，还有老宅子，一帮几十年的街坊邻居，以及曾经的同学、朋友。他们是我亲近故乡、牵挂故乡的理由。哪一天要是父亲不在了，姐弟们随他们在外地工作的孩子离开了，老宅子拆迁了，街坊邻居们散了，回到那里会是一个什么样的情景？我需要靠电子设备导航才能找到原来家的所在地，对新建街道和建筑感到陌生和茫然。到时候我住在酒店里，饭点的时候自己出去吃一顿，或者被还保持联系的亲朋好友当宾客请到馆子里……我不敢想象那样的场景。

这么说着想着，再看一眼咖啡厅灰蒙蒙的窗外，心情糟透了。故乡在N年以后回不去已经成为不争的事实，安慰一下自己，这是很多人的境遇，不只我一个。在国家的城市化进程中，大部分家庭都有成员外出工作、生活、居住地分散的情况，家庭的迁徙也成为再正常不过的事情。现在没有背井离乡那样的凄苦说法，离开故乡是大势所趋，是紧跟时代潮流，也是人往高处走的一种追求。

我太太的经历可能更典型，大多数年轻人都有这样相似的人生路。十多岁开始住校读书，考大学后离开家乡，毕业后短暂回乡工作，然后再次考学深造，离家更远，最后定居北京。如今回县城，没有家人指路，她根本不知道怎么去商场超市。每一个地方都在大兴土木，新建的大楼和马路让老地方面目全非，嘈杂、陌生、拥挤。发展是飞速的，人却已经无所适从。在北京她也并没有舒适过，每天用在上班路上的时间近三个小时，数次连续几周的雾霾使她鼻腔、咽喉和肺腔无比脆弱和敏感，头痛流鼻涕，剧烈咳嗽痛苦不止。她经常抱怨，说从来没有一个地方令她有故乡的感觉，也从未有一个地方让她想停下来。

故乡离我是远的，这种远不仅仅是时空上的，还有情感上的。我们之间相互陌生。日新月异，旧貌换新颜，这些林林总总的变化，离间了我们之间的关系。而其实家乡高邮也和其他的小县城一样，渐渐地呈现这样一个态势：乡镇的往城里跑，到城里打工、做生意、买房；城里的往大城市跑，北上广是首选，选其他城市也大多是随孩子所需，在他们就业和居住的地方。在人们心里，都市生活、时尚生活、舒适生活似乎只和大城市有关。如今回到故乡，走在街上半天都看不到一个熟人，周围全是生面孔；而二十年前，走在街上，起码能遇见一半的熟人，我们会相互打招呼，笑脸相迎，或点头示意。

现在返乡，心态竟然和初到大都市一样，我得要求自己接受这些现状，然后再爱它。发展、流动、迁徙，将人群不断打散，生活圈不停地更换，人总是面临孤独和不断的选择。这已成为现代人的尴尬，我只是茫茫众人身陷其中的一位。

“找到喜欢的城市，作为自己落叶归根的地方，我们不再有漂泊感，能够

把他乡当故乡，可能吗？”马志明喝一口茶，笑眯眯地看着我，像是和我一样沮丧，转而他的表情忽然变了，嘴角扬了扬，笑得舒朗起来。他说：“还真有这么一个地方，一个小镇，一个让人心安之处。”

车凤看出我的不以为然，她说：“你不要不相信，有的，真有这么一个地方，名字叫聚龙小镇，它真的像一个世外桃源。”

说到世外桃源，我认为这只是一个虚幻的想象，一个千年之梦。而车凤告诉我，聚龙小镇是福建泉州一个超大型的社区，硬件和设施没得说，更重要的是，他们致力于打造的是一个最有人情味的生活圈，人的幸福指数相当之高。

“为什么宣传不多？”我免不了质疑，他们说的在我听来像是一则房地产的广告内容。我笑他们的轻信。对于房地产的宣传，不仅仅是我，人们都是这样，只要是赞誉就免不了存疑、质疑，因为他们有太多的言过其实。

“‘没有陌生，心有所安，情有所归’，我很欣赏他们这句口号，人家也做到了。”马志明补充一句。他和车凤似乎在努力让我相信他们说的那个地方。

车凤是搞传统文化研究的，马志明是知名出版人，而我是一个写小说的作家，我们三个人为一个遥远的小镇扯上了，他们显然不满我的轻视。

“真是一个桃花源吗？这个聚龙小镇有多大？住了多少户人家？”我漫不经心地问，就没有想过他们会给我一个多好的答案。

车凤回答我，目前入住了五千多户，将来计划一万户，总人口三万余人，应该是我见过的最大社区了。

说到小镇，马志明兴奋地列出其特别之处：

它依山傍水，投入数亿元打造园艺级的绿化生态环境。业主们爱护环境，亲近自然，视邻里为乡亲，并因拥有小镇居民身份而有荣誉感。

他们见人微笑着打招呼，乐意帮助别人，随处可见顺风车搭乘点，微信群里谁有困难一呼百应。建镇八年没有一起刑事案件，没有一家装防盗窗，自行车不用上锁，不设收银员也没有监视器的信用良品超市银货从没有少过。

小镇设有丰富的文化娱乐活动，聚龙书院有传统文化课堂，文化广场有大舞台，自给自足的果园菜园只收水费，节庆的“邻里宴”有千户人家参加，每家拿出拿手好菜与邻里共享，场面浩大，温馨感人。

“你去过吗？”听完他的介绍，我问了这么一句。

居然有朋友告诉我有一处世外桃源，还言之凿凿地要我相信，说在什么地方真实地存在着。我当然要对他问这个问题——你去过吗?

“去过。去年的端午我和车老师受小镇业主的邀请，参加了他们端午节欢迎新邻居的邻里宴。”

马志明说，他要不是去过也很难相信有这么一处地方。我还是将信将疑，真有这么一个地方倒是大稀罕。

我在北京生活了差不多十年的时间，住在一个规划好的小区里，这么长的时间下来，我对这个小区依然处于陌生状态。我每天进出小区，最熟悉的应该是保安，可没有一个保安是熟悉的，他们工作的时间都没有超过两个月的。我和同一幢楼的住户最亲密的接触是在电梯里，大家有时会彼此用眼睛的余光打量一下对方，很少有寒暄和招呼；住同一楼层的人我大概知道模样，又总觉得他们很陌生；紧靠的邻居多年来我们没有说过一句话，因为总是走马灯一样地换租户，彼此陌生；我在这个小区里与邻里之间没有过串门，没有一次邻里之间的友好交往，有的只是超时装修不堪忍受噪音之后的上门乞求。至于物业公司，就是收费和不负责任的典型代表，有各种方法化你的不满和愤怒于无形、于敷衍。物业公司最贴心的服务，就是电梯里张贴的警情通报，每隔三个月换一次：最近周边小区发生多起入室盗窃案件，请大家关好门窗提高警惕，云云。他们最严厉的管理，就是向高空抛垃圾的住户发出警告和恐吓。

这样的社区对我来说，只是一处在百十平米之内有温情的栖身之所，站在窗口向外看，我和我的居室形同孤岛，虽然它实实在在地镶嵌进高达二十五层的一幢塔楼里。想到要在这个地方生活一辈子，会感到莫名的恐慌，但也无可奈何。

在北京，我没有住过地下室，没有租住过地铁尽头的郊区房，有一处属于自己的房子，应该还算不错的。“宜居城市”“择邻而居”，都是美好的奢望，不现实的不去想，我自我安慰道。

车凤说，心安之处是故乡，我们是可以追求宜居的，聚龙小镇是一帮有理想有追求的人共建起来的，它让生于俗世生活的我们惊讶：啊，生活原来可以这样!

眼见为实，车凤觉得我应该去聚龙小镇看看。她给我提供了一个机会，随她去一趟小镇。

这趟小镇之旅安排在春节前，只有三天的时间，她在做一个社区文化课题的研究，需要再补充一些一手资料。三天时间的小镇之旅走马观花，其间我还抽出半天去了泉州的开元寺，拜谒了弘一法师纪念馆。尽管时间很短，我对小镇的印象却非常深刻。小镇一如他们所说的那样，美轮美奂。

小镇的特点很明显，漂亮、安静，令人感到意外，也令人惊讶。它先让我意外的是，现实世界里居然有这么美的地方；再随着与小镇居民的接触，让我惊讶的是人与人之间那种温暖舒服的关系。

在中国目前情况下，开发商住在自己开发的楼盘里是极其罕见的，而开发聚龙小镇的聚龙养生发展有限公司的郭无争董事长和郭振辉总经理却都住在小镇里，他们和所有的业主都是邻里关系。业主们说到他们，都想强调一下自己是他们的朋友。

车凤介绍了业主杨女士和丹帅给我认识。车凤这个人很有个性，觉得不能说服我相信小镇，就带我来小镇看，还找杨女士和丹帅来向我证实。

杨女士和丹帅向我讲她们是怎么住到小镇来的，怎么爱上这个小镇的，讲她们在这里的日常生活。她们挂在嘴边上的是“这里很舒服”“这里很有人情味”。她们都在董事长郭无争家里吃过饭，她们说他不像是这里的老板，只是一个普通的邻居，够朋友讲情谊的邻居。杨女士和丹帅在小镇还有好几个关系处得好的公司员工，像朋友像亲戚，找他们做什么事就像找家里人一样。生活在小镇，她们觉得幸福指数非常高。

幸福指数这个说法是杨女士先提出来的，丹帅说可以打个高分。在前半生，她们都没有想到自己能够生活在这样一个称心如意的地方。说句老实话，她们的叙述很糟糕，她们太想告诉我小镇是个好地方，太想证实。

离开小镇之前，车凤陪我去了一趟镇里的信用良品店。在这个小超市里，我买了小镇自办农场生产的 3 公斤有机蔬菜、两块五花土猪肉、两罐醇香浓厚的冬蜜。良品店里没有收银员，我根据标价算了一下，总共 240 元，我往存款箱里投了 300 元，找回 60 元。这个过程感觉怪怪的，也很有意思。事后想，这个小超市不是有意思，而是有意义，它给了顾客最彻底的尊重和完全的信任。

坐在机场候机室里，我想，聚龙小镇——我还会再来的！

我开始对这个小镇充满好奇。

Chapter 2　追梦桃花源

人是要有梦想的，有的梦想须由一群人、一个民族、一个国家一起来追求来实现。

车凤说的不错，去过聚龙小镇的人会有两种情况：一是爱上了那里，在小镇买房，从此生活在那里；还有一种就是向很多人介绍小镇，说它的不可思议之处，满足于听者充满惊奇的神情，哪怕是遭受质疑也不在乎。

“真的是有这么一处地方，聚龙小镇我是去过的！”她这么说时是自豪的，得意于去过只有传说里才有的桃花源。

我回北京以后成了聚龙小镇的粉丝，热衷于和小镇有关的一切，想向所有的朋友介绍它。于是便把有关小镇的一些图片和感触发在了朋友圈，在微博上也发了帖子。朋友们很是喜欢，要我多发，多多益善。

有趣的是，我将五幅聚龙山脚下“文明小舍”的照片发在微信朋友圈，让大家猜这个“小舍”什么用途，有十多个朋友回帖，有的说是旅舍，有的说是饭店，更有一位肯定地说这是一家自助茶楼。我私下里问他，凭什么说是茶楼，依据是什么？他觉得文明小舍和我在微信里介绍过的信用良品店是同一类型的自助服务，都是能够反映小镇文明程度的。此外，福建人喜欢喝茶，喝茶的地方一般搞得比较高雅。

我告诉他，这是一座户外WC——一座无管理员的生态厕所。他怎么也不相信，说这也太奢侈了，太豪华了。毋庸置疑，这是我见到的国内最高档的户外厕所，要评星级的话可以给四星。他马上追问我，这样的厕所里有没有卫生纸？我不好意思回答，说你想想怎么可能会没有？！

“有没有卫生纸？”这个问题让我不好意思，是因为我也有过类似疑问，猜想这个厕所里的备用卫生纸会不会像其他地方一样被人卷走。聚龙小镇里有好几座厕所，它们都非常舒适和漂亮，掩映在鲜花丛中，门前有园艺、水池、盆景，里面的洁具没有一点污渍。在小镇，我不仅看到每座厕所里都有卫生纸，还想明白了为什么没有人拿走它们。

当一个人在鸟语花香里免费如厕，再小气的人大概也会觉得捡了比卫生纸更大的便宜吧，一般人是不会破坏享受所带来的愉悦的。他们不需要这一点小小私利。那些在公共厕所里拿走卫生纸的，大多是缺少安全感的人，他们经常被肮脏的如厕环境熏昏了头，他们简直怀着破坏和占为己有的快感带走了它，即使不偷走，也要拖曳它五米十米出来糟蹋掉。

几天后，朋友告诉我，他因为“文明小舍”而喜欢上了聚龙小镇。他说一个地方将人们最不愿意去的地方搞得愿意去，一定是个有意思的地方。他说得笼统，但不无道理。

我在网上搜聚龙小镇的信息，一时间想穷尽相关资料，百度百科、百度图片有一些小镇相关资料，接下来就是一些网站、论坛里关于怎么在聚龙小镇旅游的攻略、自助游攻略。我下载了一张聚龙小镇的地图，将那些未标注出来的景点和建筑增加上去。

最令人感兴趣的是小镇的人文环境，之前马志明给我介绍的那些令我惊讶。我质疑的好事、稀罕事，在我去小镇以后被逐一证实。我希望在媒体上，哪怕是在网络上看到一些这样的介绍，可惜很少，只有地方媒体的一些简单报道。

2014年
文化共荣
时代传承
东亚文都文化传承与发展国际论坛
主办：泉州广播电视台、泉州市电视艺术家协会
惠安县文学艺术界联合会、泉州聚龙书院
协办：清华大学日本研究中心、韩国驻华文化院
媒体支持：
日本共同社、首尔新闻社、中国国际广播电台
泉州人民广播电台、泉州电视台、惠安电视台
《中国文化报》、《光明日报》、《泉州晚报》
《大公报》、《东南早报》、《海峡都市报》、《晋江经济报》
人民网、新华网、凤凰网、搜狐网、新浪网、腾讯网、泉州网、惠安新闻网
鸣谢单位：泉州希木堂家私艺术馆
聚龙书院

“丝路之音”
国际钢琴大师
夏季学院
"Silk Road"
International
Piano
Festival & Academy
“丝路之音”
国际钢琴大师夏季学院
"Silk Road" International Piano Festival & Academy
主办单位
承办单位
协办单位
“Silk Road“ Interna
l Piano Festival & Aca

我想，这样的小镇、这样的社区环境、这样的文明程度，建设者、维护者也是居住者的美好情怀，或者小镇的顺风车、良品店，都可以给媒体大做特做文章。

聚龙小镇的人绝不是与外人隔绝、“不知有汉，无论魏晋”的古桃花源人。他们掌握先进的信息，使用交通工具，他们真实生活在当今的社会上，活跃在各个领域。小镇人很低调务实，特别是小镇建设的带头人，不愿意多说自己所做的事情。车凤反复给我介绍这一点。

小镇接待我的杨欣姑娘给了我一些小镇文化方面的图片和音视频资料，使我对小镇有了一些深入了解。小镇和外界最多的交流往来是文化方面的，还不仅仅是在国内。其实小镇早已名扬海外，只是不流于一般媒体而已。很多著名的文化人和艺术家都到小镇造访过，我看到一张 2011 年 10 月日本动漫大师、“奥特曼”之父池古仙克做客聚龙小镇的照片。

这张照片让我想到另外一位日本的著名漫画家宫崎骏，以及为现代人津津乐道的世外桃源——龙猫森林。

日本的小朋友只要看了宫崎骏的动画《龙猫》，都真心相信世界上有这么一个地方。事实上，宫崎骏确实是依据他曾经生活过的所沢市狭山构建龙猫森林的。狭山环绕的农业区仍存留着部分自然景观，但自 1927 年以来不断开发，绿地在持续消失之中。1990 年，狭山诞生“龙猫故乡基金会”，通过募集大众资金的方式来赎买这块昂贵的仅存的生态之地，这里从此被称为“龙猫森林”。一向关注环保的宫崎骏贡献了一批龙猫彩画，用在该组织的宣传册、会员卡以及 T 恤上。他还向所沢市捐献了 300 万美元，帮助他们赎买那些即将被开发的土地。最为感人的是，龙猫故乡基金会的购地资金将近 40% 是由全日本高中以下的学生自发捐助的，可以说，是孩子们的贡献，使原本只能留存在动画故事里的龙猫森林，成为真实世界里看得见摸得着的乐园。

如今，龙猫森林主要由志愿者进行环境复育。那里不仅有美丽的风景，更有干净的环境和美味放心的食物，仿佛是人间仙境、世外桃源，让人眷恋和向往。

公元421年，东晋武陵陶公一梦千年的桃花源，不仅成为历代中国文人墨客的梦想，更成为令世界沉醉的愿景。从伊甸园到《乌托邦》，从《太阳城》到查尔斯王子的庞德里小镇，一次次的描摹，勾勒出世人对至善至美之地的梦想和向往。

梦对于有些人来说，做过就做过了，千方百计地在现实生活中要实现梦想的人是很少很少的。聚龙小镇的开发者提出“圆梦世外桃源的理想，倾力构建真品质人居幸福小镇”的口号，他们是为了什么？是商业包装，还是真的要呈现心中的梦想桃源？这是我所要拷问的，我要真真切切地知道。

聚龙小镇位于泉州东北方风景秀丽的聚龙山麓，在整个大泉州范围内是空气和水质最好的区域。聚龙小镇未开发前是荒芜的，草木稀疏，杂乱无章。看照片前后对照，真是云泥之别。

聚龙小镇开山拓荒，因势造景，成为一处适宜生态居住、养生、度假、生活的好地方，之所以被开发建设缘于开发者回报家乡的桑梓情怀。即便如此，不怎么了解它的人依然会觉得没这么简单。持这种态度的，也包括去了一次小镇的我。

聚龙小镇本质上是一个商业项目，怎么会是一个浪漫理想的世外桃源呢？然而通过接触和了解，我明白了开发者的用心良苦。

从聚龙小镇的小区名称便可以看出端倪，它们叫“陶然新村”“陶然居”“东篱新村”。小区的名称体现了聚龙小镇开发者的品位、追求、理念，表现了他

们对社会的责任和态度。

我非常想见见小镇的开发者，想了解他们的初衷、他们运营的现状，以及他们将来的愿景。这不仅仅是我的好奇心，我想要的是一个真实的、有意义的小镇，想用文字将它介绍给世人。

我要去探访这样一个传奇小镇，要弄清小镇的“真相”，是什么成就了它？2015年3月初，距第一次去聚龙小镇不到一个月时间，我做出了这么一个决定——去那里生活一段时间。

在很多人看来，这是个很任性的决定。但我知道自己是认真的，是带着好奇的认真。其实，再去聚龙小镇的想法在厦门机场候机时就产生了。然而，事实最终证明，去认识它、体验它的意义远比想象的还要大。

太太提醒我说，不要有那么多的诉求，不要追寻什么意义，你就当作去玩，去那里换换空气。巧的是她对社区文化略有所懂，指点我说试着用社区的思维和眼光去看小镇。

社区是若干社会群体或社会组织聚集在某一个地域里所形成的一个生活上相互关联的大集体，是社会有机体最基本的内容，是宏观社会的缩影。

她说，社会学家给社区下出的定义有140多种。尽管社会学家对社区下的定义有所不同，但在构成社区基本要素上认识基本一致，普遍认为一个社区应该包括一定数量的人口、一定范围的地域、一定规模的设施、一定特征的文化、一定类型的组织。社区是聚居在一定地域范围内的人们所组成的社会生活共同体。这个生活共同体的重要特点在于，居民之间有共同的意识和利益，有密切的社会交往。

当然，我不喜欢概念，我喜欢体验具象、人情和它背后的理由。

Chapter 3　进入聚龙小镇

我希望自己是小镇的陌生人，在小镇优哉游哉。

第二次去聚龙小镇的日期定在 2015 年 3 月 26 日。我早早地在网上订了机票。几天之后的 31 日，是聚龙小镇建镇 8 周年的大喜日子。28 日，小镇要举办花朝节暨 8 周年创镇庆典，一系列丰富多彩的节庆活动中有“千人邻里宴”，我向往着去参与这个盛大的聚会。

晋江机场到小镇的距离，是 40 多分钟车程。聚龙小镇不是行政区划的镇，它坐落在惠安县的山乡黄塘镇。聚龙小镇的建设带动了这个地方的基础设施建设，到小镇有高速路，泉州高铁站也建在了小镇的门口，交通非常便捷。

小镇业主丹帅知道我要来，在微信上向我介绍，到小镇的交通工具不仅有公交车和业主交通车，还有爱心顺风车。“你在小镇的微信群里说一声要搭车回来，就近的业主都会联系你。小镇经常有业主替需要帮助的邻居出专车，专程去泉州、去惠安接邻居的事多得很。”

到机场接我的车是车凤联系杨欣安排的，车凤在小镇的熟人很多，可她其实也就来过几次。

车进小镇以后是长长的聚龙大道，我让司机黄师傅开得慢一点，一树一树的木棉树花开了，挺拔的树身上一盏盏血般火热的花像要坠下来扑向我们。我知道自己赶上了好时候，3 月底 4 月初，正是聚龙小镇千树争妍、百花盛开之季。

黄师傅问，是住聚龙凯莱酒店还是住公司宿舍安保楼？我毫不迟疑地决定住安保楼。住下来以后，觉得自己的决定简直太正确了，公寓式的宿舍舒适干净。

一会儿杨欣的电话来了，她向我表示了歉意，在和上官荣华（邻里宴的主持人）忙创镇庆典的事儿，有很多事情要做。她告诉我，小镇每年要接待很多体验者，他们在公司宿舍住后都觉得不错。要住得更好一点，还可以去“薇姐之家”，那里有家的感觉。

晚上饭后想去“游湖”，绕聚龙湖走一圈，无奈困意上身，倒头睡下。这一觉竟睡到了次日早上6点多，是被冻醒的，阳台上的窗户没关。

我住六楼，阳台面对的山坡上种着细叶桉，一排树梢与我视野平齐，摇曳婆娑。稀落的鸟鸣，时而三两声。我在床上舒展了一下身子，长长地呼出一口气，头有点昏沉，这是醉氧了。一下子从一座充满雾霾的城市到了负氧离子高它许多倍的地方，有些短暂的不适应，上次来小镇的时候也有过。我在北京没有一天不失眠，夜里总是要起来喝水，缺氧和干燥是我想到的主要原因，在这里还真验证了。

下楼到食堂吃了早饭，刷卡3元。在朋友圈发了一条微信：“聚龙小镇，雨过天晴，空气湿漉漉的。醉氧，四肢无力。早上食堂早餐，定量的鸡蛋、包子或者油条，咸菜和稀饭随量。两个肉包，比习大大在庆丰吃的大很多，味道也好。咸菜真的好吃，不咸且爽口。洗碗池面前提示：节约用水一点一滴，爱惜粮食一颗一粒。”

在餐厅遇到接我过来的司机黄师傅，他告诉我在食堂里一天吃三顿只要15元，一个月下来只要花400多元伙食费。的确，后来认识的业主洪再成也这么告诉我，在聚龙小镇，可以花很少很少的钱过日子。在业主菜地里采摘点蔬菜，到湖里、河里去钓几条鱼，都是不花钱的。这里盛产地瓜，做自己喜欢吃的地

瓜熬稀饭更是方便。

我决定徒步走一走，用脚丈量小镇，熟悉下这里的环境。

一个人在小镇行走并不会感到寂寞，迎着你走过来的人会客气地与你打招呼，点头示意，显得非常友好。几条依着山势修的路迂回曲折但是十分平坦，像是二级公路的标准。行走的过程中不停地上坡和下坡，这是小镇的建筑特点，不做大的开拓，最大程度地保护原来的地质面貌。

我后来专门问过绿化部门工作人员，小镇的植物品种有335种乔灌木植物、23种蕨类和草本植物，国家二级重点保护的樟树、省级重点保护的油杉、福建特产植物胡颓子等在这里都不是稀客。

来小镇之前我做过的功课还是有作用的。在聚龙小镇的微信公众号上翻到一则“花讯”，这时候的小镇开花的有：红叶碧桃、迎春、含笑、二乔玉兰、月桂、紫荆、瑞香、郁金香、海棠、鹅掌楸、梨花、樱花、杜鹃、杏花、笑靥花、刻叶紫堇、喇叭水仙、金钟花、白兰花、枸橘、绣球、黄刺玫、锦带花、牡丹、三色堇、紫罗兰、雏菊、马蹄金、月季、玫瑰、桃金娘、蔷薇、炮仗花……

行道树在小镇不是单调的清一色品种，好多品种的树让人感觉稀奇古怪的。高大的黑板树我并不认识，树干无分杈，像几根电线杆平捆到一起，长圆的种子像面条。在陶然新村那儿看到一株黑板树上挂着标签，此树又称象皮树、灯架树、糖胶树等，属于夹竹桃科，因为材质适合做黑板而得名。记得上小学二年级时，我见黑板面皮翘起来一块，就在下课时用铅笔刀好奇地剋下一块，并用指甲抠了抠，木质松软细致。因为这件事我被全班同学举报，谴责我搞坏了黑板。没想到在这里见到了黑板树。

很多很多的果树，在小镇因不同的花期，因景致的点缀而错落有序地布种。

成片成园的是桃树，有三万多株。早春时节，这里是桃花盛开的地方。

我读到过小镇业主周女士写小镇桃花的文章：

喜欢春，喜欢春日的小镇，喜欢小镇漫天遍野的桃花。

桃花春暖，如果说梅花的暗香疏影绽放了冬的情怀、菊花的孤芳自赏书写了秋的意境，那桃花则是竭尽生命绽放了春的色彩。

早春二月，春寒料峭，在大坝上俯瞰，若隐若现地闪过几点春色。走近湖畔的桃林去看，原来是几朵含苞的桃花袅娜在枝头。虽然花骨朵儿尚小、芳菲未足，却款款深情、盈盈含笑地向你透露出了春天的信息。那一刻，你的心变得柔软起来，如乍起的春风掠过水面，漾起一池春水，泛起阵阵涟漪……

一夜春风，聚龙湖边刚抽出几片新绿的桃枝上闪耀着零星的粉色，浅浅的、如薄雾微醺般的朦胧，似有还无。随着春风荡漾，渐渐地，花事开始繁密起来，一朵朵、一簇簇、一丛丛，香飘云外。桃花仿佛怕辜负这美好的春光而拼却全部的激情，华美的生命因此变得厚重。急风过处，花枝颤动，似乎欲托不能，转眼却又仰头挺立，骄傲地托起了那片娇羞艳丽的红……

“桃花春色暖先开，明媚谁人不看来”，桃花是多情的仙子。一身渐变的粉色衣裙，玲玲剔透，嫩黄色的花蕊藏在叶瓣之中薄面含羞，若隐还现。“春含良宵雨，桃花次第开”，桃花仙子在明媚的春晖中静静等候着那阵属于它的春雨，有了春雨温情的爱抚，桃花才会嘤咛一声彻底绽放在它最精致的年华。沐浴了春雨的桃花颜色更明艳，姿态愈动人，此刻的它不仅仅是花色迷离，更是风情万种……

沐浴着春雨，一片片花瓣像胭脂雪一般从枝头飘落，那是桃花仙子褪去的霓裳。春雨有情，桃花有意。落红随着春雨一路走过，彼此交融化作春泥，呵护着养育它生命的根……经过严冬的历练、冰雪的洗礼，等到来年的春风吹过，桃花和春雨又如期相约，牵手在如诗如画的烟花三月……

桃花，让聚龙小镇在春天宛如仙境。桃花春暖，我并没有错过，小镇人桃花般笑容处处灿烂，情暖胜似春暖，笑容媲美桃花。

路边，居然见到了蛋黄果，这种树的学名叫西番莲。我惊讶这种果树是因为自己过去的作品里曾写过一位叫西番莲的女孩。她在生命的尽头爱上一个特殊行业的男孩，并把自己托付给他。

至于龙眼、香蕉、杨梅、琵琶、余柑、莲雾这些果树，更是让我这个北方人长了见识，过去吃过果实，现在看到了果树，看到了正在积聚营养的果子。

信步这么走着，走到聚龙山下的广场已临近中午。沿途远眺了东篱新村，路过艾佳贝月子会所，在美术馆驻足了一会儿，竟然用了近三个小时。

去食堂已经挨近下午一点钟。食堂的午餐很丰盛，只是油很重，看看身边吃饭的公司员工有很多绿化部的养护工，他们的工作很辛苦，体力消耗大，高热能的饭菜能使他们的体力得到补充，想到这一点，觉得公司对他们很体贴。

我也饿了，油多的菜真香。想想在聚龙这段时间吃这样的饭菜会很快胖起来，决定去办一张游泳卡。上次来小镇住在聚龙凯莱酒店，每天和早餐券夹在一起的有游泳券。看过介绍小镇体育中心的视频，那里有健身房和游泳馆，游泳馆很漂亮。

下午稍事休息出去随便走走，走一条与上午相反方向的路。走到陶然公园后左拐到阳光大道，天空下起了蒙蒙细雨，两辆供小镇业主区间交通的电瓶车从我

面前经过，无一不慢下来问我是不是需要搭车。我还是更乐意在雨里步行，这让我觉得回到了这个季节的家乡扬州。

聚龙大地幼儿园和泉州聚龙外国语学校在阳光大道上，大道两旁的高杆灯上悬挂着大幅的优秀学生照片，我数了数，数到第80幅的时候不再数。看起来小镇对未来早有规划，对下一代的基础教育如此重视，给予孩子们足够的尊重和勉励，这些孩子和他们的家长一定为此感到自豪。

进游泳馆买了泳裤、泳帽和泳镜。小镇提供给业主的健身运动设施只象征性收费，算是业主享受的一种福利。

游泳馆像一个巨型的玻璃缸，玻璃墙外面栽有热带观赏植物，在雨中有点朦胧迷离的味道，平添了许多浪漫风情。泳池四季恒温，50米标准泳道，水清澈到带着泳镜能够看到脚上的汗毛。游泳馆这样的地方，来的人通常是“刮风一半，下雨全无”，我看到的却是馆里还有十多人。游泳教练刘寒告诉我，对于坚持游泳的人来说，下雨不算什么。刘寒是一个壮实的小伙子，我请他用手机帮我拍一张游泳的照片，他一下子拍了好几张。

游泳馆唯一不足的是没有体重秤，要说其他有什么不满意的，还真想不出来，比我在北京、扬州和其他任何地方见到的游泳馆都好。游了6个来回，颈椎有点不舒服，职业病的缘故。

游泳后肚子很饿，从游泳馆出来没多远的路边有一家农家饭店，扑进去点了几个菜，还要了一瓶啤酒。菜上得不算快，但是一起端到桌上来的。葱花炒鸡蛋铺展着金黄，点缀着翠绿，土鸡蛋喷喷香；两条红烧午鱼肥腴鲜嫩，我是第一次吃这种海鱼，感觉新奇。啤酒说不上好坏，喝惯燕京啤酒的人，喝其他地方的啤酒都会觉得清淡。

聚龙小镇
业主团

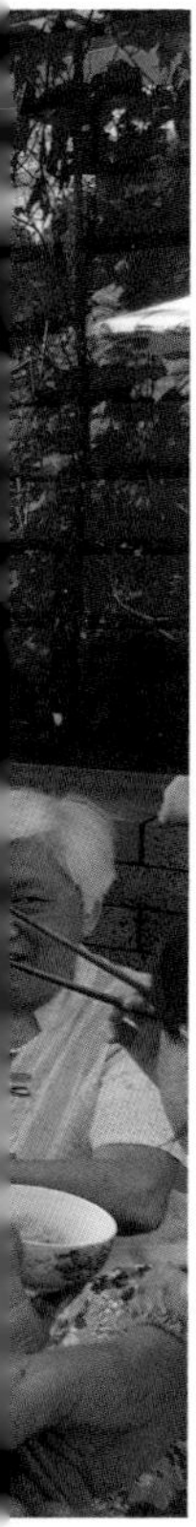

从农家饭店出来，想把小镇周围的这种饭店通吃一遍，我对任何地方的农家菜和特色菜，都有赶尽吃绝的欲望。

对面有一条幽静的山路，走过去看到前面有璀璨的灯光闪烁。隐约听见音乐声随风传来，不知道是什么地方，走过去一看，竟然是商业中心和文化广场背后。拾阶而上，见到杨欣和上官荣华带着一帮人在搞舞台彩排。他们在为明天邻里宴上表演的节目做预演，表演者大部分是业主。几名外国语学校的外籍女教师在人群里十分显眼，业主的孩子是他们的学生，在缠着他们做游戏。有两个小女孩在帮一个胖乎乎的金发女老师梳辫子，征得她们同意，我用手机拍了一些照片。

我坐下来观看，边上有一帮人是小镇爱心义工社的，他们在排练上台表演的节目。有两个人提到明天上午给业主送菜的事。他们说的“送”是赠送，送春笋、有机土豆和其他蔬菜。这是业主在建镇庆典中搞的活动，已经通过微信等方式发出通知。两位年轻漂亮的女孩看出我不是小镇的人，大概是因为我的好奇被她们看出来，我们相互加了微信好友，她们是大地幼儿园的教师，大学毕业后从厦门和湖南来到小镇工作。

回到住的地方又得走一大段路。跑了一天下来，觉得聚龙小镇即使花三天时间也是走马观花。来之前想在这里只走路，以此健身和饱吸这里纯净的空气。现在看来是不切实际的，小镇并不小，甚至比我去过的某些小县城都大。所以，我得有一个代步的交通工具——一辆自行车。

我是进入小镇了吗？夜里，我躺在床上问自己。

我是个游客，我是个体验者，我是个旁观者，我是小镇的陌生人。

Chapter 4　这里没有陌生人

小镇没有陌生人，只有主人和客人。

我上次到小镇来，感觉这里的人彼此之间有温暖舒服的关系，但也只是看到他们之间简单的交往。对小镇上的人我骨子里还是陌生的，我和他们的交往才刚刚开始。

一般的小镇，对外来者有一种天然的警惕，至少是陌生的好奇。而在聚龙小镇，我这个从北方来的、连换季衣服都还不知道怎么穿才合适的人，并未感到自己与这里格格不入。在路上遇到业主，他们会对我报以自然、友好的微笑；有时候，与迎面而来的人招呼一句“您是这里的业主吧”，回答我的人说一声“是”，或者报以微笑点头。他们都有个共同点，那就是神情骄傲，以是小镇的居民为荣。我后来在太多业主的脸上读到了这种骄傲，他们甚至在外出旅行时都会带上“聚龙小镇我的家”的条幅，合影后会将照片发到邻里的微信群里分享；那些印有聚龙小镇字样的衣帽，他们也很乐得穿给别人看；甚至于在自家生意的店铺里，他们会主动摆放很多小镇相关的介绍资料，在门口树起聚龙小镇展厅的牌子。

“小镇没有陌生”是小镇的口号。我在这里却想做一个陌生人，以局外人的视角窥看他们的生活。

3 月 28 日上午，文化广场业主送菜，我 8 点之前到那里观看了全过程。在北京时，对于广场赠送礼品、商场免费试吃类的活动，我有着不太好的印象，觉得这些行为极为寒酸，会造成现场秩序难以控制的场面，争抢、拥挤，让人失去体面。哪怕是大城市，也有大爷大妈为每斤便宜两毛钱的鸡蛋很早地去排长队的景观，那通常是商业性促销，商家就要这种效果。这样的好事不是天天有，这样的好处不是每个人都能够得到，这是有些人必须去挤一挤的原因。

设想一下，拉一车蔬菜到某市的弄堂或者胡同口，吆喝着免费奉送，城管、警察会不会让你干？即使他们不来，来一位居委会的大妈，也要你写一纸保证书，要你保证送菜现场的安全，出事由你负责。

还有，领受人事后也免不了质疑，为什么要这么做，拿自己的钱买东西送给陌生人？你要说是献爱心，在世俗眼光里，这世界上没有无缘无故的爱。这一大包白送的菜拎回去，家人也免不了质疑它的来路，调动心里的防御系统——有这样的好事吗？不花钱的东西肯定不是好东西，贪这个小便宜会有什么后果？贪小便宜是要吃大亏的。可能的一个结果就是，这一包菜被搁一边去，烂了以后扔垃圾桶。然后，又很心疼。

然而，聚龙小镇的“白送”很多，是这里的一种风气，人与人交往的方式，他们通过相互馈赠，形成分享氛围。在小镇，赠予和接受是再正常不过的事情。正因为如此，所以我猜测今天的送菜活动现场人们会秩序井然地排队等候。可到了广场并未看到有什么人在那里，我都怀疑自己是不是搞错了地方，抑或活动取消了。

八点四十五分，有两辆运菜的车来了，紧跟着物管公司的、爱心义工社的人也来了，他们是来帮忙的。活动按部就班地进行。我和他们一起从车上将一筐筐的生菜和土豆搬下来。有机土豆已经进行了分装，一盒有两三斤的样子。生菜是早上摘的，青翠欲滴，用水冲一下就可以生吃。

对于我的加入，没有人注意到。看到我吃力地抱着一筐菜，有人建议我和他一起抬。菜卸载得差不多的时候，运鲜笋的车来了，满满一卡车，看得我眼馋。来小镇之前，我在北京的农贸市场买过这种竹笋回家做腌笃鲜，5 元一斤还不太新鲜。运来的竹笋有开裂的，我掰开一块尝了尝，满嘴清香，回味甘甜。

给大家送菜的业主林志辉出现了。他爬到卡车上往车下卸竹笋，看起来白面书生的他干得比民工还带劲。我们则在车前面排成长龙传递竹笋，一根根地将它们在不远处码成堆。大的竹笋有七八十公分高。

很快，一拨又一拨的业主过来。他们不是来领菜的，是前来帮忙的。

菜卸完后，大家一起动手进行分装，将土豆、生菜和竹笋装在一个个袋子里，整齐地放在那里，静静地等候业主来取。

帮忙的爱心义工社成员也是业主。他们并不近水楼台先得月，像是完成一项有意义的工作，空着手有说有笑离开了。

其后，三三两两的业主到来，以老年人居多，不挑也不拣，提一两袋菜回家。我心里隐隐期望看到他们感激的表情，但是并没有。他们只是坦然地接受，是当作一种应得的福利？我非常想了解他们的心态。

林志辉对邻里的馈赠并不是第一次。小镇里还有很多人做馈赠。在社区文化活动中心的宣传栏里，我看到近年来部分业主馈赠邻里的东西，瓜果蔬菜在价值五千元以上的就有多人。

春笋 15000 斤、土豆 10000 斤、洋葱和胡萝卜 10000 斤、莴笋 12000 斤、铁棍山药 1000 斤、莆田文旦柚和贡柑 1000 斤……

蔬菜都标注是有机的、生态的；还有花卉、珍稀动物和生活用品以及太阳能路灯、健身器材等馈赠品。

竟然还有人捐赠活的珍禽！被小镇人称为“天鹅爸爸”的林志敏捐赠黑天

鹅10对、白天鹅3对、黄金鸭5对、鸳鸯7对、斑头雁8对……

社区文化部的工作人员徐洁走了过来。小镇物管公司的工作人员都有工牌，上面有他们的职位和姓名。她告诉我，这里署名的馈赠只是其中一部分，还有人捐赠和馈赠物品时不愿意留名。

对于他们来说，得到、付出皆坦然。一个人，他可能经济上没有富裕到去馈赠别人，但他做力所能及的：参加爱心义工社做义工，在送菜的时候来帮忙，在老人提不动的时候接过来，送他们回家。每个人都在做他们力所能及的贡献，彼此真诚对待。

在当今的社会里，赠予的人无疑常常被置于高尚的境界，接受馈赠的人往往忐忑不安，不自觉就要表现得受宠若惊，甚至是被要求感恩。在聚龙小镇，让我震惊的是他们的得之泰然，坦荡、安详、平静地分享彼此所有。得之，献之，就是他们原本的生活，和他们呼吸的新鲜空气、喝到的甘甜清水、满眼翠绿的菜地一样自然而然。

我不由得感慨小镇这样的风气。

林志辉有可能是觉得春笋好吃而要让大家都尝尝，只是简单的分享；有可能是公司员工家里种植的农副产品滞销了，他援手一下。在小镇，没有人追问为什么这么做？因为这样的事情太多，问不过来。

小镇里的人不会每个人都达到这种境界吧，素质总有参差不齐的吧？

一问还真是有的，有位女业主，前前后后来拿了五次菜，被大家看在眼里，却没有人去指责和教育她，因为她是刚住进来的新业主。

我问：“怎么才能使她像大家一样呢？你们又不劝导她，不告诉她应该怎么做。”

有人回答："她不需要这么多菜，回家吃不完就会想到送别人，总不会浪费吧？！"

有人说："她下次就不会拿这么多了，或许只拿两份、三份。到最后和我们一样，需要的话才拿一份！"

"人到这个小镇会变的。"这是大家的共识，对这个新邻居，他们信心满满。

这个小镇邻里关系好，一定有很多拉近他们关系的环节，譬如馈赠、分享是一个方面。在人与人的交往中，好事可以变成坏事，坏事同样也可以变成好事，心态决定变化的方向。

进一步了解后我知道，尽管小镇民风淳朴，但达到今天这个文明程度也是有一个过程的。建镇之初，搞庆典的时候，公共桌椅都有被人搬回家的。现在这样的事情在小镇想都不要想，有谁这么做，业主就不答应。

下午在小镇的文化广场举办花朝节——建镇庆典活动之一。

花朝节简称花朝，又称花神节、百花生日、花神生日，是汉族传统节日。节日期间，人们结伴到郊外游览赏花，称为"踏青"；姑娘们剪五色彩纸粘在花枝上，称为"赏红"。

下午三时，是花朝节祭天仪式的良辰吉时。广场上整齐威严的仪仗左右排开，司仪官朗读花朝节的礼仪，主祭官领着十二位花仙子焚香、祈祷，祭拜花神，并将手中的红绳绑在桃花枝上，以求保佑聚龙小镇居民安康幸福。

文化广场里人头攒动，喜气洋洋。小镇另一边的美术馆，则是一片安静。业主书画展正在进行揭幕仪式。我赶过去的时候，被业主们称为聚龙小镇大管家的郭振辉总经理在致辞。他对为小镇做出文化贡献的业主进行了赞赏；业主们随后也答谢了对文化艺术活动提供巨大支持的公司。仪式没有官腔，没有华丽空洞的话，只有实在的情感交流。

“在聚龙大家庭里，艺术家是备受尊重的。美术馆相当于家里的一个房间，被我们当成了画室。”大家都点头称道，有人还会心地笑了。

六位在书画艺术上颇有成就的业主展出了120件书画作品。87岁高龄的老画家周悦林展出的是他珍藏的50幅个人创作作品。展厅里，业主柴老师向众位来宾一一介绍作品。

傍晚离开美术馆，我重新回到聚龙文化广场。花朝节的盛况后，这里的活动渐入佳境。众多人被汉代传统民俗游戏吸引，有挽弓夺魁、投壶、击铜钱、抖空竹等。广场上挨近“千人邻里宴”宴会大棚的地方，还有不少带有传统文化色彩的摊位被人围观，有小吃、捏面人、糖画、糖葫芦等。

糖画引得我驻足，这种“中国非物质文化遗产”是中国一笔画的鼻祖。我看到的这位糖画艺术家，其作品可谓出神入化。一件件生肖动物作品栩栩如生，待糖液冷凝后用一根竹签粘着，拿在手上观之若画，食之有味，真可谓融物质与精神于一体，更有一种找回童年乐趣的欣喜。

晚上七时，聚龙人家宴开始，临时搭建的“千人邻里宴”宴会大棚里欢声笑语，总共216桌。两千多人聚一起，畅叙邻里情，共享邻里亲。这种场面我真是没有见过。

邻里宴伴着建镇庆典的文艺晚会，镇里没有请明星，业主们自己就是演员和大腕。舞台、灯光、音响、主持、演员，都是专业水准的。

主持人上官荣华和杨欣是小镇业主们的“大熟人”“家里人”。

上官妙语连珠地调侃体态丰盈的杨欣。看起来上官机智幽默，而杨欣则更讨人喜欢，她略带腼腆的憨厚表情，赢得了更多掌声。

我在文化广场的美食摊已经吃得很撑，这会儿就东看看西看看，看他们吃，

看他们喝，感受小镇人的其乐融融。在朋友圈转播了图文，朋友们纷纷被吸引，既惊讶又好奇，问这问那，恨不能也随我到现场来看看。

台上精彩的节目一个接一个，台下爱心义工社的一帮业主负责宴会上的部分服务工作，他们中有的人还要准备上台表演。义工社的节目是男生独唱《中华民族》，集体手语伴舞。

这首歌我很熟悉，原唱是香港知名歌手张明敏。此时由业主男歌手饱含深情地唱出来，配上众人充满爱心和温暖的手语诠释，那一段“古胜和先贤，在这里建家园，风吹雨打中，耸立五千年……”荡气回肠。

第一次到小镇时，在聚龙凯莱酒店的餐厅里看到一些小镇业主邻里宴的照片，我站在那组照片前看了很久，被他们每个人脸上洋溢的热情所震撼。

现在，我身临其境，人与人之间的融洽和亲近让我感到的不仅仅是心里的那种温暖。不时有业主站起来热情邀我入席，有一位还硬拉我喝两杯，说：“聚龙一家人，来聚龙的人没有外人，是聚龙大家庭的客人。”边上的人也说：“在我们这里，没有陌生人。”

这场景要是被记者写下来，会有人觉得是套话。可这的确是真实发生的。

小镇的人是自豪的，也是自爱的。宴会结束，宾客散尽，偌大的宴会厅，两百多桌的场地里干干净净。爱心义工社的一帮人帮着收拾宴会厅，没有一个人先行离开。

因为是建镇庆典，这次参加邻里宴的人数是历史上最多的。这么大的规模，由公司来操办也非常吃力，早早地进行了筹划，聘请了小镇上好几家饭店的厨师来做菜。我觉得有点遗憾，还是更想看每家每户捧上几个拿手菜聚到一起的那种邻里宴。

上官说，机会多的是。一年到头，镇里小规模的邻里宴数不过来，大的也有好几场，邻里情厨房也快要开放了。

建镇庆典过后，上官和杨欣请宴会的操办人和爱心义工社的几位骨干吃饭，感谢他们的帮助。上官邀请我一起参加，说镇上许多人已经知道我这么一个客人的存在，很想认识我。

这顿饭让我认识了很多人，坐我边上的洪再成首先成了我在小镇的朋友。小洪沉默寡言，满脸诚恳，是那种一看就觉得能够成为哥们儿的人。他不喝酒，拿饮料敬我，然后建议我写写小镇，写写聚龙家人的幸福生活。

小洪说得非常认真，不喝酒的他竟带着微醺，陶醉在小镇、邻里、家人、幸福这些字眼里。他希望我将这种感情分享给更多的人。我知道他的请求发自内心。

我感动于小镇人与人之间这种亲近。家人之间相处的微小幸福，令人羡慕。公司的郭振辉总经理也参加了聚会。我最早认识他是在美术馆的一幅油画里，是根据一张老照片画的。画里面他伸着手臂，一帮人站在荒凉的山坡上，规划聚龙小镇的未来。我和他说到这幅画，他说画里面还有郭无争董事长——一个面对着远方的背影。

小镇创建者都很低调，他们几乎不面对媒体。杨欣向我介绍过，有这样的机会都是他们中层出面。

郭振辉总经理儒雅温和，更像一个做学问的人。他说聚龙小镇做到今天这个样子，跟业主有直接的关系。他指着在座的人对我说："他们，是公司的好业主，更是我的好邻居好朋友。我做事情是离不开他们的。"

聚会的气氛非常好，不是闹酒的热闹，是一群关系亲密的人相处得其乐融融，像家人一般。

Chapter 5 家门口的生意

小镇的商店大多是业主开的，赚钱不是他们的主要目的。

丹帅在聚会上听说我需要一辆自行车，第二天上午就转由上官送来给我。上官是小镇业主的“110”。

上官说在小镇骑自行车出门会很累，电动车才是最舒适的。这话下午就得到了验证。我骑自行车去体育中心的游泳馆，在阳光大道的下坡路滑行，人像是要飞起来。等到回程骑上坡路，我使出吃奶的劲儿也骑不上去，只能下车弓着身子往前推。这年头，人力推什么车在路上走都是笑话。

丹帅马上送来了她家的电动车，一辆很漂亮的黄色雅迪。车子的尾箱里有头盔和雨衣，我又塞进去一件防寒的夹克衫。

晚上，我骑着雅迪去会业主陈伯。陈伯是我在游泳馆认识的，我们先是像小镇人那样微笑致意。他早知道我是个作家，认定我来小镇是想写写这里。“我是干了一辈子公安的。”他这么介绍自己，似乎也旁证他对我职业判断的准确。他说他想找我聊聊，坐下来好好聊聊。

对于一个警察的相约我还是很感兴趣的。地点陈伯定，时间我定。

晚七点，我们在聚龙凯莱酒店大堂的咖啡馆见面。我准时到，他来得比我早。和警察面对面谈话，一般人都会有压力，我也不例外。我拿出录音笔，问他是否介意我将聊天内容录下来？他说没事，但还是瞄了几眼录音笔。

陈伯先介绍了自己，在惠安县公安局搞行政工作，黄塘镇是他老家，在聚龙小镇定居有叶落归根的意思。他明年就退休了，他并不怕这一天的到来。现在，他和家人只是每个周末和节假日来小镇住，退休以后就可以长期地住在这里。

我想听他说说小镇，他说："这里很舒服。"见我期待他往下继续，他又补充一句"董事长人很好，和我们一起住在这里"，然后就不吭声地望着我。我忽然意识到，他是一个诚恳的人，在知道我想了解某一方面的内容后，礼貌地等待我的另一些问题。接下来他恐怕只会做回答，而不再主动给我讲他感兴趣的话题了。既然这样，我就问了一个自己特别想知道的事："都说小镇好，你们住这里的人，有对这里不满意的吗？方方面面的总会有吧？！"

陈伯说："尽如人意是件多么难的事，要人人都满意几乎是不可能的。街上送人东西，不要你钱，有些人还抱三怨四、嫌多嫌少呢。"

陈伯稍作沉吟："这里，服务上、设施上有什么问题，有什么要求，只要是合情合理的，或者只要是公司能够做到的，人家不惜乎钱，都会想法帮你去做，不会搪塞你、糊弄你。这里跟其他地方有很多不一样，公司不一样，人也不一样！"

"人也不一样？这话有意思，不一样在什么地方呢？"我追问。

陈伯不吭气了，陷入了沉思。我默默地等他回答。这是个很有意思的话题——这里人与其他地方的人不一样。这是一个业主，也是一个职业警察说的。

这时候，陈清祺主任打来电话，问我在什么地方，想找我去9号沙龙喝茶。得知我在聚龙凯莱酒店，他说他就在对面的陶然之家红木店，问我和陈伯能不能一起过来。陈伯说那再好不过。

陈主任四十来岁，在银行工作，是小镇的老业主。他这个人做事有板有眼，经常带头做一些公益方面的事情。小镇的人叫他主任，也让他对有些事非负责任不可。他无奈地对我说："都说大哥、老大不好做，我这个人家称呼的主任比大哥、老大还难做。"在我看来，他这个角色有点像小镇的"意见领袖"，要是诠释主任这个称呼，他差不多是一个拍电视拍电影的剧务主任。我和陈主任是在前两天的聚会上认识的。

我们到红木店时，店老板李先生在忙着泡茶。他拿出一篾篓枇杷招待我们。我很惊奇，这才四月初就有了枇杷，在我们老家扬州起码要到六月份才有。李先生说这是他从老家仙游带过来的，是叫"早钟"的品种，去年熟得更早，春节一过就可以尝到。我知道莆田的枇杷有名，"大钟"的品种被誉为枇杷王，"早钟"大概是从"大钟"培育出的一个品种吧。

李先生教了我一招剥枇杷皮的方法，用硬币在果皮上轻刮几下，再揭皮时便非常容易。咬一口枇杷，水滴滴的，没有一点点涩，只有清冽的甘甜。这口莆田枇杷彻底颠覆了我原先对枇杷的口感记忆。

李先生年纪四十出头的样子，不善言语，在和别人聊的时候会不时地冲我憨笑，像是怕冷落我这个新朋友。他也一直没有闲着，不停地给大家沏茶。我打量他偌大的店堂，琳琅满目的家具，问他在这里生意做得怎么样？他说："生意主要在外面，家在这里，所以就近只做了这么一块，在家门口做事轻松，做得很开心。"

喝了会儿茶，我们与李老板告辞，陈主任带我们去 9 号沙龙。

之前陈主任向我介绍过 9 号沙龙，说："这里很文艺，是他们一帮朋友经常聚会的地方，在这里几乎可以认识小镇所有的文化人。"

沙龙进门处有一汪水池，垫着几块扁圆的卵石，像过河一样踮着脚尖过去。进到里面，马上觉得与我见过的所有沙龙不同。就拿我在北京去过的沙龙来说，为了显得京味或者洋味，彰显独特和前卫，大多用花哨的杂物七拼八凑；而9号沙龙这里，随意的摆设显示的是崇尚自然的主旨，清雅有韵味，不浮夸。

我们对面墙上悬挑着一长条木板，上面叠放着许多纸茶叶罐，每个罐子上都用粗油笔写着名字。我看到好几个熟悉的名字。陈主任指着茶叶罐，一一介绍他们的主人。这里的常客，尽管没有谋面，我也已经知道了他们的故事、他们的为人、他们与小镇的感情，以及他们在这里聚会的快乐。

沙龙的主人叫张唯。陈主任说她高挑漂亮，是个气质美女。她最近不在家，随小镇一帮业主到浙江去研习传统文化了。小洪也去了。

我们在9号沙龙喝茶到打烊。陈伯在门口与我告别时，很是得意于在聚龙买房子的选择。他说："叶落归根这里，养老无虞了。"

第二天，我骑着电动车出了小镇，沿着聚龙大道骑到了国际高尔夫球场。这是小镇的配套项目，据说是泉州最大的18洞高尔夫球场。有意思的是，我一个骑着电动车的人闲逛到里面看了看，决定要在这里打我的人生第一杆。

我过去一直以为高尔夫是有钱人的运动项目，而这里的收费标准真便宜啊！我忍不住打电话问上官是不是真的。上官说我只要在爬山虎微信群里说一声，马上会有人响应我，会有人与我一道去打高尔夫。

上官说，小镇不仅有泉州最大的高尔夫球场，还有好多项泉州最好的娱乐休闲场所。有8个网球场、篮球场、排球场、羽毛球馆，3个游泳馆，2000平米的健身馆，1000平米的乒乓球馆，还有5公里长的登山道。他建议我去体验一下虎三哥的聚龙养生馆。

我在上官请客的那天认识了虎三哥和他太太。别人介绍说，他们在小镇开了一家很是豪华的养生馆。虎三哥的太太是那种懂得保养的女士，完全可以做养生馆的形象代言人。她送给我一张1000元的体验券，为了让我安心收下，虎三哥说他们送了很多这样的体验券给业主。

虎三哥给我的印象非常深刻，不仅是他胖乎乎的脸和朴实的笑，而是他一句当时我以为的场面上的客套话。他说，我们做的是服务行业，如果自己做的服务都不能让家里人享受，是说不过去的。

这是小镇人第一次在我面前说“家里人”，以后我知道小镇人是将住在小镇的人当一大家子人，很自然地脱口就来。

中午我在小镇美食街挑了一家叫卧龙轩的饭店，手机上搜出这是家做养生菜的馆子。进店以后老板过来招呼我，我请他帮我推荐几个特色菜。对于我这样一个吃货来说，在大酒店是绝对不要服务员或者经理介绍特色菜的，知道他们通常会推销最贵的，或者那种卖不掉的不新鲜菜。老板问我是什么地方人，说好知道我的口味。我说我是扬州人，在北方工作，菜要家常一点，有特色。

老板到厨房安排以后过来和我聊天，得知他不是本地人，也是这里的业主，就问他当初怎么想起来在这里买房了。老板姓涂，他说当初是觉得这里的外国语学校好，把孩子送到这里来读书。先是租房住，然后感觉在小镇住比住在什么地方都好，就在这里买房了，并且停了以前在老家做的生意，与人合开了这家饭店。

上次我在农家饭店吃饭，邻桌是一对中年夫妇带着一个中学生模样的女孩。他们见我没有点到土鸡汤，就邀请我和他们同桌共享。中年男子让我不要见外，他第一次到小镇来就被人在这里邀请过、共享过。他说这里的人很好，都很热情，你我分得不是很清。我当时不想打扰这三口之家的晚餐，婉言谢绝了他们。可中年男子仍不时地侧身和我聊了几句，他说这里的鸡汤真的不要错过，他每

个周末都和太太从福州过来看望读书的女儿，每周都会预订一锅鸡汤。他之前在这里租了房，现在女儿快毕业了，却决定要在这里买房。“小镇人很好！”这句话他强调了好几次。

这位中年男子的情况和涂先生的经历有点儿相似，没准以后这位先生也会在小镇择业，在家门口找一件事情做，更好地享受小镇的生活。

涂先生说，他的生意主要是做业主，这种家门口的生意还是很有压力的，很在意反响，到店里来消费的是街坊，是门前屋后的邻居。在小镇，做不做生意，他都想有个好口碑。小镇天南海北的人都有，为了迎合口味，他经常邀业主下厨房，让自己的大厨向他们学习家乡的拿手菜，客人下次来就可以烧家乡菜给他们吃了。

难得涂先生这么用心，他给我安排的菜也很有特色，一钵农家全猪宴，一碟老醋鲫鱼，一盘炒青菜和一盅永春白鸭汤。见我是一个人用餐，既在菜品上考虑丰富性，又给我减了分量，恰到好处。

农家全猪宴就是用一整只土猪，从猪头到猪尾一锅烩，吃到了猪肉、肥肠，连猪心、猪肚也吃到了。很香，一点也不肥腻。一碗米饭被我扒得干干净净。涂先生说他们店里有一口柴火灶，烧全猪和米饭都是在大铁锅里焖的，难怪那么香。

这顿饭只花了85元，相当于我在北京吃一顿呷哺呷哺小火锅的花费。

下午继续看商铺，转到文化广场那里的希木堂。

美术馆负一层的文化休闲中心就有希木堂的展品，陈列在那里的四把红木椅扶手比胳膊还粗，造型厚重而不笨拙，气宇昂扬而不张扬。看标签，有“希木堂红木家具”“业主所属”字样。

我不知道这四把椅子是希木堂的还是小镇哪一位业主的，因为希木堂的主人也是业主。小镇很多公共的空间都有业主的物品放在那里陈列或者与大家共享。家具也叫家俬，这么贵重的东西放在家里不是更好？不怕损坏，不怕失窃吗？小镇人似乎没有这种担心。

希木堂有上千平米的店堂，有几位外地客人在挑橱柜里放着的小礼品，酸枝红木雕刻的貔貅小把件要价才 24 元。这个价格单单工钱也是不够的，我不知道便宜到这种地步是什么原因。客人挑了一些手把件心满意足地走了，我也想买一些，但不好意思问价，怕有趁机讨便宜之嫌。

堂主陈先生来接待我，我说只是看看，不是小镇的业主。陈先生说没有关系。高个的陈先生背稍有些驼，眼神炯炯，能够看穿人似的。事实上他能看穿木料，以前做木料生意的他，在木料市场不景气的时候卖过手机，看准市场复苏以后转回来做高档家具，在北京还开过门市。

陈先生说刚才那拨客人是业主带来的，他对跑到面前来的儿子说，做生意要先学会做朋友，有朋友什么事情都好做。他儿子白面书生一个，戴着眼镜，稚气未脱的高中生样子。

店堂里有一则小启示，建镇庆典期间凡是来希木堂的业主，只要填写数字 1-300，就可以得到价值 108 元的小叶紫檀手珠一串。我问店里的服务员，不是业主，可不可以参加活动？她们说可以，并给我拿来纸和笔。

为什么要参加呢，直到开始动手写数字也没想好这个问题。我是贪小便宜吗？想想应该不是，写这么多字，稿费也不止这么多；是想要看看果真写好了，他们会不会兑现。

我发现我并不能一心一意地写好这组数字，笔下的数字有的会让我联想，想到相关的什么事情。我得集中注意力，我告诫自己，这已经不是写出来有一串手珠奖励的问题，而是一件必须专心做好的事情。

写到 200 以后其实已经很不耐烦了，但最终总算完成了。服务员郑重地将一串手珠递到我的手上，夸我是做事情认真的人，因为只有认真的人才能够完成这个书写。

有实物奖励，还有夸赞和鼓励，面对这样的好事，于是便问了问，这活动是谁策划出来的？服务员说是小陈老板。

小陈说，数字里有很多人生重要的东西。某些数字会让人感慨，会让人思考，写数字静心，也能够有启迪。他告诉我希木堂的手把件为什么卖得便宜，都是学徒用做家具的边角料制作的。这个项目是他和一个小伙伴在做，不想用这个赚钱，只想用这个给人留念，记住希木堂。美术馆那里的红木椅是希木堂的，他们放在文化休闲中心的九件套红木家具价值 200 多万元。

小陈与他靠吃尽辛苦做生意的父辈相比，有文化，头脑更活络，也会从做生意的过程中得到更大的乐趣。

晚上在食堂吃饭，听一位公司里的员工讲到另一位业主在小镇做生意的事——“奥巴马”开大坝人民公社食堂。

聚龙湖大坝俯瞰聚龙湖，坝上的揽胜台也是一处小镇人休闲聚会的场所，有供野宴的长条桌，在那里面对着聚龙湖聚餐真是赏心悦目。

郭无争总是能想别人想不到的。他准备在揽胜台左侧上开一家餐厅，由业主经营，服务小镇的业主。他指定经营人为“奥巴马”，对这个业主他是可以下任务的，要求他在建镇 7 周年那一天开业。

奥巴马本名叫谢伟志，有这么一个昵称的时候，奥巴马还没有成为美利坚总统。搞过企业的他，爱好运动，下厨更是一把好手，办几桌饭菜手不忙、脚不乱。奥巴马有设想，他要做怀旧主题餐厅，让小镇再多一处人文景观。对于四五十岁以上的业主来说，吃人民公社大食堂酸甜苦辣咸饭菜，视觉和味觉带动记忆，回到那个特殊年代，回到曾经的峥嵘岁月。一顿饭让人吃得感慨万千，出了门在大坝上眺望美轮美奂的小镇，让人倍感幸福。

奥巴马有这个追求，一大帮业主主动来给他帮忙，小洪成了他的副手。大家把能够帮奥巴马做的事情主动认领过去，需要找工匠做的帮他去找，很快就让原本一座光秃秃的三层小楼有了人民公社时代热火朝天的场景。

大坝餐厅，起名“大坝人民公社食堂”，简称大坝食堂，如期开张。原料以有机蔬菜为主，旨在让人吃出过去年代的艰辛，现代人也是喜爱清淡的。开张后顾客盈门，奥巴马本来也没想开这个食堂赚钱，连服务员也没有雇。生意一下子火起来，帮忙照应的还是小镇的家人。端菜的、抹桌子的、迎来送往的都是邻里人，弄得每天都像奥巴马家里在办喜事似的。

现在，大坝食堂换成了给奥巴马帮忙最多的陈二姐在经营，主营闽北菜，特色菜肴的食材均来自闽北山区，她找来了老家的亲戚做服务员。

我找机会去品尝了一下，菜肴很有风味。厨师喜欢听别人说他好话，是一位一被夸就飘飘然的大叔。不过，他做的糟溜鱼片真的不错，自制的香糟和调料也别有风味。他自夸是有独门绝技的厨师，推荐我喝乡下老酒，一种农家小酒坊用糯米做的黄酒非常地道，温和、绵软。

小镇是个功能齐全的现代化社区，一切着眼于业主的需要。对做小镇服务行业的店家给了非常大的优惠，业主经办的店面得到的照顾更多。“心术不正的人在小镇做生意是做不下去的。家门口的生意，只有做好！”陈主任说。

Chapter 6 聚龙人，上山喽

高山氧吧，乐在其中的运动。

陈主任约我一起去爬聚龙山。早上八九点光景，他开了车在四号岗等我，一起来的还有奥巴马。这时候爬山迟了点，他们是照顾我起床晚。

聚龙山沐浴在明媚的阳光里，巨硕厚重的山门让人仰视并心生敬畏。过山门拾阶而上可以到达聚龙殿。我们左转到一条石径上，进入上山的道。这条差不多两米宽的石径，作为山道应该属于舒坦的，不陡峭，共有五公里长。

聚龙山主峰海拔505米，层峦叠翠，绵延上万亩原生森林，有丰富的负氧离子，把小镇怀抱在一座天然养生氧吧里，让这里夏天的气温比厦门、泉州市区起码低3度以上。在山上眺望小镇，那些楼宇错落有致，与自然风景相映成趣。

上山的途中，我不时地指山路两旁的树和草本植物给陈主任看，向他讨教名称。陈主任说他只能说个皮毛，山上有335种乔灌木植物、23种蕨类和草本植物，国家二级重点保护的樟树、省级重点保护的油杉、福建特产植物胡颓子等珍稀植物在山上到处可见，并不稀奇。

奥巴马对山上的动物比较了解，说："树丛里有不少的野猪和山鸡。山鸡，我们爬山经常遇到，扑簌簌地好几只飞起来。野猪也不少见，听见人的动静呼噜噜地往树丛里钻……"奥巴马绘声绘色地说着，还拨开一处灌木往里面察看了一下，"经常看到有野猪在里面。"

登山的道路不止一条，不时地看到交叉过来的迤逦山路，我们大概是走在一条主路上。休憩的凉亭，用石头堆砌的，或者用原木悬空搭建，古朴雅致。我这个历来对风景区拙劣的人工“古亭”抱鄙夷态度的人，竟然感到一种视觉和心理的舒适。这里建的亭子在自然之中是妥帖的、融合的。

我们找一座亭子坐下来休息，里面有登山者逗留的痕迹，木桌上遗弃有即食食品袋和矿泉水瓶。陈主任和奥巴马在我站起来远眺群山的时候将桌子收拾了一下，遗弃物被放进亭子里的垃圾桶，桌子用纸巾擦了擦。奥巴马嘟囔，登山的外来游客多了，他们没有对聚龙山的爱护意识。

“业主是不会这样乱扔垃圾的。”我说。

我现在已经有思维定式了，在小镇看到有不文明行为，首先会想到这个人不是小镇的业主。这是我通过多次观察而得到证明的。在小镇，要是遇到一个对我的招呼和微笑无动于衷的人，我会追问他：“请问您是这里的业主吗？”答案一定是生硬的“不是”，或者摇头。

歇下来就不愿走了，要是一个人来此凉亭，和衣倒卧，让山风轻抚，春日的暖阳晒在身上，正应了那句“归去来兮归去来，烟霞深处和衣倒”。

爬到半山腰，我有些气喘，腿也觉得重了很多，而他们两位胜似闲庭信步。我的嗓子很干，知道爬山却连饮用水都没有准备，想自己还是低估了这座山，以为不是很高，爬起来会很轻松。陈主任见我不时地舔嘴唇，咽吐沫润嗓子，倒了他水壶里的水给我喝。

山路上有一处沙子堆，陈主任和奥巴马停了下来。沙子堆旁有两只桶和一根两头弯翘的竹扁担。奥巴马运动了一下身子，揉了揉腰间，要发力做什么，又有些犹豫。陈主任劝他，今天就不要挑沙子上山了，等腰伤好了再说。

登山协会在山上修了一处高山富氧健身房，还未完工，黄沙、石子、钢筋、支架这些建筑材料要一点点地运到山上。笨重的运动器材也要想办法搬上去。奥巴马是协会的壮劳力，他的腰却在这时候受伤了，让他很是着急。

奥巴马出这个小事故也是在山上，他为了寻找水源，在聚龙山上翻山越岭好几天，找到水源的时候很激动，有水的地方山石是滑的，他摔伤了身子。

陈主任说，奥巴马摔倒后半天都没能够爬起来，最后硬撑着身子一步步挪下山。他顾不上伤痛，只为找到水源而兴奋，这处山泉引过来就能够饮用。

这么一说，我才想起奥巴马刚才爬山时确实显得很吃力，一只手不时按着腰部，头上的汗也淌了很多。

到了富氧健身房的工地，四五十平米的山坡已经就着地形安装了一些社区健身器材。一台太空漫步器已经可以使用，它通过下肢运动，增强心肺功能，提高心血管耐力，特别适用于老年人。我有些疑惑，这样的东西不可能是登山协会的健将们喜欢的。陈主任说，这处运动场所供小镇全体业主健身使用，不仅仅是登山协会的会员用。

我站到漫步器上体验了一下，双手握把，两脚分踏在两个踏板上，做自然交替摆动。我的漫步动作步幅大、速度快，很快我的血液循环加快，呼吸也急促起来，有一种连毛孔都在呼吸的感觉。在山坡上人有悬空的感觉，不是在太空也有云间漫步的那种刺激，感觉很不一般，不是平地能够体验到的。

抬头见到安放在两棵树之间的高空吊环，也想尝试。伸手去抓吊环，得跳跃一下，我跳跃了两下才抓到。奥巴马介绍，这是 2.55 米的标高，奥运会比赛就是这个高度。

我只能在吊环上做一下引体向上，鼓足勇气才又做了一个翻转，只觉得眼前金星乱舞，赶紧下来站好。奥巴马要不是腰受伤了，他就能够在吊环上做悬垂、

支撑、倒立。

陈主任说，健身房要把那些力量型、弹跳型、灵敏型、柔韧型和耐力型器械都上一些。我问到这些东西都由谁来花钱购置？他说是大家。

他说的这个大家是指业主，也指公司。前些天我在社区文化活动中心见过业主捐赠记录，业主黄瑞荣和陈欣就捐过一批健身器材。

我们在石台阶上坐了一会儿。富氧的环境里特别想抽烟，不过我还是克制住了，森林有防火和禁烟的规定。我大口大口地饱吸，做腹式深呼吸，要说纯净的空气能够洗肺，在这里肺一定能被彻底清洁。

考虑到奥巴马的腰伤，我便不想再往山顶爬了，觉得在小镇的日子里还会有机会。下山时，迎面过来很多往山上爬的人，陈主任和奥巴马不时地与他们招呼。所谓上山容易下山难，下山时膝盖很用力，我便拖了他们两位的后腿，慢慢地走着，也好欣赏途中的景观。

奥巴马回头见我已经被落下一截，叫陈主任放慢步子。陈主任让我留意龙石阵，小镇从世界各地征集来的大小“龙”字，它们分布刻在聚龙山山路沿途的天然巨石上。寻找龙石也是一种乐趣，可以为登山者的运动助兴。

这些“龙”字近百种，数量还在增加中。它们形态各异，包括汉、蒙、藏、满、女书等文字形式，或镌刻于路边山石上，或高悬崖壁上，或隐藏于密林中，组成的龙石阵被外面来的人看到，赞誉为天下第一。中国人对龙的崇拜可追溯至远古时代，在聚龙山上摆匠心独具的“龙石阵”，聚龙亦藏龙，犹如数条巨龙盘踞苍山之上，气势浩大，山更巍然。

聚龙小镇是 CPL 世界城市摄影联盟主席基地。聚龙山上的龙字很多是由摄影家和城市摄影联盟提供的。我看到有江苏南京和苏州市摄影家协会的龙字，感到非常亲切，因为我曾经在苏州的小镇浒墅关生活过三年，在南京也生活过一年。

我们从主道上折到盘旋的小道，时而疑无路，继而路转峰回；一刻林荫遮蔽山色溟濛如夜，立马豁然开朗云淡风轻近午天。

山上的奇峰异石、清泉溪涧、繁花林木、奇禽异兽，处处是风景，但都自然呈现，没有刻意命名，不需要有人像导游一样向你解说它是什么、它像什么。我祈祷这里不要有所谓的开发，能够永远如斯，像龙猫森林一样，成为聚龙小镇的神秘乐园。

走了很长的时间下到山脚，到了业主果园所在地。

果园里种植着属于业主私有的芒果、杨梅、柚子、桂圆、余柑……公司无偿提供土地给业主，只要求业主有机种植，不得有商业目的。

周末，业主闲暇时，会为果树浇水、施肥、锄草、修剪、除虫，照料自己的果树，也帮助别人。他们在这里交流栽培技术，亲近土地，爱护自然，也在这里增进彼此之间的感情。收获的季节里，果园里有欢声笑语，采摘的不仅是果实。

奥巴马四处打量，寻找能够放健身器材的地方。有业主要捐赠，请他操办这个事情，他物色好地点后要报小镇的物管公司。陈主任最近一直在筹划登山协会挂牌的活动，不时地与奥巴马商量几句要办的事情。

我问陈主任："你们成天张罗这些事情，竟然不是为自己，比如山上的健身房，起初还以为是你们的私人俱乐部，哪知道你们自己掏钱建造，是为大家，是和小镇业主共享。这么做你们觉得值吗？累吗？"

陈主任说："值！不累！"

奥巴马说："我们乐在其中，你跟进来做就知道啦！"

Chapter 7　爱心顺风车

相信好心得好报，复杂的事情也可以简单。

小镇虽说在泉州和惠安县城的郊外，出行却非常方便。公司配有有专职司机的清洁能源电瓶车。电瓶车是业主的免费交通车，在路上也能够招手即停，从文化广场可以直达小镇外面的高铁站，沿途有不少停靠点，每隔30分钟一趟。我有一次步行太远实在走不动了，就招手叫停一辆安保巡逻摩托车，他果真送我到可以乘电瓶车的地方。只要在安保巡逻的路线上，业主的出行求助都会得到帮助。至于电瓶车，虽说是业主专用，谁招手都会停下来。小镇没有陌生人，只要有空座就不会拒绝任何人的搭乘。

建镇庆典那几天，业主交通车被打扮成花车，花团锦簇，香气袭人，比婚庆花车还要漂亮。老年业主特别喜欢乘这种车，他们有的是时间。我在游泳馆认识的女业主蒋老师，每天下午就乘电瓶车来游泳，把时间掐得很紧，坚持游上1000米，结束以后乘电瓶车回家。

K702公交车往返泉州汽车站和聚龙小镇，直至晚七点左右。另外，小镇还有供业主上下班的通勤车，早晚好几趟在小镇与泉州市区、惠安县城之间往返。

“爱心顺风车”是业主们自发搞起来的，每天的顺风车有四五百个车次，所有加入爱心顺风车的车主，都会在前挡风玻璃前放置一块统一的标示牌，以方便需要搭乘的人拦车询问。小镇上有很多搭乘点。

微信是小镇人与人之间最常用的即时通讯工具。谁需要什么帮助，随时在群里发条信息或语音，马上便会有人响应。爱心顺风车的信息传递主要就是通过微信群，业主们专门建的一个群，参加人数已满500人，正在筹备开通第二个群。微信群规定只能发布与搭乘相关的信息，且需严格按照格式发布。

我在微信里见到过几则业主的信息：

李杰——求搭车，1点至2点，聚龙小镇到泉州动车站，2人，感恩！

伟彬——2点，小镇往南安市溪美，三位空。

小芸——今天中午12：50，小镇—后渚大桥—泉州森林公园—晋江大桥—空3个位，沿途有需要的联系。

我经常看美国的公路片，特别喜欢美国人在路边拦车的那种姿态，迎着过来的车，伸出手臂，竖起大拇指。这表示对车主的致敬，同时也表达自己搭车的诉求。车主大都会停下车来询问你需要什么帮助。

在中国，拦车也是有特点的，在路边看到有人捧着纸板，上面写着有货到某地；或者一只手举着一页有醒目地名的纸，另外一只手举一张百元人民币作为幌子。他们都是要搭车的。至于你翘大拇指站在路边这种情况，大概只有出租车会停下来。

我对小镇仍存在一些质疑，在希木堂写那组数字，参加他们的活动其实也这样的心态。我知道，有的地方，那些先进、典型，其实是形象工程或者品牌造势，真真假假，虚虚实实。既然喜欢这个小镇，就要证实那些让我惊奇的方面都是真实的，还要知道是怎么形成的、怎么做到的。

心动不如行动，何不直接体验一次呢？我一直想去华侨大学，一位多年不见的朋友江教授在那里教书。我第一次到小镇的时候，去泉州开元寺路过华侨大学，当时给他打电话，我到泉州来他很惊讶。他说小镇现在很有名，多次带朋友到小镇看过。上次由于时间关系没有见面，所以这次一定要去见见他。

傍晚时候我站在“爱心顺风车”站点的牌子下面，背一个双肩包，很像搭短途车的。多位小镇的业主已经认识我，见我站在那里，以为我要走了，便过来道别。我说，只是要到华侨大学去看一位朋友。

有车路过这里会慢下来，不等我招手，车窗打开来，友好热情地问我到什么地方？看来只要是顺路，车是随时可以搭的。只是我要到华侨大学，几辆车都不是往那个方向去。有人建议我到安保楼那里乘小镇发车的 K702 公交车，在华侨大学有一站，更有热情的人要送我到公交站去。我对他们致谢，说再等一等。

等了一会儿，我决定改目的地，到惠安县城去一趟。在那里吃顿饭，然后搭小镇这边的顺风车回来，即使找不到也没有关系，至多坐个出租车再回来，反正不是太远。

一辆白色的运动版哈弗在我面前停下来，车窗打开，一位微胖的中年男子问：“您好！到哪儿？”他不像前面几位招呼我的驾车业主，他没有微笑，表情很是严肃。我说到惠安县人民医院。

我也不知道为什么要这么说，人民医院是到处都有的，位置通常也不会偏僻。他问我是不是惠安县医院。我说是吧。他说顺道，挪了一下身子，替我打开副驾驶座的车门。我坐进去说了声谢谢，告诉他，只要将我在惠安县城丢下就行。他说，可以送我到医院门口。

车出了小镇，我对他说：“谢谢你啊，捎我这个陌生人。”他一愣，没有说“小镇没有陌生”这句话，只是说“一回生，二回熟”。

爱
顺风车
帮助他人·快乐自己

都说人与人之间只要有笑容就不陌生，他这个人就是不苟言笑，只有我笑着，一直笑着和他说话。

车主姓赵，老家东北的，看出我也是北方人。我说我是南方人在北方工作，不是小镇的业主，只在这里住一阵子。他说："那您就是我们聚龙小镇的客人。"

赵先生在泉州工作，今天他本来休息，单位临时有事情要去处理一下。小镇的很多人是在泉州或者附近的南安、泉港工作。我问赵先生在小镇有没有人每天拼车上下班?

"拼车？"赵先生转过脸不解地看了我一眼。

我解释，在北京有车一族联系那些住得近的、在一条上下班路线上的、不愿乘地铁挤公交的人合乘，由乘车的人分摊油费。这就叫拼车，也叫顺风车。我觉得这种有偿的顺风车虽与爱心无关，但也是提供别人方便，是环保的出行方式，值得提倡。

赵先生说，那多没意思啊，一扯到钱就把人情搞没了，成了生意。我说要看怎么理解，或许在那些人的眼里，我今天搭您的车属于蹭车呢。

赵先生不欣赏这种做法，他说，予人方便其实是予己方便，在小镇这里他也搭过别人的车，很正常的事情。他刚换的新车，以前有过车坏在路上的时候，微信里语音一说，马上来了一帮业主帮他拖车，还陪他到修理厂修车。他很得意现在开的这辆哈弗，小镇现在有好多辆这个牌子的车，"我们支持民族品牌，用不了两年，我们小镇会有一百辆，搞业主自驾游，清一色的哈弗，浩浩荡荡开出聚龙小镇……"说到这里他转了一下方向盘。

赵先生送我到惠安县医院门口，并没有立即开车走，知道我晚上要回小镇，一定要我记下他的手机号码。他八九点回，说："没准儿赶巧可以一起回去。"

惠安县城我是第一次来，早听说惠安是著名的侨乡和雕艺之乡。惠安女以奇特的服饰、奇异的婚俗闻名海内外。艺术家们穷尽艺术表现手法，使她们的美丽形象从中国走向了世界。在人们心目中，惠安女更是中国妇女勤劳耐苦的代表。

现在在惠安县城，要找到那种花头巾、短上衣、银腰带、大筒裤装扮的惠安女其实已经很难，这种装扮被有些人戏称为“封建头，节约衫，民主肚，浪费裤”。不过，听说在崇武镇还能够看到。

这个时间我已经没法到崇武镇看惠安女，却在惠安县城尝到了一道与崇武男人有关的菜肴——鱼卷。

在聚龙小镇的超市，我看到过有卖鱼卷的。我喜欢吃鱼，对于鱼丸、鱼豆腐这些鱼肉制品都喜欢，鱼卷倒是没有吃过。见到惠安县城很多的饭店都打着瑞芳鱼卷的招牌，就找了一家店面整洁的进去品尝。

坐到饭店里听服务员介绍才知道，瑞芳鱼卷是鱼卷的一个品牌。店家买进来后放在玻璃冰柜里，根据顾客的需要进行加工，是一种可以做出多种花样和口味的百搭食材。

既然是吃鱼卷，于是就点了炒鱼卷、炸鱼卷和鱼卷汤，觉得这样应该能吃出鱼卷的不同风味。三道鱼卷同时端到我的面前来，炸鱼卷酥脆爽口；炒鱼卷口感绵厚，鱼肉鲜香浓郁；鱼卷汤葱油味扑鼻，入口爽滑柔嫩，嚼起来Q弹，唇齿留香。三样鱼卷菜让我根本停不下筷子，又想狼吞虎咽，又想慢慢品尝，吃了还想吃，肚量有限，真是难为人。

店主就是厨师，这样的小饭店忙起来时，记账的老板娘也兼做服务员。闲下来的店主过来问我鱼卷味道怎么样？我便问他鱼卷是怎么做出来的，他会不会做。

店主说他不仅会做鱼卷，而且做得很好，只不过嫌麻烦。制作鱼卷的鱼要选马鲛、嘉腊、鳗鱼、黄花鱼这些上等鱼，用利刀刮下鱼肉剁成鱼酱，剁时要边剁边加适量的淡盐水，剁到适度时再加适量木薯淀粉和猪肉末、葱头、荸荠、鸡蛋清等配料，搅拌均匀后做成卷状，包上“网纱油”旺火蒸熟。鱼卷可以说是融合了山的味道与海的味道。崇武的男人以海为生，长年顶风钻浪，时时在冒生命危险。鱼卷是他们祈求平安吉祥的一道菜，喜宴上必上的一道菜。

正和店主聊着天，赵先生发来短信：“八点半路过惠安，回家的话县医院门口接？”

这当然好，体验顺风车，顺风去顺风回。不过，我突然想到赵先生是从泉州过来，他其实可以直接走高速路，那样便捷很多。他定是为了送我和接我才拐到惠安县城里来。

我很是过意不去，即使给自己安慰，想这是小镇人的爱心，他们乐于这么做，但还是要问自己，人家凭什么要对我这么好？他应该知道，不是业主的我，甚至连回馈他的机会都没有。

等到坐上赵先生车的车，见他面带倦容，我就没有和他多说话，返程感觉要快很多。

临近小镇，灯火阑珊，安保岗亭“欢迎回家”的灯牌很是醒目，让人觉得温暖安心。岗亭站着的安保员挺直身子，对我们敬了一个标准军礼。赵先生竟回以难得的微笑，还点头示意。

赵先生欠了一下身子说：“到了这里，就感觉像是回家了。一切工作、烦恼和不顺心，都一股脑儿抛在身后了。”

此后一段时间，在业主的微信群里时不时会看到搭顺风车的信息。譬如业主李良芳在中午 11 点时发的信息：“各位邻居好，今天晚上 10 点半有车从厦门机场回小镇，如果有需要搭便车的邻居可以联系我。”

尽管没有看到有需要搭车的，但我看到好多人给了赞。“聚龙好邻居”“聚龙一家亲”的夸赞会让做好事的李良芳心里很温暖吧。

我曾想过，这样的顺风车要是遇到意外怎么办，车主有没有这种担心？起码要预测一下法律风险吧？万一出了事故后，搭车人对后果独自承受不了，会不会找车主共同担责？

坐了一趟顺风车以后，我心里有了答案。在小镇，献爱心的车主不会没有考量，他们有担当责任的心理准备。他们的爱心、良心、责任心是给自己家人的，小镇人都把邻里当成了家人。“岂曰无衣？与子同袍”，家里人一起出行一起担责，对于他们本无需多虑、无可厚非。否则，完全可以自己担负一份出行资源，独来独往、来去轻松。

我对小洪说到顺风车担责的问题，他说这根本不是事，爱心义工社遇到这种情况一定会帮助，会出手援助。做好事是大家都支持的，正能量可以良性循环。目前，顺风车群由一个 10 人左右的管理团队在监督，制定了一套详细的通用规则。其中特别强调：若驾龄小于两年的车主不建议顺路捎人；车主和搭乘人要互相了解对方的真实身份及联系方式，将了解到的对方信息至少告诉一名亲友；爱心顺风车为纯义务行为，不收费，搭车者不得将自己的需求强加给车主；若搭车出现任何意外情况，车主将不承担相应责任。

这是告知，也是参与者的要约。

Chapter 8　且为亲人，且为好友

小镇物管和业主的关系可用鱼水情形容。

车凤说我该找物业最著名的管家上官荣华聊聊，小镇没有他不知道的事，也没有不认识他的人。我到小镇以后见到上官的机会不多，有那么几次见他忙得脚不沾地的，也不好意思打扰他。他一直要请我喝酒，说要喝到一醉方休。

上官个头不高，戴眼镜，皮肤微黑，三十岁出头却有着高中生一样的形貌，三七开的头发总是梳理得很有型，一丝不苟穿着贴身的黑色制服或者白衬衫。在我看来，他特别像大家庭里最讨长辈喜欢的、最听话懂事的有为长子。

待上官满脸笑容地走近我，一个深深的鞠躬，我马上就又感觉这是职业化的上官。他待人极其热忱，有时你还没开口，他就能领会到你想要说什么。你会因为他的工作认真对他产生信任，会因为他的无私帮助对他产生友情，不是简单的服务与被服务的关系，而是一种朋友或者亲戚关系。

建镇庆典结束以后，上官和公司一帮骨干要带一批业主到日本考察，学习域外的社区管理经验。他交待我在小镇有什么困难可以找社区文化部的徐洁。他也建议我写写小镇，说得比小洪要具体，要我写小镇的邻里情、业主的故事。在他看来，小镇的业主是世界上最好的人，业主们给了他每天工作的乐趣。

小镇业主从签购房合同那一刻起，上官就开始为他们服务，直到入住以后，物管公司的管家接手进行 24 小时服务模式。人是受习惯支配的，在一个陌生环境里最初认识的人、产生好感的人，通常会被认为是可信任的人，以后有什么

事情，总会想到这个人、依靠这个人。小镇每一位业主都有上官的手机号码，每一家的门槛上官都踏过无数遍。要是写业主的故事，写邻里情，上官提供的素材一定是最多的。我想找他多聊聊，而他却要出差十来天。

上官出差以后，有关他在小镇的事情我倒是听了不少。

小镇人对上官的评价很高，有的业主甚至相信他近乎无所不能。大家对他的普遍印象是他永远面带微笑，无论遇见谁都能寒暄几句。大家把他当亲友、当家里人。他是老年业主的儿子，是小朋友的干爹，是大家的好兄弟，丹帅称他为表弟。在他身上，服务意识是发自内心的，服务的范围也从来没有被界定过。他的手机每天 24 小时一直开机，只要他的“家人们”有需要，无论什么时间，无论大事小事，他都会第一时间赶到。

业主生病时，第一个想到的人是上官。陶然新村的谢先生住进来以后，上官不时登门拜访他，主动告诉谢先生，有什么需要，无论什么事都可以联系他。谢先生以为这只是客服人员的套话，没有当真。直到有一天深夜，谢先生阑尾炎突发，家人恰巧都不会开车，紧急关头，他想起了上官，试探着给他打电话求援，没想到上官接到电话后二话不说，15 分钟内赶到，将谢先生送去医院急救。

类似的故事也发生在业主张女士身上。她与上官并不算熟悉，印象里上官只是个热情的物业公司副总经理。她抱着有备无患的心理记下了上官的电话。没想到这个电话号码还真派了大用场。有天深更半夜，孩子突发 40 度高烧，想送孩子到医院，不知往哪家医院送好。上官接到电话后马上赶到，开车将他们送到医院，并陪他们到早上治疗结束，再将他们送回小镇。事后，还不忘打电话给张女士问孩子的康复情况。

说上官是老年业主的儿子是毫不夸张的，要加一个“们”，他是老年业主

泉州市聚龙物业管理
陶然居服务

们尤其是空巢老人们的儿子，他把他们当成自己的父母一样孝敬。陶然新村的程先生在县城做生意，不能时常陪在70多岁的父母身边。上官担心老人独自生活孤独，也怕老人没人照顾，时常买菜送上门，有时还陪他们一起吃饭。对老人们，上官贴心、悉心、细致、周到。他做饭给老人们吃也是经常的事，陪他们散步聊天是闲下来要做、忙里偷闲也要做的功课。家住东篱新村的袁先生忙于工作，他父母来小镇时就请上官帮着照顾。上官陪他们在小镇游玩，还请他们去聚龙轩饭店吃饭。

有人称上官为小镇110，因为他随叫随到，服务全面，且热心周到。

有人称上官为小镇好司机。业主家里有急事，或者是赶动车怕误点，只要一个电话，上官会准时将他们送去动车站。

有人称上官为小镇男保姆。小镇的年轻夫妻出差，遇到孩子没人接送这样的困难，只要打电话给上官，他一定去接并照顾好。至于谁怕孩子独自在家，告诉上官就后顾无忧了，他还有一位做教师的太太，可以顺便享受一下上官家提供的免费家教。

上官从日本回来后，我和他聊工作，聊到业主对他的夸赞，他一本正经地说："聚龙物业的每一个员工都有这样的一颗心，把业主当成家人。没有所谓的8小时内外之分，服务业主不只是工作，更多的是和他们像朋友像家人一样相处，互相关爱。"像上官他们这些员工，耗了多少业余时间服务业主，真的无法计算，也无法知道。但可以看到的是，他们和业主的感情是一点一滴建立起来的，业主们对他们所做的充满感激，把他们当家人、朋友。

上官这番说辞，会让人感觉是套话。但事后想想，他说的这些是他所遵守的公司制度和服务规范，在这个基础上，他对自己有更高、更明确、更具体的要求。

公司里有部分人是怀着感恩的心来工作的，他们都曾经受过郭无争助学基金的资助。

都说小镇的服务好，但不知住户多了，服务还能不能像现在这样，10 个人服务 100 个人和服务 101 个人肯定会有区别的。不知道业主会不会有这样的顾虑？小镇应该多多培养像上官这样的人，像上官这样服务业主的员工越多越好，这样小镇的优质服务才能保持下去。小镇也确实是这么做的。

业主杨先生曾经给物管公司写过一封表扬信：“我腿脚不便，那天晚上不知何故恶心、呕吐，不知是吃什么吃坏了肚子。我们宁波家人距此八百多公里，晚上生病怎么办，着急啊！打电话给陶然新村管理处，他们为我联系了专车和医院，然后用电瓶车把我送到医院。五号岗的保安，一边安慰我，一边抱我上车、下车，直至安全送回住处，简直胜如子女那般贴心！第二天我的病情有所好转，非常感谢那两个保安的悉心照料。结果第二天，那两个保安及领导反而登门慰问我，还买了慰问品。我当时除了感动还是感动！聚龙小镇的人与自然的清新氛围再次催我奋笔疾书，那两个不知名的保安，虽不是亲人但胜如亲人！”

业主微信好友圈有一则帖子：“自从儿子去国外上学后，这段时间一直让我在感动中。无论是亲人、朋友，还是聚龙大家庭的家人们，都给了我浓浓的关心和疼爱。这几天，保洁阿姨来清洁卫生时，每次变着法带不一样的东西来给我，自家黄豆研磨的豆浆、馒头、龙眼、姜汤，生怕我一个人难过，没能照顾好自己。这一切的一切，都让我心里暖暖的。”

郭振辉总经理说，公司对职工的培训不仅仅在工作技能上，也包括心态。小镇的家文化首先体现在他们身上。把小镇当家，让他们觉得是在为家做事，为家人做事，这样就不怕事情做不好。

小镇物管和业主的关系用什么比喻呢？上官说是鱼水情，形象生动，但不够准确，准确地说是一家人的关系，要做到这一点，我们首先要不拿自己当外人。

聚龙小镇这样大规模的社区，至今没有成立业主委员会。我问业主，没有这种需要吗？他们说都没有过这种想法，在这里，没有一桩问题是个人解决不了需要组织去解决的。

业主徐先生说，他以前在其他地方住的时候，业主和物管是对头。物业公司总是要赚钱的吧，业主是消费者，是弱势群体，维权的业主委员会就必不可少。这里情况不同，物业公司是为大家服务的，就说收费，每平米 1.5~2.5 元的物业管理费相对于服务来说只是象征性的收费，那么大面积的绿化维护要花多少钱？到职工食堂看看有多少绿化部的工人就知道了。物管公司的人性化管理，服务质量之高，也是其他地方不可比的。他住百十平米的房子，一年交不到 2000 元的物管费，到年底公司还发一个年货大礼包。谁都能明白，这样的物业管理绝对不会从他们身上挣钱的，而这么好的服务、这么多高素质的服务人员，是要公司投钱来支撑运转的。人们还有什么不满意的呢？

我问郭总：“物业管理这一块是不是倒贴钱在做？”

他说：“是的，考虑这一块是做服务的，就不要想着赚钱。当初不请外面的物业管理公司，自己搞，就是想把这件事做好。”

我又问：“小镇的房子卖完了以后会不会请外面的物业管理公司来做？会不会提高物业管理费？”

郭总笑着回答：“董事会上定下来的，我们用配套的商用房收益贴补物管，这样就保证了经费来源。要知道，郭董事长和我可都是住在小镇的。”

说什么都不如后面这句话，董事长和总经理也是业主，这里的业主都是他

然居
陶
8#

们的邻居、朋友、家人。

我在微信群里看到业主阿顺说他钥匙丢了不能进门，群里的邻居马上给他出各种各样的主意。譬如，可以用一种什么塑料纸插在门缝里打开门。阿顺想找专业的开锁师傅。社区文化部的徐洁也是小镇的业主，这天她休息，随口说了一句，找物管要电话号码。谁知郭无争看到了，马上在群里说了一句："你也是物管。"可以想象徐洁的紧张和压力，她是头脑里少了一根弦。平时有这根弦，紧紧地绷着，只是这天是周末。体谅的阿顺立刻就来了一句："我也是物管，我们都是。"

徐洁不一会儿就在群里发了开锁师傅的电话号码。只要这天阿顺进不了门，郭无争、徐洁、邻居们都不会放下心的。

这件事让我看到了公司与业主之间的关系。他们是一家人的关系，有那种家人之间才有的负责、理解、包容和体谅。

上官从日本回来后没过几天，林志辉约一帮业主到卧龙轩饭店吃饭，为上官的父亲送行。林志辉说："这是家里人的一点心意。"

好多人不知道上官的父亲在小镇，知道的时候他已经要回老家了。像这样的家里亲戚来小镇，请吃饭聚会的人要排队。

吃饭时，小洪说郭无争为业主做事很少考虑成本，只要合理的要求，公司能够做的都会去做，不能够做的创造条件也要去做。

这只有一种解释，为家里人做事才能够这样。

我很想见郭无争，到小镇来还没有见过他。

Chapter 9　薇姐择邻而居

千金买房，万金择邻。

陈主任带我去拜访小镇赫赫有名的薇姐（本名黄微微）。

薇姐看见我眼睛一亮，竟然认出了我，记得我第一次来小镇时曾在信用良品店里买过她寄卖的鸡毛菜。当时她听说我是带回北京的，将菜一把把地往我的包里塞，还不收钱。我笑着说："当然记得啦，你还试图劝我带一棵大白菜回北京，说很是美味，只是我实在没办法拿了。"

"当时你为什么一定要结账呢？这是在小镇，小镇送人家菜是很正常的，我送你的就不算是良品店里的。"薇姐还在为我当时没有接受她的好意而耿耿于怀。

我告诉薇姐，我就是想在良品店里买一点东西走，享受一下那种受尊重的快乐。薇姐笑了，说这就能理解了。她让我住到"薇姐之家"。

薇姐是小镇的明星业主，没有人不认识她。薇姐之家的格局像一个小型招待所，但却不是招待所。它有十多间快捷酒店那样的客房，没有服务员；有餐厅和烧得一手好海鲜的厨娘阿兰，没有菜谱和餐饮价格；也不是办事处或者会所，更像是俱乐部、小镇人的活动中心、外地人的接待中心。

花甲之年的薇姐看起来要比实际年龄年轻很多，成天忙忙碌碌不知疲倦。早上她在聚龙湖边打太极拳；上午在她的开心菜园里种菜，是菜农；中午坐在电脑前看股市行情，是股神；下午她去动车站接来参观小镇的老乡，是朋友；

晚上她去接外国语学校读书的孙子回家，是奶奶。

薇姐是温州人，她说怎么也想不到会在退休的年纪跑到聚龙小镇来安家。当初是朋友在小镇替她订的房子，只是说这地方好。薇姐第一次来小镇时感到十分惊讶，真的是想象不出来的好。住下来以后，更觉得这里好。她过去的老朋友、老姐妹同情她在异地生活孤独，跑来小镇看她。一到这里就知道担心是多余的，反倒羡慕起薇姐。后来她们同样迷上了小镇，要在小镇买房，和薇姐生活在一起。

这么一来，薇姐的腰杆子硬了，她四处发帖子，电话、QQ、短信、微信，给温州和全国各地的朋友们。不仅仅是自己有了一处好居所，就冲小镇这么好也应该宣传，让更多的人知道。薇姐喜欢与别人分享快乐，没有一点点迟疑。

听她宣传，听回去的人口耳相传，朋友们蜂拥而至，都要到小镇来看看。这样也给薇姐带来了麻烦，最多的时候她家里来了26个人，一天到车站接人三四次。来的人睡在家里沙发、地板上，到处都是“客房”。家里最多的东西就是毛毯、被子，都数不过来。薇姐为来客做饭做到腰疼腿酸手软。有些人来了还不想走，要多逗留几天。薇姐的这些朋友从小镇回去以后，成为小镇狂热的吹捧者，这些人家里都不缺房，但大部分都在小镇买了房。有当时没有下定决心的，回去后马上又回来买。

邻里们帮薇姐接待客人，他们腾出房子给薇姐用，还有人帮着薇姐做饭。薇姐的情况被郭总知道后，他问薇姐是不是需要公司的帮助？薇姐说她想借公司一两间房子用一用，她也是应付不过来了。没有想到的是，郭总立即就答应了。

只十来天，郭总带薇姐去看公司新装修的几间房。原本打算给小镇派出所用的办公房，现在配有大客厅、厨房、餐厅、标准客房。薇姐傻眼了，这要付多少租金啊？郭总说，先不谈这些，先解决目前的困难。

为了方便薇姐接送客人，公司还为她配了一辆电动客车。薇姐俨然像是公司的工作人员，其实根本不是。她只想回报公司，为小镇多做些事情。都说温州人会炒房，到处炒房子的温州人，看到小镇的房子是坚决要买一套的。不是炒，是为自己留在这里住的。薇姐的弟弟黄瑞荣在小镇被人们亲热地称为黄哥，前些年炒房炒得风生水起，随薇姐在小镇买了房以后，只一心带着太太在这里过安稳日子。有炒房的温州人找到薇姐帮忙，要买一幢楼，薇姐直言不讳地告诉他："小镇的人择邻而居，不是什么人都能够住进来的，有钱就买一幢楼的事情在小镇绝对不会发生。"这个炒房的后来到郭无争和郭振辉总经理那里，果真碰了一鼻子灰。

薇姐之家现在已经是一个 Team，成员扩充到 5 个人，有薇姐、黄哥、黄太、菜哥、阿兰。薇姐更像是领导，里里外外的一把手，成天风风火火、忙忙碌碌，不知疲倦。

菜哥是小镇第一种菜高手，他的菜地是业主菜地的样板。山上邻里情厨房专用的业主爱心自助菜园就是他带头开垦出来的。菜哥的菜地赏心悦目，他搭的瓜架横平竖直。他的菜都是有机种植，不洒农药，不施化肥。他的别克车里常年放着一把锄头，锄头把顶着轿厢，坐他的车也就不要指望舒适了。他的车座护垫是牛皮的，便于用抹布擦除泥巴。

菜哥沉默寡言，在他不认识我时，我曾经蹲在他的菜地花半天时间看他种菜。后来我忍不住要跟他讨一棵鲜嫩的生菜回去吃，他示意我自己拔，见我拔了一棵小的，他弯腰替我拔了一棵大的，说大的好，说完继续埋头去锄地。我当时以为他就是一个农民，地地道道的农民。

佳
节
欢
薇姐之家
盛世铸桃源源泽万家
小鎮聚九龍龍佑壽人
87329110

薇姐之家
宾至如归
健康、快乐、养生在聚龙

两棵生菜我都拿回了住所，用自来水冲冲，用超市买的酱油蘸着吃，鲜甜脆爽，没想到生菜会这么好吃。

薇姐说我是第一次来，必须在她这里吃午饭。她说她有从家乡带过来的糯米烧酒，还要我尝尝阿兰的手艺。陈主任本来中午家里有事，为了我能够留下来，打电话给家里请假。

胖乎乎的厨娘阿兰是薇姐从老家请过来的，她烧一手家常菜，特别是海鲜。我倒是喜欢她煮的白肉，有嚼头，在嘴里越嚼越香。她听到薇姐说我从小镇带蔬菜回北京的事，特地为我炒了一大盘鸡毛菜，说是上午刚从菜地摘的，味道自然比我带回北京的要好。

阿兰也能喝一点酒，喝了酒特别喜欢笑，看得出她在小镇生活、工作得很开心。菜哥不喝酒，捧着饭碗的手骨节粗大，常年劳动的人才会这样。

桌上还有一位江西来的中学校长，他是慕名来学习聚龙外国语学校如何吸引人才的，他的学校也是民营的。为了节省经费，他在聚龙凯莱酒店住了一晚后就搬到薇姐之家来住。参观完之后，他的情绪有点儿不太好，说没有想到同是民营的泉州聚龙外国语学校条件竟然这么好，好到让他吃惊，更没想到学校为了吸引师资愿意花大本钱。他连连摇头，说学不来。

我问薇姐："现在小镇有很多你的浙江老乡，薇姐之家会不会做成同乡会性质？"薇姐说："坚决不会那样，薇姐之家是服务小镇全体业主的，业主家里来人住不下，薇姐之家就是家，代表小镇接待来自五湖四海的朋友。"

吃完饭，那位校长要回江西，临走前他要给薇姐住宿费，薇姐怎么也不肯收。我拉陈主任走开，陈主任说薇姐不把这个当营生，吃住在这里，收个成本费，或者根本就不提这件事，过意不去的客人会把钱放在桌上离开。这里还多少有点良品店的自助风格。

我没有见到黄哥，薇姐说：“他们两口子回温州看儿子去了，待不了几天就会想回来，现在这里才是根据地。”

黄哥果真没两天就回来了，他是那种一见如故的人，对人很热情。约我找时间喝酒，上午说完，下午就给我打电话，问我在什么地方，得知我在廊桥听泉，让我在那里等，五分钟后过来接我。

来接我时，黄哥说他还约了老乡胡先生和胡太太。胡先生和阿顺、黄哥他们是多年的好朋友，现在都一起住到小镇来了。

黄哥为了喝这顿酒，下午特地赶到惠安县城，买了野生的黄三鱼、皮皮虾，还有一种我叫不上名字的螃蟹。阿兰做的炝海虾很好吃，红颜色的虾，我还是不认识，也不好意思问。虾去头带壳用盐水和蒜片浸着，蘸加芥末的酱油。我试着将虾壳都去了蘸调料吃，一下子就没有了那种很 Q 的弹性，口感差很多。据说黄三鱼是野生黄鱼的一种，用酱油烧的，味道很鲜美，但没我记忆中黄鱼的那种肥腴。

我们喝了五瓶绝版的意大利红酒。胡先生在意大利做过服装生意，做童装赚了不少钱，也吃过很多苦。为了将血汗钱带回国，他冒着风险将钱偷偷地夹在巧克力盒子里，都是 500 欧元面值的，每次差不多带 300 张。他入住小镇时，郭无争送了他一车烟花，燃放了一个小时。说到这件事他很是得意，为自己，也为有郭无争这样的朋友。

他开始喝得微醺，称自己是“中老年妇女崇拜的偶像”。我强忍住笑。他说得挺认真的，还说这个评价的出处，是老家十多个朋友的太太推选出来的。胡先生的太太马上证明这件事，黄哥的太太也连连点头。

算起来，黄哥和胡先生比我大四五岁，他们年轻时候是穿喇叭裤、戴蛤蟆镜的时代弄潮儿，下海，出国，也坎坷也艰辛。现在他们聚在小镇，换一种新的生活方式，让生活慢下来，做自己喜欢的事情。他们觉得这是一种非常好的选择，也庆幸有小镇这样的地方。

“活得在状态，每天能够做自己想做的，做那些对他人有益的事才会有快乐。”黄哥如是说。

这以后，我在薇姐之家认识了很多朋友。薇姐之家的“家”字，准确的定性应该是朋友之家。

我和郭无争也是在薇姐之家相遇的。那天中午，郭无争本来是要到薇姐那里吃地瓜稀饭的，为了我，他下厨房烧了好几个菜。

郭无争这个人让人敬佩，也让人想亲近。他有一种很特殊的气质，一点也不像有钱人。

Chapter 10　聚龙湖和广场舞

将居住地当作世代家园，才会有对环境的真心呵护。

再没有什么地方比小镇更适合漫步的了，它几乎符合这项活动对环境的所有要求。

小镇的夜晚温婉优美，比白天又多添一份怡人。恰到好处的光晕让景物锦上添花，伴着你漫步的还有隐隐约约、随风入耳的柔曼音乐。你去寻找，便会发现音乐是在聚龙湖边低回。小洪告诉我，这是业主们在湖边的音乐广场跳健身舞的音乐，也就是社会上所说的广场舞。

“广场舞”三个字对一般人来说很刺耳。近些年，不论大小城市，每到夜晚，有广场的地方便成为大妈们爆发热情、消耗卡路里的地方。她们制造的高分贝噪音直至深夜，影响周边的居民休息，让人们忍无可忍。舞大妈们只顾自己不顾别人、不顾公共利益的行为广受社会诟病。而在一些大中城市，购房者现在多了一项考虑，就是要远离广场，免受那种让人无可奈何的广场舞侵扰。

也许我曾经是广场舞的受害者，有过居住在广场附近的经历，对有广场舞的地方我不仅避而远之，甚至不愿看到。到小镇十多天了，我多次路过音乐广场都不愿意去看看。我问社区文化部的徐洁，音乐广场跳舞的音乐有没有被人当作噪音，有没有业主的投诉？那些靠近音乐广场的住户，听到的一定不是我感受到的缥缈音乐，有人是不是为此很烦恼？徐洁没听说过有人投诉和反对，小镇上很多人都喜欢这种在音乐里的健身。她妈妈也跳，只要有时间就会去。

晚上，我沿湖漫步，不由自主地走到了音乐广场。

广场上恰到好处的音乐里，三四十名舞者悠然自得，舒缓轻柔地活动着四肢。说他们跳舞，还不如说他们是在音乐里散步，不仅仅是大妈，还有大嫂、大姐，还有小妹妹、大爷和小伙子。

领舞的是 74 岁的穆阿姨，从背后看，她的形体像年轻人一样轻盈。邻里宴晚会上，她就带着一帮小她一大半年龄的人上台表演广场舞。徐洁告诉我，音乐舞蹈活动穆阿姨都参加，她还打腰鼓，是小镇合唱团岁数最大的成员。

有意思的是，围观广场舞的人会三三两两地加入进去。这种舞有很强的感染力和吸引力。我想我要是加进去跳也是没问题的，看他们跳的过程中，我甚至随着韵律晃了晃身子。

广场舞在这里定时定点，像今天周三，19：30–20：00 跳广场舞，20：00–21：00 跳聚龙百岁健身操。

音控室的墙上有块 2013 年聚龙小镇舞蹈队荣获泉州市第三届广场舞总决赛的铜牌，看来这里的广场舞是跳出了水平。我在小镇社区文化活动中心看到他们的一周活动计划安排，其中一个下午教舞蹈，一个下午教健身操。小镇是做了功课的，在引导广场舞的健康发展。其他地方的广场舞，只要有人加以引导和管理，也完全可以成为人人都爱参与的大众健身娱乐运动。

徐洁说我应该见见程菊英阿姨，她老人家是小镇的舞星。不巧的是，程阿姨这阵子刚好去了香港。程阿姨出生在印尼，从小就喜欢唱歌跳舞，和同学们一起跳舞是当时最开心的事。可是在印尼，程阿姨的父亲不喜欢自己的女儿在外面抛头露面，她没有登台表演的机会。1960 年回国后，由于她是长女，得帮助父母照顾众多的弟弟妹妹。20 岁结婚后，有了 4 个孩子，生活的重担又压得她喘不过气来，根本没条件和时间去跳舞。年轻时的舞蹈梦却在她这个年龄，在小镇实现了。自从住到小镇，程阿姨成了广场舞的明星，70多岁高龄跳起舞来丝毫不逊色于年轻人，晚上只要广场上的音乐响起来，程阿姨就翩翩起舞。去年五一节，程阿姨还参加了小镇的广场舞快闪活动，和大家一起跳得非常开心。

走过音乐广场，湖畔钓鱼协会的小屋还亮着灯。徐洁的父亲，钓鱼协会会长老徐还坐在里面。他明天要回浙江老家一段时间，晚上在家里待不住，到湖边来坐一坐。

他泡了茶，拉我聊了会儿。我说："刚才看了广场舞，挺优雅的，广场舞这么跳就不会让别人有不舒服的感觉。"

老徐说："这是聚龙人文明。这里的人，现在的文明程度绝不是路上捡个垃圾、地上拾个烟头那么简单。小镇是业主的家园，是大家庭，每个人都在像爱护家一样地在爱护它。有这种意识，就不存在环境难保护的问题。"

他说，前两天看到一辆警车停在草坪上，安保员见是警车，有点不知所措。他马上跑过去告诉车里的警察："这里不好停车，草坪已经受损了。"警察看看他，大概是质疑他的身份。他大大方方地说："我是这里的业主，我有权告诉你，你损害了我的东西。"警察点点头，马上将车开走了。

"我这是告知，他要是不走，我就用手机拍照取证，发到网上去，看他能够吃得消？"

老徐三句不离本行，说起了他的钓鱼协会。"现在不少会员都不在聚龙湖和小镇里的其他湖里钓鱼，舍近求远到三十多公里以外的水库去钓鱼。聚龙湖夜钓也不像过去有那么多人热衷了，人们宁远不要这样的浪漫。大家有了保护环境、保护家园的意识。都说聚龙小镇美，美在水上，美在聚龙湖上，不保护小镇的水生态怎么行？”

聚龙湖是小镇的水肺，清粼粼的，安静地躺在小镇的怀里。这个湖原来只是一座水库，有人承包了养鱼。这里搞开发时，郭无争问承包人水库里的鱼值多少钱，承包人说 90 多万元。郭无争出 100 万元，让他将里面的鱼全留下，这样就保留了原来的生态。现在的聚龙湖是经过浚深和拓宽的，有 600 亩水面。

澄澈的聚龙湖，湖面上游弋着黑天鹅，水里面有几十个种类的鱼，现在的水质非常好。湖里藏着奇珍异宝，小镇的人去年在湖里钓到过长约 60 公分、近 4 斤重的娃娃鱼，放了回去。钓到山龟也放了回去，山龟差不多有 20 斤重，有人拍了照到网上查找相关信息，知道这种龟属于濒危动物。有酒店闻讯后，出 5 万向钓到山龟的人收购，他没有动心，因为他是小镇人。

小镇没有限制钓鱼协会在湖里钓鱼，是业主们有了忧患意识，有了自觉性，怕湖里的鱼钓没了，怕成为小镇的罪人。

小镇的业主，有些不是钓鱼协会的成员，或者有些根本就不爱钓鱼的，他们也重视湖水和生态，每年都有人买几万尾的各种鱼苗在湖里放生。

老徐原来在浙江的一家国企工作，退休后一家住在这里。他有很多故事，是小镇搞邻里宴最早的业主之一。我想约他什么时候向我说说邻里宴在小镇怎么兴起的，遗憾的是，他要过一段时间才回来。

这个晚上，我本来是想游湖的，看了广场舞，最后将游湖变成听老徐说湖，不过也挺过瘾的。老徐告诉我，小镇上的人将游湖说成遛湖。湖边的曼妙广场舞，湖里的各种生灵生态，都是小镇人爱护自己家园、自我约束、自我管理的好例子。

夜深的时候，聚龙湖更美。湖是静的，夜是静的，四下里是安宁的。人在梦乡，享受着小镇的淡然和安详。

Chapter 11　有爱的大家庭

爱心行动使人的心更暖和。

小镇的人都称自己是聚龙人，以家在聚龙小镇为荣。

他们越来越多地以家人相待，以家人相称。聚龙小镇有专门的LOGO，业主们将其自豪地贴在车身上，绣在帽子上，印在衣服上，甚至是定制在喜爱的茶具上。我自然而然地想到日本、欧洲那些公卿贵族的家徽，标识着血统与族系、辉煌与荣耀的家徽。小镇的LOGO，更代表了一种居民们对小镇大家庭的认同感、归属感。奥巴马送我一件印有小镇标志的白圆领衫，穿上这件衣服，骑着丹帅带有业主标识的电动车，我俨然也成为了一个带着标识的小镇人。

我在小镇的门口试了一下，进进出出两三趟，安保员根本就不查问我。其实，我是瞒不过他们的。小镇的安保员熟记业主的情况，好人不会当坏人，家里人不会当外人。尽管有车牌识别系统，有位叫胡旺民的安保员还是背下了3000多户小镇业主的车牌。业主们回家，迎接他们的是微笑，而不是质疑的目光，很舒服，很温馨。小胡做这些，只是因为也把这里当成了家。小镇的保安所受到的尊重，是我在其他地方也没见过的，天气冷的时候，会有老年业主阿姨给他们端来热乎乎的汤粥。

小镇的居民把小镇作为家园热爱和呵护，小镇优美的自然环境是一个方面，但一定不是本质要素。人人都清楚，再美丽的园林，如果没有人，没有人情味，都不会是好风景。他们把小镇打造成一个大容器，这个容器具备了所有优质乐

小鎮書屋

春風送福普天樂

活的必备物质条件，但里面最重要的是人情味。至真至诚的一家人，他们之间互相融合，互相支持关爱，有家的氛围，有家的安全感。小镇倡导的不是你家、我家，而是大家。

最早的陶然新村建起来的时候，里面的别墅和住宅楼是没有区隔的，别墅与别墅之间也没有围墙，哪怕是栅栏也没有。夜不闭户、路不拾遗，是需要一定条件和基础的。一个没有人为间隔和围墙界标的地方，说明它不需要封闭的态度。这也就给了住宅楼里的邻居们良性暗示，他们不需要装防盗窗，本来这东西装起来也不美观，让家像铁笼子。

担心不是没有，郭无争对担心的人说，在小镇，家里被偷了东西可以找他赔。他的底气缘于小镇人的人品、小镇的管理能力。小镇建镇 8 年，据说只丢失过两次东西：一户业主家的首饰和一条小狗。首饰最后找到了，是家里的保姆拿的，业主没有追究，也没有报案。至于那条小狗，谁也不知道是怎么回事，也不能确定是被偷的。

在小镇，你可能会因为你的品德、善行而受到人们尊重，但不会因为你的财富、你的权势或者其他什么。小镇人很少有问别人做什么生意、发什么财。

一个社区，像人一样，有相貌，有身材，有气质，有骨骼，有品行。打造小镇的聚龙养生发展有限公司从建镇伊始就嫁接传统的家文化，植入邻里情，人性化的管理拉近了人与人之间的关系，让人与人之间有温情，有和睦的关系，有家人一样的谦让、包容、爱护。

为此，小镇为业主提供了大面积可无偿使用的公共交流空间，像廊桥听泉、大坝公社、美术馆的文化休闲中心。

雅文化（我姑且这么说）是小镇近 10 万平方米休闲配套的特点，聚龙外国语学校、聚龙书院、聚龙美术馆、艺馨园、音乐广场、小镇书屋、社区文化活动中心、CPL 世界城市摄影联盟主席基地、文创基地等等，使小镇人享受的是一种健康的“雅休闲”。登山、钓鱼、太极拳、自行车、乒乓球、摄影、书画、歌舞等多种运动休闲、文化艺术协会的成立，吸纳了近千名业主参与，满足了不同兴趣爱好圈，让每一个人在小镇都能够找到有相同爱好的朋友，进而成为大家的朋友、大家庭的成员。

这种文化浸淫、这种健康的交际空间，拆除了人与人之间的鸿沟。他们通过交往，增进了解，加深了感情，直至有像家庭成员之间才有的亲情互动。

我在微信里看到一份像日记的记载，时间应该是 2014 年。

6 月份，公公婆婆要把奶奶接到泉州的家里小住，老人坚持要到聚龙的家里。儿孙绕膝，在小区散步，有人愿意上前与其拉手聊天，已经成了奶奶心中的念想。老人到小镇的家后，心情豁然开朗。原本不适的身体，也渐渐开始好转。适逢小镇举办的端午节邻里宴，奶奶也参加了这场千人盛会。在宴席中，很多人前来给奶奶敬酒祝寿。散宴后，邻居们主动上前搀扶奶奶。天鹅爸爸和另外一位邻居一直扶着奶奶，将奶奶送到轿车里。临走前，天鹅爸爸对着百岁老人的脸颊亲吻了一下。奶奶非常激动，直到现在，还经常跟周围的人念叨着这件事情。她觉得这个人对她实在是亲！

物业管理公司的工作人员始终记挂着奶奶。6 月 15 日，当得知健康体检中心有义诊活动，他们主动联系中心的医生，上门为奶奶做了一次健康检查。

奶奶平日身体还硬朗，但时有头痛的老毛病。6 月 22 日，奶奶突然发高烧，当时家里只有婆婆一人，顿时有些手足无措。96 岁的老人行动不便，中心医护人员了解情况后，安排了中心陈主任到家中会诊。测血压，听心肺，量温度，把脉，陈医生细心地给奶奶看病、开药。连续五天，陈医生在酷热的天气下，自己开车，一天两次到家中复诊、打针、拿药，不辞辛苦，毫无怨言，家人心中充满感激。

6月27日早上，奶奶病情不稳定，婆婆便联系德诚医院潘护士长，想着把奶奶转到医院住院治疗。潘护士长同住陶然新村，接到电话后，第一时间提前打理好住院准备事宜。而物业管理公司的工作人员了解情况后，放下手中工作，十分钟不到，就联系好车子，将奶奶送到了医院。潘护士长不仅尽着一个医护人的职责，在奶奶住院期间，还经常到病房看望奶奶，更是多次帮奶奶从聚龙的家里拿换洗的衣物。如此真情，连惠安老家的人都赞不绝口，直称这样的好邻居难得一见。

我又看到这么一段：

4月26日半夜两点半，C8业主家的孩子妞妞突发39度高烧，由于他们夫妇都在石狮，没能及时赶过来。家里只有孩子的爷爷奶奶在，两位老人打了很多电话都叫不到车子，来自B6-1107的杨老师夫妇在得知这一消息后，立即开着车将孩子送到了第一医院就诊。正是他们的鼎力相助，妞妞的烧才得以及时退下来。在去医院的路上，车胎破了，为了节省时间，杨老师夫妇还自己动手更换轮胎。如此无私的帮助，让他们一家在面对孩子高烧时的焦急和无助得以缓解。特别感谢他们夫妇俩，感谢在聚龙有这样的好邻居。

我亲眼所见：小洪在外地出差，商家为他调换的冰箱送到了家门口。一个电话，奥巴马从物业管理公司那里拿了小洪寄存的钥匙，替他打开门，安放好冰箱。

奥巴马说，他们对新邻居也是这么信任，新邻居要看老业主装修好的房子，要是工作忙，这位老业主会告诉新邻居钥匙放在门外的鞋柜或者什么地方，放心进去看，没事。需要什么东西用，自取，用完了归还就是。

业主借房子给正在装修房屋的邻居住是很平常的事情，一来一去相处出的是感情，是信任。林志敏家里曾经住满了借住的邻居，他体谅邻居装修房子忙，还做饭给他们吃。

丽蔚姐说，这里就像一个大家庭，就像你有很多亲戚住在这里，三姨妈、六舅母、四姑、八大姐的，人与人之间互相照顾，喜欢热闹的不难找。

丽蔚姐是钓鱼协会徐会长的太太，他们家经常做好吃的，敞开门欢迎邻居们随时品尝。美术馆教绘画的柴老师和搞美化设计的十一提议在他们家门上贴个“人民公社大锅饭”或者“小镇公共食堂”的牌子。丽蔚姐家的门每天都大敞四开，要是哪天门关着，或是虚掩着，来的人在电梯门口探头看到门未开，以为家里没人。他会电梯门都不出，认定这家人都出去了。再打电话问人去哪儿了，一跳脚，后悔错过了美食一顿，其实是因为风把门吹上了。

物业管理公司的负责人陈小香说，业主之间情感交流方面的事情多得说不完，“家里人嘛，为家里人做什么、付出什么，他们都觉得开心。”

在小镇，做好事有人带动，有人组织。由小镇业主自发组织的聚龙爱心义工社，不仅在小镇献爱心、做好事，还举办温暖怡人的爱心讲座，弘扬中国传统文化。从 2013 年开始，在爱心义工社的骨干英晓静老师等人的推动下，小镇经常性举办传统文化方面的讲座。

陈先生是我在聚龙书院认识的。他 2013 年听了一场讲座并很受触动。第二

远亲不如近邻 小镇没有陌生
人过地净 呵护家园 我的责任

年，他参加爱心义工社组织的爱心慰问团，一行近 30 人到曾厝村，慰问敬老院的阿婆阿公们，并为他们送去大米、食用油等生活用品。把好事做到了小镇外面，做到了社会上。

陈先生对那次活动记忆犹新，到了敬老院，有的人拉住老人的手嘘寒问暖，有的人帮敬老院打扫卫生，有的人进入老人的住所关心他们的生活起居。了解到这些老人的各种难处，大伙都很心酸，表示要继续帮他们，不仅仅是搞活动才做。这次活动也让大家想到了自己的父母，都说从今往后要更好地孝敬老人，让父母安享晚年。这样的活动自此层出不穷，许多人做了以后都不愿意别人夸，更不愿意媒体宣传。

爱心义工社的行动在小镇的影响很大，带动了大家。每周六下午，聚龙业主们都会自发组织“我爱我家”爱心公益活动，上至百岁老人，下至四五岁孩童，在园区里捡垃圾、捡烟头纸屑。聚龙有一对近百岁的老夫妇，看到左邻右里都在为小镇环保献爱心，自己也想出一份力。他们携手前来报名当志愿者，他们的加入让爱心公益组织、让整个小镇文化更增添了黄发垂髫怡然自得、白首红颜共爱家园的光彩。

下午四点钟的时候，我会看到一些业主在聚龙山门广场集合，这是他们每天都进行的聚龙山环保公益行。这些业主们自费购买了专业的清理工具，带上垃圾捡拾器，浩浩荡荡朝聚龙山出发。健身和环保同时做，真是一件利人利已的开心事。

业主们经常在小镇的聚龙湖、逸翠湖、天德湖、甘泉湖等湖区放生鱼苗、田螺。我看过一组图片，介绍他们一次就放生了 20 万条鱼苗、500 斤田螺。

这样的事小镇人做得很多，也知道怎么样科学地去做。科学地做才能够保护好生态。此前有过教训，有人在聚龙湖里放了牛蛙，优良的生存环境让牛娃得以大量繁殖。牛蛙的叫声很大，在夜深人静时擂鼓般噪响，湖面上的蛙声一浪高过一浪，吵得附近的住户不能入眠，难以忍受。因此牛蛙在小镇被通缉，我在大坝食堂吃饭的时候，看到有人捕捉了牛蛙送过去，比酒店玻璃水箱里养的大很多。大坝食堂的厨师大叔开玩笑说，过不了多久，牛蛙在小镇就会变成珍稀动物了。

林志敏笑着给我讲他做过的糗事。他在聚龙湖里养下黑天鹅以后，又买了漂亮的白天鹅和黄金鸭。不能以貌取人，也不能以貌取鹅、以貌取鸭。黄金鸭在聚龙湖里叫起来真的不好听，白天鹅也不愿意与人亲近。最后白天鹅们飞走了，还拐带走了几只黑天鹅，黄金鸭被送到小镇门前的黄塘溪，靠近高尔夫球场的地方。陪伴它们的还有虎三哥的狮头鹅，它们一起在那里比嗓子，谁也不会嫌谁叫得有多难听。

我的笔记中有这么一段：“早上 7 点半到柴房，据说丹帅这些天早上义务打扫文明小舍，我想看一下这个别人眼里的少奶奶是怎样干这个苦脏累的活。我远远地看到她 8 点准时开车过来，打扫文明小舍耗时 40 分钟。我问到她都做了什么？她说刷小便池，清洁地面，还擦拭了厕所墙壁，喷了空气清新剂。我笑了，让她就不要再勤劳地洗柴房的茶具了。她认真地说，这有什么啊，宾馆的服务员不都是这一大套连续做的？！”

业主张先生说，像丹帅这样“找事做”的人小镇有一大帮，他们成天做献爱心的事，做得上瘾。“人人为我，我为人人”在小镇不是通过口号喊出来的，是一帮人以实际行动做出来、带动起来的。爱心行动使每个人的心更暖和了，小镇这个家也更美更舒适了。

Chapter 12　信用良品店里的慎独

我享受自助的过程，但当我一个人在信用良品店里时却不能够自信地购物。

小镇人引以为自豪的信用良品店，坐落在文化广场商业街的最里头。说是店还不如说这是一家小型超市，里面有蔬菜瓜果、猪肉、调味品、滋补品、茶叶和一些生活日杂用品，以及小镇的纪念品。

信用良品店上过央视，被多家媒体报道过。让人称赞的点在于这是一家特殊的商店，它无人值守，全程自助。说白了，你在这里购买的商品不论多少钱，自己按价在自助收银台里投款、找零。刷卡消费的，也是自己动手，有专门刷卡的设备提供给你。商品上可能有条码，但无需消磁。你拿了商品，忘了交钱，三天后想起来再送钱过来也没有关系。这种商品交易方式，就把“信用”和“良品”这四个字的含义解释得再清楚不过了。

信用良品店的定位核心是以优良品质的商品和顾客的信用互动。店里所有的商品都是有机、绿色、环保的，更是让人放心的是，因为它们有来源，出自小镇，大部分来自山上的聚龙生态农业，还有业主们眼皮底下的开心菜园。

聚龙生态农业是小镇于2010年投资500万建立的2000亩生态农业基地，以自然山地、生态放养为生产模式，常年不断地为业主供应各种健康安全的蔬菜，还有黑山羊、土鸡土鸭、大米、茶油、蜂蜜、茶叶等农副产品。

薇姐开心菜园的专柜目前品种还不是太多，但一定是最新鲜的，当天采摘的

商品有价，诚信无价
Julong Town
聚龙信用良品店

小叶茼蒿菜
¥¥200 元/扎
菠 菜
¥¥250 元/扎
红萝卜
玉米

业主开心菜园
赠送蔬菜
聚龙小镇人文情怀:
一、明德：根植内心的修养；
四、利他：为别人
六、呵护家园，我

全程自助
留言板
农场鸡鸭预定：13505972996
信用良品

蔬菜由薇姐开车送过来。这里的业主购买者还多了一份亲切，说不定有些菜是经过自己的手培育过的。开心菜园是业主菜园，遇到浇水、采摘的时候，许多业主去帮忙，寻一份亲近土地的开心和事农的快乐。

信用良品店很洁净，一点儿异味也没有。蔬菜瓜果分类摆放，禽肉放在一台透明的分层立式冰柜里，蜂蜜则放在一台立式保鲜冰柜里。

因为没有收银员，所有的物品标价事实上都是参考价。在我看来，这些商品都是非常便宜的，比北京超市的要便宜很多。要是拿超市里的有机蔬菜价格比较，在良品店里买简直就是讨了大便宜。

在这里，芹菜 2 元，韭菜 1 元，空心菜 3 元，茭白 2 元（5 根），小白菜 3 元，地瓜叶 3.5 元，上海青 3 元……蔬菜基本都是净菜，一扎或者一把，正好够三口之家一顿食用。这里的顾客会有挑拣，但谁也不会将蔬菜不中意的部分扒拉下来。五花猪肉在这里叫三层肉，一条块有八九两，标价 10 元；土鸡蛋一盒 20 元，20 个个头挺大的鸡蛋。

我在家里喜欢下厨房做饭，自己做的好处是可以挑选甚至是挑剔食材，以我这个差不多每天跑菜市场和超市买菜的家庭煮夫眼光来看，这里的菜是超级新鲜的，东西让人放心，价格让人称心。

商品交易的信用产生是有前提的，就是交易必须建立在彼此公平的基础上——商家童叟无欺，买家公平合理。在小镇信用良品店，每一个品种的商品都物有所值，可称之为良心商品。用这种商品品质去换取顾客的信用消费，我觉得是一种带头信用，信用在先。信用良品店开业以来，每天营业额都在几千甚至上万元，盘点下来银货两讫，商品从未有过短少，更不用说发生有人抓一把钱溜走的事情。

我时常看到小镇居民特地带上自己的孩子一起来购物，让孩子从小接受诚信教育的熏陶。选好货品后，店门口有个计算器，孩子帮大人计算购物总额，然后从大人手里接过钱，放进门口的自助收银箱里。收银箱就是个敞口的玻璃箱，货款都在里面，买一把青菜2元，投一张百元钞，自己到里面找零98元。

有趣的是，收银箱边上有块留言板，即便忘记带钱也没关系，消费者可在留言板记下所欠的金额，下次来时再补交上。

我见过一位家长，让七八岁的孩子在留言板上注明欠款35元。署名时，孩子问父亲写谁的名字？父亲让孩子写他自己的名字，说明天带着他再来买菜时还上钱。孩子一笔一画很认真地写了名字，出了店门还回头看了一下那块留言板。这个父亲的欠款或许是有意而为之，这么一个欠款和还款的过程，可以让孩子懂得该怎么做到诚信为人。带有这样的目的便值得做，做得很有意义。

我特别喜欢在良品店里买东西，也特别享受这个过程，只要转到良品店附近，我都要进来买一两样东西。但在一次大额消费时，我还是遇到了困惑，不那么自信。

第一次来聚龙小镇时买回去的冬蜜家人都夸好，市场上真的很难买到这样纯粹品质的蜂蜜，口腔里缭绕的是丝丝微苦的山野花香。我想给老家的朋友寄一些回去，要买6瓶单价90元的蜂蜜，共计540元。于是投进收银台600元，找零60元。

这时候，良品店里少有顾客进来，如果是小额交易，我是没有顾虑的，投600元现金进收银台，总觉得要有人看见或者能够证明才好，那样拿东西出门心里才踏实。我按照提示试着打管理员的电话，管理员很快就来了。这位大姐平时只负责补货和打扫卫生。她听我说了想法，觉得大可不必，肯定我不是小镇的业主。她说业主们就不会这样想，不相信顾客，开这样的店还有什么必要?

是啊，我这么做看起来是慎重，其实是不自信。信用的产生不仅需要诚实，也需要自信和坦荡。

回到北京以后的第二个月，我看到媒体一则报道，北京市区出现“无人超市”，中国个人征信机构“芝麻信用”进行信用测试。

搞实验活动的便利商店采用自助收银，顾客可以通过支付宝扫码或现金自助付款。这家便利商店在北京建国门附近的某座商业大楼内，属闹市区，虽然是周六休息日，顾客仍然很多，且大多数是大楼内的白领上班族。按理说，这是素质比较高的人群。

上午观察近一小时，共有 30 多名顾客进出买东西。大概分几类：第一类，顺利找到商品的二维码，主动刷卡结账，这占主要部分；第二类，手机上没有支付宝，直接将现金放到收款盒子；第三类，不知道该如何支付，转了一圈没买东西又出去了。

但是到了下午，与上午的情况有很大区别。现场工作人员发现有 3 名女性进来后没给钱，就直接拿了一些很贵重的物品出去；还有人进门后就拍了 10 块钱，然后问：“你们是不是无人收银啊？”没等工作人员回答，就拿烟拿酒，而且专挑昂贵的。

无人超市实验一天的结果是喜忧参半。芝麻信用总经理胡滔表示，希望通过这次活动，唤醒大家对信用的重视。中央人民广播电台经济之声《天下财经》报道称，无人超市、无人收银在国外不少见，但在国内没有推广开。有观点认为，国内信用环境还不成熟，无人收银模式在当下肯定行不通。

这则报道自然让我想到聚龙小镇的信用良品店，得出“肯定行不通”结论的人一定不了解聚龙小镇有这么一家无人超市，还不是搞实验的，运行得非常好。无人超市在当下行不通的原因很多，消费者素质一定是主要原因。

在小镇里有这样的信用交易是水到渠成的事情，听说这种自助消费方式在社区里已经有五六处，他们还准备再开几家。东篱新村有一家在建，文化广场要新增一家良品粮油店，聚龙凯莱酒店中餐厅等对外场所已经进行自助式改造。他们想把小镇的信用消费领域再扩大，有更多的信用自助。小镇之所以能够形成一种独特的“小镇文明”，得益于多年来小镇整体精神的塑造和良好风气的互相激发，也应了小洪曾经对我说的，正能量是可以传递且递增的。

可以想象，那些在良品店里信用消费的小镇居民孩子，大人们通过言传身教对他们品德的塑造，健康文明环境下的童年生活对他们成长的良好作用，会影响他们的一生，他们到社会上也定将以文明形象示范和影响他人。

Chapter 13 阳光、微笑、向上

一所培养绅士、淑女的学校，有人竟然怕他们是未来社会上的懦夫和被欺凌的对象。

洪再成邀请我住到他那里，说我应该好好体验一下小镇人的宅居生活，为了说服我，他请我先到他家看看。

小洪住着东篱新村住宅楼十层一户四室两厅双卫的房子，居室宽大敞亮，开放式阳台上放着一张大茶桌，四张酸枝红木的椅子摆放下来空间还宽宽绰绰。在阳台上凭栏俯瞰，漂亮的花园尽收眼底。

小洪说从他家这个位置看下面的花园："四时之景不同，而乐亦无穷也。"他为我安排的一间卧室，窗户直对着聚龙山，可以看到聚龙山山门广场，看到邻里情厨房。

挨着我这间卧室的是一间书房，里面有一张陈放着文房四宝的书桌。房间里没有电脑，没有电器，只有安静宁谧的书卷气。

小洪给了我一把他们家的大门钥匙，要我拿着，要我现在就住过来。我在玄关看到郭无争送给小洪的匾——聚龙小镇我的家。字是中国美院的书法家沈浩写的，很有筋骨，遒劲有力。

周五的下午，小洪要去泉州聚龙外国语学校，接他读小学的女儿回家过周末，我让他带我一起去看看。这个学校是全寄宿制，学生周五下午回家，星期天的下午再返校。去学校的路上，小洪向我介绍这座落户小镇的外国语学校，说它投资

近三个亿，开办时间不长但已经很有名气，吸引了包括福州乃至更远地方的家长送孩子来这里读书。因为这所学校的素质教育好，被誉为培养绅士、淑女的地方。

到了学校，正赶上放学，向我们走过来的孩子都礼貌地打招呼，学校的老师走得再匆忙，到我们面前也放慢脚步点头示意，或者停下来与小洪寒暄一两句。

看得出，孩子们在学校是快乐的，他们每个人脸上都有笑容，像树林里的小鸟一样愉悦欢快。他们有的乘校车回家，有的被家长领走，走的时候都要履行一个离校手续。小洪要接走女儿，老师就要给门卫写一张证明。

老师写证明的时候，我和小洪站在教室外面等着。我打量了一下教室，教室里的学生只二十来个，讲台边上有一个茶水间，里面放着每一个学生专用的茶水杯，上面写着名字。学生们的年龄大小不等、个头也参差不齐。小洪介绍，这正是这所学校的一大特点，班上有不同年级的学生。他女儿读二年级，班上最大的学生读五年级，这是进行分层教学、分类指导的同堂异步。老师针对每一位学生的发展情况教他们，让他们快乐学习。

听小洪这么一说，我便想，这样的话老师还真不好做，不是做大锅菜的，要分锅小炒开小灶做营养餐。小洪告诉我，这里的老师都是精英，学校以优厚待遇把他们吸引过来，在学校服务到一定年限的人，小镇会馈赠一套房子。成为这里的学生也不容易，现在入学名额筛选比例已达到 10 ∶ 1。

我挺羡慕小洪的，小镇有这么好的学校，在家门口看着孩子健康成长是件多么幸福的事情。要知道在大城市，小孩上学是一件让家长非常头疼的事情。从上幼儿园开始，就得一家老少几口围着孩子转，花费大不说，就怕孩子上的不是好学校，不敢输在起跑线上。我的一位邻居，从孩子上幼儿园开始，他一个月六七千元的工资收入全部投入还不够，夫妻俩拮据到要去啃老的程度。等到孩子上小学，为了学区房划片问题，他将精装修的房子租给一个在农贸市场卖海鲜的商户，一家四五口搬到一个五十平米的老旧房子里安身。我去帮他们搬家，看到他们的样子有点心酸。北上广等大都市的许多年轻夫妇不生育孩子做丁克族，相当部分是考虑到养育儿女的时间成本、经济成本，个人条件完全不足以支撑生育子女的这些成本。

老师的证明写好以后，小洪女儿将自己的椅子倒扣在书桌上，礼貌地向老师、同学告别。

从小学教室的楼上下来，我发现每一级台阶立面上都有字：

长呼人　即代叫　人不在　己即到

称尊长　勿呼名　对尊长　勿见能

再留意一下，国学启蒙的内容在学校随处可见。我问小洪女儿会不会背诵《弟子规》，她说会，连初中部楼梯上的《三字经》内容她也能背诵下来。

小洪女儿没有背一个沉重的书包回家度周末。她拉着爸爸的手说："班上又有一位同学上了学校的绅士淑女榜。"我问她班上有没有同学大照片挂在阳光大道那里。她说有，说出了同学的名字，并希望自己的大照片以后也挂在那里。我说："努力啊，那样的话你爸爸肯定每天开车都喜欢走那条路，伯伯我也会为你骄傲，把你介绍给好多人认识的。"她认真地点点头。

在学校里遇到丹帅和紫鹃，她们也都是来接孩子的。丹帅和小洪约了这两天找几个邻居带孩子一起聚餐。

到车上，小洪说孩子已经养成一个习惯，在家里吃饭前也要诵一遍学校的

小蜜蜂义工团为“南安爱心图书室”捐赠仪式
运动 我健康 我快乐 我阳

餐前感恩词。我问小洪女儿，能不能朗诵一遍给我听。她马上端坐好，一字一句地念道：

感恩天地滋养万物
感恩国家培养护佑
感恩父母养育之恩
感恩老师辛勤教导
感恩同学关心帮助
感恩农夫辛勤劳作
感恩食物给我营养
感恩所有付出的人
感恩一切的一切

小洪对这个学校很满意，育人先育德，用赏识教育、成功教育来培养孩子的素养。孩子上这两年学好像一下子长大了，能够自己照顾自己，在家里不再乱扔玩具、书籍，晚上睡觉之前连衣服都叠得整整齐齐的，早上起来也知道整理房间。独生子女的那些娇生惯养出来的毛病她很少有，有缺点被指出来也能够迅速改正或者注意克服。小洪自己是义工社副社长，他说学校也经常和义工社一起做公益活动，孩子们每次参与的热情也都很高。

几天之后，我参加了一次聚会，是奥巴马为温州回来的阿顺和他的几位家乡朋友接风。饭桌上，阿顺的朋友对小镇很是好奇，于是我这个先来小镇的访客津津乐道，把小镇的动人之处说了又说。阿顺的朋友像是要在小镇买房，他们对小镇的各方面情况问了又问，医疗保障好像是他们关心的重点。在得到满意的答案以后，一位年轻人问我，小镇附近有没有好的学校，他有一个要就读中学的儿子。我这就把先前在聚龙外国语学校看到的情况告诉了他。

这位朋友说，这样的学校好是好，就怕孩子成为懦夫，将来到社会上成为别人欺负的对象。他想他的孩子要有狼性、有斗志，到社会上要能适应竞争，能应付复杂的社会环境。

酒桌上说话放得开，我说要孩子有狼性又不是训育孩子去吃人，这里培养孩子温文尔雅有风度，更培养孩子的吃苦耐劳，让他们有忠诚正直的荣誉感，让他们有上进心、责任心和担当。你的孩子到这里来读书，要是能够拼到够优秀，要是能够将他的大照片挂到阳光大道的高架灯杆上，成为小镇的明星孩子，就要先做一个你说的狼，有拼劲才行。有狼性再加上德性，岂不是更好？！

这位朋友没有为我的话生气，倒反而说他心里踏实了。其实他也认为，好孩子长大了做什么事情都不会差。

4 月 14 日笔记：

上午在吻峰台看到很多家长带着学龄前的小孩在那里玩耍和画画，得知是莆田的一所幼儿园到小镇来做户外亲子活动。孩子们在白汗衫上用彩笔描画小镇的风景，边上的父母们开心地看着。我邀请一位朋友和我合影，他愉快地答应了，还用双手提着他的画将它放在胸前。他画了湖和鱼，很大的一条鱼。

替我们拍照的是业主陈丽梅，她是位教师，看到孩子和这样的场景不愿离开。她说：“带学生到小镇来参加活动的学校越来越多，在这里能够读到美。美在这里很形象、很直观，反映在优美的环境里，反映在这里的文明中……”

Chapter 14　湖畔求爱者

小镇是浪漫的，是情侣们求爱和举行婚礼的好地方。

这样的小镇应该有浪漫的爱情，那样的话才和它的美轮美奂相称。在小镇待了一段时间后，我免不了要这样想。

我最初领略到小镇的情爱氛围，是从新人们在小镇拍婚纱照的靓影中。

小镇是拍婚纱照的好地方，米兰春天婚纱摄影将这里作为实景基地，其他婚纱摄影店也应客户的要求从外地赶到这里来拍。天气晴好的时候，每天有十多对新人在小镇里拍照。

小镇里我接触到的这些年轻的单身男女，他们有故事吗？

经常有好心人要撮合他们在一起，可他们很少有产生感觉、擦出火花的。我分析其原因，是大家太熟了，整天在一起，像家里人。

一种感情覆盖了另外一种感情，亲情挤兑了爱情？不知道，搞不明白。小镇人的性情大都很平和，这是小镇对他们的改变。是慢节奏的生活让他们在感情上也慢了下来？一定不是，他们在别人需要帮助的时候，非常敏锐迅捷，一点也不会迟疑。

也许有其他方面的理由，单身在这里也不寂寞。小镇是个大家庭，有很多家人，与父母、兄弟姐妹般的人生活在一起，不空虚、不孤独、不缺少温暖和关爱。像我在小镇的这段生活，等于“段落单身”，一点也没有感觉到孤单。

小镇的环境应该说非常适合谈情说爱，90%以上的户外场地都是情侣的好去处。聚龙湖畔、开心菜园，情人的身影在其间赏心悦目。湖畔公园浪漫的秋千椅，也是故意留给有情人的，虚位以待。

4 月 16 日晚上 10 点钟，我在微信群里看到，有一个男孩刚刚在湖畔的音乐广场向心爱的女友求婚了，很庄重，很热烈。我看到这则消息立刻兴奋起来。

这应该是广场舞结束以后发生的事。我急忙赶过去，音乐广场已经看不到人，湖畔一片静寂，像什么也没有发生过。广场的地面上没有落下一片花瓣，没有一滴蜡烛的痕迹。这是小镇的风格，不管欢庆的场面多大、参加的人有多少，人过地净。

我悻悻地回去，为没有目睹这两位年轻人的求婚场面而遗憾。错过了机会，以后回忆小镇时便少了一幕浪漫的情景。

第二天傍晚，物管公司的一帮人在聚龙山山门广场的山坡上除草。我见到徐洁，昨天晚上的音乐广场求婚，她自始至终在场，目睹了整个求婚过程。她乐呵呵地为我讲述。

求爱的小伙子是一位业主，事先没有告诉女友求婚的事，给了她一个大大的惊喜。

男主角的小伙伴们在广场舞结束以后迅速地布置了一下，在圆形的玻璃台板上摆放了心形的蜡烛圈……

小伙子带女友漫步到音乐广场。女友为眼前的情景感到惊讶，正要问男友这一对幸福的人是谁？他告诉女友，一切都是他准备的，他要在这里向她求婚。

“女孩子简直幸福得要晕了……”徐洁的脸也跟着红了一下。

郭无争正好走过来，我说昨晚错过了音乐广场上一场精彩的求婚。郭无争笑了，说这样的事情在小镇经常有，以后可以经常看到。

十一是聚龙养生发展有限公司品牌部刘金华先生的昵称，小伙子负责小镇外宣这个大产品的视觉创意、设计和制作。小镇知道他本名的人很少，老老少少都叫他十一，叫得很亲切。

十一的太太梁子是廊桥听泉音乐茶舍的老板娘，茶舍在她手上经营得有声有色，是小镇青年人最喜欢去的一处地方。

廊桥听泉紧邻甘泉湖，上可观瀑听泉，下可揽聚龙湖风光，既清新幽雅，又有别样的逍遥悠闲。业主在此休闲品茗，听音乐，看廊桥电影，也时常举行小规模聚会。梁子的茶舍有各种水果饮品、柠檬柚子、百香果；手工做的西米奶茶、茉香奶茶；提拉米苏、柳橙慕斯等甜点；闽南小吃烧仙草。

烧仙草里有貌似龟苓膏的凉粉，搭配着红豆、哈密瓜、西瓜球、薄荷叶，据说非常爽口和滋润。我没有品尝，是因为我知道好客的十一和太太不会收我的钱。我问过十一，烧仙草里面的仙草是什么？十一说就是方块的咖色凉粉，用仙草干熬几个小时做成的，无任何添加剂。

我调侃十一，要是男孩带自己心爱的女孩来茶舍，会不会这么说：“给你点一碗烧仙草吧？”十一直摇头，他做一副温柔表情：“我们烧仙草吧！”我希望小镇的其他地方有卖烧仙草的，我好尝一尝。

梁子快要生宝宝了，以后一段时间，茶舍将由十一的干妈陈二姐接手。陈二姐能够做青年人的营生？我有点儿不相信。

十一说，廊桥这里有过一场赫赫有名的婚礼，主办人就是他干妈陈二姐。我听说过这场婚礼，也看过当时的照片，婚礼场面很是浪漫。

这段故事现已经成为小镇的佳话。

小镇有一对年轻业主，非常喜爱廊桥听泉的湖光山色，恋爱时经常流连在这里。他们想中秋节在廊桥举办婚礼，恳求十一夫妇一定要预留场地给他们。这样浪漫的事，十一夫妇当然乐意做，他们满口答应，建议新婚夫妇请热心的长辈陈二姐主持婚礼。

2014年中秋小长假的第一天，小镇迎来喜事。梁子回忆说，这一天天气晴朗，万里无云。温馨感人的一幕在廊桥展开。一场以橙色为基调的小型婚礼的现场在陈二姐的指挥下布置着，帮忙的是一群闻讯而来的热心邻居，每个人的脸上都洋溢着幸福的笑容。

婚礼在中午十二点举行，聚龙家人们欢聚一堂，他们带来贺礼，排着队祝福新人。婚礼中最有特色的环节当属新郎为新娘戴婚戒，新郎在橙红的地毯上单膝跪下，用记号笔给新娘在手指上画上铭记爱情的戒指，风趣浪漫、温馨甜蜜的气氛陶醉了在场的所有人，符合这对追求时尚、个性的新人所要的简约主题。

婚礼的高潮是一对新人在湖边共同放飞彩色气球，寄托他们对未来七彩生活的美好向往。

我在小镇的微信群里提问调查：小镇除了廊桥听泉，还有什么地方适合举行浪漫的婚礼?

十一说，聚龙凯莱酒店室内婚礼、湖畔音乐广场户外婚礼、文化广场户外婚礼，都是气派的婚礼。我乐了，他提供的都是大型婚礼场所，文化广场办千人邻里宴的地方要是办婚礼，那场面简直要载入小镇史册了。

丹帅说了三处地方，聚龙山山门广场、高尔夫球场、湖心岛，后来又补充说，东篱新村的楼顶草坪也是她喜欢的好地方。

小洪选择了湖心岛、聚龙凯莱酒店，他觉得曾经在外国语学校举办的传统婚礼也很隆重。

大卫说，湖心岛是最好的地方，他把自己的工作室形色创意摄影空间放在了那里。

薇姐说，小镇能够办婚礼的地方在她眼里到处都是，哪里数得过来？我忍住笑，说开心菜园一定是一处好地方。薇姐愣了一下，跟着我笑起来，那是办婚礼最好不过的地方。

要我说，小镇办婚礼最好的地方，我和丹帅的首选是一致的——山门广场。

山门在山坡上，面前有一处平台，身穿洁白婚纱的新娘，一手提着裙裾，一手捧着鲜花，由父亲挽着拾阶而上，新郎在山门前含情脉脉地迎着她，放眼望去，山下的小镇是他们的伊甸园。

这样的婚礼，说不尽的浪漫，没法比的气派。我要推荐给未婚的杨欣。

我在和小洪去泉州的路上问过他，要是他在小镇向心爱的人求爱，会选择什么地点？小洪不假思索地说："来去生活空间。"

来去生活空间位于文化广场信用良品店旁，十一向我介绍过，空间以休闲生活为主，设有品香房、音乐房、阅读区、品茗区、吧台区、生活展示等休闲主题区域。"来去"出自《金刚经》，"如来者，无所从来，亦无所去。"如来，为佛的十种尊称之一，是没有来也没有去的意思。广钦老和尚往生前曾说过一句话："没来没去，没什么代志（事情）。"这句话被很多人奉为金玉良言，和《金刚经》所说的有异曲同工之妙。

何谓如来如去？来的时候不必兴奋，去的时候不需难过，因为这是正常的事。小洪说，在这个地方求爱，是因为他把有些事情看得很透。我也没有什么话可讲，一切随缘。

Chapter 15 顶层设计

小镇的开发者创建的是理想家园，他们赋予了小镇文化之脉和爱之魂。

我现在对小镇的全貌有了一个清晰的印象，闭上眼睛能回忆起它的路径，沿途主要的建筑物、设施。有意思的是，在小镇从此地到彼地，我想起的不是路名，不是陶然新村、陶然居、东篱新村这些小区名字，而是一个个与文化有关的点。

小镇的中心位置应该在聚龙凯莱酒店和陶然居商业街，小镇社区文化活动中心的大舞台是我认为的轴心。从这里上山，到聚龙山门，经过吻峰台、廊桥听泉、美术馆、山门广场；从这里出小镇，经过大地幼儿园、泉州聚龙外国语学校、体育中心、镇门。

我这么串联，是这些地方给我的印象太深。在中国，任何行政区域都会有中心——政治中心、文化中心、商业中心。小镇虽说不是行政区划单位，但这么大规模的超大型社区，竟然没有明确的政治中心，这让我很诧异。

小镇的行政中心算政治中心吗？它领导着养生公司全体员工，但业主不归它领导。物管公司是服务业主的，从功能上来说，肯定也不是。物管公司有安保中心，他们是小镇的纪律队伍，但不是执法部门，是为维护业主的利益、保护他们的人身和财产安全而设立的。小镇有黄塘镇派出所的警务室，它虽然依法行政，但在这个小镇它的工作量非常有限。

小镇甚至都没有业主委员会，业主们觉得不需要。小镇也没有居委会，它

只是黄塘镇下面的一个大社区。

小镇最大的中心难道是社区文化活动中心?

小镇有聚龙外国语学校、聚龙书院、聚龙美术馆、艺馨园、音乐广场、小镇书屋、社区文化活动中心、CPL 世界城市摄影联盟主席基地、文创基地，这些部门应该归口文教，可他们没有分管的副书记和副镇长，也没有级别领导。除了聚龙外国语学校，其他的都只有物管公司的员工担任专职或者兼职管理员。

按照惯常思路，这个小镇，这么多组织，这么多群团队伍，没有有力的领导岂不是一盘散沙，又怎么能够发挥作用？那么，小镇的公共管理和社会秩序靠什么维护呢?

追根溯源，小镇不是方外之地，不是修辞意义上的乌托邦。小镇既无庙堂之高也无江湖之远，小镇涵养的是家文化和广场文化，是返璞归真，是生活居住和休养生息的地方。他们活得扎实有趣味，活得热闹有生命力，活得既扎根在菜地又超脱于爱心里。极其巧合的是，提出了“至人之治，因乎人者也”理念的泰州学派宗师李贽同样是泉州人。这里有无看不见摸不着却又流淌在人们血液里一脉相承的精神谱系？我想，顺应自然地理，顺乎天理人伦，保持真心、童心、初心，才是真正的以人为本吧。

小镇有登山、钓鱼、太极拳、自行车、乒乓球、摄影、书画、歌舞等几十个业主兴趣爱好协会，这些完全是居民根据自身实际需求自发成立的。小镇的公共秩序是靠文明精神建立、靠文化来养护的。

小镇的文明建设最早是从一份契约开始的。要成为小镇人，需要先签一份文明公约。赘言一句：小镇没有宣传部门，没有“文明办”，业主买房的时候签订这么一份公约，是购房时必备的一道程序。

聚龙小镇业主文明公约

这里的房子并非有钱就能买到，欢迎自律文明的朋友加入我们这个温暖的大家庭。

亲爱的聚龙家人：

您好！

聚龙小镇我的家，构建真品质人居幸福小镇来自你我共同的努力！为了我们共同的家园、共同的幸福，我们将与您签订一份《聚龙小镇业主文明公约》。从签字的这一刻起，您自律友爱的精神、文明言行的举止将成为小镇和谐旋律最美的一个音符。这份公约不仅可以保障您的人居品质和权益，更是实现您一生居住理想的幸福公约。希望您带动亲朋好友、左邻右里共同遵守这份约定，从自身做起，从点滴做起，捡一个烟头，帮一个小忙，说一声谢谢，践行人文，从我做起，共建文明小镇，共享美好生活！

（1）我们见面主动微笑问好。

（2）我们邻里之间互相帮助，尊老爱幼。

（3）我们积极参加小镇活动，热心公益，分享快乐。

（4）我们尊重他人劳动，步行中不吸烟，不吃零食，不乱吐痰，不乱丢垃圾，人过地净，自觉环保。

（5）我们爱护小镇的公共设施、花草苗木，不践踏草坪，共同呵护美丽家园。

（6）我们在乘车、购物、参与活动时遵守秩序，依次排队。

（7）我们在小镇内文明驾驶，礼让行人，不超速，少按喇叭，不开远光灯。

（8）我们在指定区域内有序停放车辆，不跨线、压线，影响他人。

（9）我们倡导在小镇内环保出行，尽可能步行或使用自行车、电瓶车。

（10）我们文明养宠，为宠物办理合法证件，定期注射疫苗，自觉清理粪便，使用牵引带遛狗，并为攻击性较强的犬类戴上口罩。

（11）我们文明居家，不高空抛物，晾晒浇花防止滴水。

（12）我们文明装修，按时停工，不影响邻居休息。

（13）我们在公共场合晨练或健身时，降低音量，减少对他人的影响。

（14）我们在登山时不吸烟，不将火种及易燃易爆物品带入聚龙山。

（15）我们文明垂钓，只在指定区域垂钓，不网鱼、电鱼，保持生态平衡。

温馨提示：

本公约对本物业所有业主和非业主使用人具有同等效力。业主更换，本公约继续有效。

本公约一式两份，业主、物业管理公司各执一份。

就这么一份简单的《聚龙小镇业主文明公约》，能有多少强制力和约束性呢？换作其他人，在其他地方拿到这张纸，可能随手一扔也就不管了。但小镇人就信了，而且一直信下去，遵守它、维护它。

我自已奔波混世数十年，见过各种老滑世故太多太多，偶尔遇到不世故的人和事，第一判断就是装，不装的可能是还不成熟；掩藏世故的，就属于伪天真了。这个时候，我们常常玩世不恭地说，天真的人是可耻的；而真正天真的人，却令我们手足无措。天真和简单常常串联在一起，心地透明，省却多少疲于精明计算的成本。我常常惊诧于小镇人的天真，也经常想到信用良品店，想到爱心义工社，它们这么触目地存在着，在如今这样的时代，不知道谁讽刺了谁？

这份公约特殊的地方，在开头注释：“这里的房子并非有钱就能买到，欢迎自律文明的朋友加入我们这个温暖的大家庭。”它开宗明义地提出小镇是一个大家庭的概念，称缔约人为聚龙家人，明确了彼此之间“家庭成员”的关系。

本质上，这是一份小镇居民自我管理、自我教育、自我服务的自治公约，既包含了建立在小镇人价值认同基础上的现代契约精神，又完全回归了中国传统的“孝悌忠信，礼义廉耻”人生八德精髓上。人人都要“言必忠信，行必笃敬”。

小镇文明自这份公约始，天真纯正地生根壮大。所以，小镇人的快乐来得很容易，他们满足的理由也很简单。

李小姐大学毕业以后在北京工作，后来为了照顾父母生活，她回到泉州，用卖掉北京一处百十平米二手房的钱在小镇买了一幢别墅，与郭无争成为邻居。李小姐在为别墅装修的时候出于安全考虑，想在别墅四周砌上围墙。她的邻居知道后告诉她，他本来也有过此打算，见郭无争都没有做围墙，也就没有建。要说财产安全，郭无争更应该为自己考虑。他居然说过，小镇邻居的东西要是被偷，由他赔。

郭无争家要是砌围墙，别墅区所有的人家一定都砌上了；别墅区有了围墙，住宅楼的防盗窗一定都会装上了。

良性循环和恶性循环都是有原点的，这个点可能在同一个位置上。郭无争奉行“己所不欲，勿施于人”，他的施于人不是硬的，是软的、暖的。他抽烟很厉害，在能够抽烟的地方基本上是嘴上不离烟卷，但走在小镇的路上，他从来不抽烟。遇到人往地上扔烟头，他不声不响地弯腰捡起来。随便扔烟头的人

见到他这样，不会不长记性的。

我亲眼见郭无争替别人捡过烟头，出手之快像是独门绝技。一次在柴房门前的瓜棚喝茶聊天，一位穿着很讲究的业主喝得微醺，他向我介绍说他是搞外贸的，百度词条可以搜到他名字。他抽的烟很高档，叼在嘴上抽到一半时脸一偏吐掉。郭无争几乎是下意识地出手捡起烟头，在烟灰缸里掐灭它。有那么一两次，“百度名人”都没有看到郭无争在替他捡烟头，不过最后发现时也看不到他脸红，他喝了酒的脸本来就是红的。他没再抽烟，直至告辞也没再抽一根。

我听过郭无争和业主之间的一个故事。

小镇的超市为方便业主，可以免费送货上门。这是一项便民服务，却被一个新住进来的女业主滥用，当成她花钱买房子附带的福利。她一天打好几个电话订货，一包盐和一瓶酱油在一天里分开来要，等得时间长一点还发牢骚投诉超市。

几位老年业主看不下去，她们认为公共资源是有限的，你一个人不合理占用，就影响他人使用。“你年纪轻轻的，又不缺胳膊少腿的，总是指使人伺候你干什么？”她们想去教育这个女业主一下，郭无争拦住了她们。

再一天，女业主让超市送了洗衣液之后再送一袋大米，郭无争将米扛了过去。敲开门，郭无争对这位女业主说，超市忙，我帮着送来了。其他什么话也没有说，但这位女业主再也没有指使过超市的服务员给她家送东西。

小镇的开发者在规划建设中对文化设施的投入，在一般人看来是没有收益的。一般的房地产开发商在这一块也只是装装门面。小镇不同，小镇提供的绝大部分文化场所和设施都是免费无偿使用的，没有政府一分钱的资金帮助，也很难从这里面找到经济利益增长点。

小镇人爱学习、爱读书、爱艺术，已经蔚然成风。这是我从他们日常生活中看到的。学习，是他们生活的一部分。

聚龙书院为中国人民大学国学院教学实习基地，汇聚国内国学名家、百家讲坛主讲，这里经常举办各类传统文化讲座，对话中华商道领袖，师承泰斗学堂，是倾力打造国学交流的地方。

逸翠湖旁的小镇书屋，艺术气息浓郁，提供时事新闻、相声小品、体育爱好、旅游探险等种类繁多的消闲刊物。美术馆负一层的休闲交流区域，聚龙读书会为大家准备了很多文化、艺术、哲学类的书籍，供业主借阅和购买。当然，购买的话全部按网购的折扣价。

聚龙湖边的音乐广场，小镇人晨间到这里锻炼，晚上在这里跳广场舞。

位于商业中心右侧的文化广场，可容纳近万名观众，是聚龙小镇为业主举办各类文化活动而开辟的大型广场。负一层的社区文化活动中心内设歌舞教室、阅览室、棋牌区、亲子区、传统文化学习区、台球区等功能区，是小镇各文体兴趣协会的交流中心和专业指导的总部。

聚龙艺馨园正在建设中。一方面，小镇将为惠安的石雕木雕大师们搭建一个交流展示的平台，为传承这一非物质文化遗产做一点自己的贡献。另一方面，也可以让业主们有零距离接触大师的机会。山清水秀的环境为文创工作者提供了更好的成长平台和创作环境，激发更多的创作灵感。

小镇的文化生机勃勃，而且一直处于建设发展中。只要是健康的、业主喜闻乐见的文化活动，公司都给予支持。

小镇给了传统文化学习和传播巨大空间，2013 年 8 月聚龙书院成功举办了国学大美——中华文化传承世纪论坛，2014 年举办了东亚文都文化传承与发展国际论坛。每天早晨，小镇的传统文化爱好者们会上集体早课，诵读《弟子规》《了凡四训》等内容。聚龙书院还经常举办各类国学讲座，论坛也是书院的日常文化活动。书院让小镇业主享受了适合他们的、多种层次的文化熏陶。

小镇有很多个性鲜明的标语，大有百米长的灯光幕墙“小镇没有陌生”，小有尺许的文明警示路牌；堂内有木匾铭文，室外有浮雕影壁；小区有宏大主题，角落有点睛之笔。就是少有橱窗、横幅这些应时应景、随波逐流的东西。

小镇的标语和口号让人感叹。同样是宣传，小镇做得深入人心，没有一丝令人生厌之处。恰当到如家训传承，如长辈对子孙的谆谆教导。这一切都是有底蕴的，来自对传统文化精髓的深刻理解和消化。

小镇有口号，不是空洞的；小镇有标语，与这里每个人的生活有关。所以它是亲切的、容易令人接受的，能够起到潜移默化的作用。

远亲不如近邻，这里没有陌生。

是邻居，是朋友，更是家人。

互帮互助，团结友爱，亲如一家人。

爱心做事，感恩做人，你我齐用心，共建幸福小镇。

小镇人很有荣誉感，也很自信。他们所做的一切都是有意义的，每一点努力都在使小镇进步，让小镇变得更好。

“以文化人，以德润心”，小镇建设与发展的顶层设计深深渗透了传统文化旨归，小镇人的追求是心灵富足、归属感、凝聚力，“养生必先养心”是他们的口号，不是广告语。

VIP
区
國學大美
中华文化传承世纪论坛

Chapter 16　给你一亩田

那首叫作《梦田》的歌唱道：每个人心中都有一亩田……用它来种什么？种桃种李种春风，开尽梨花春又来。

我一直想知道郭无争为什么丢下外面的大生意不做，回家乡来打造这样一个聚龙小镇。自打我们在薇姐之家见面认识以后，我和他有过多次见面，吃饭、喝茶、聊天，他也问到过我的作品，谈到过他认识的藏族作家丹增，以及读过的文学作品。只是每当我聊到他建小镇的初衷，他就不吭声了，有时候干脆跑开去。

我理解郭无争，他是一个不愿意面对媒体的人，不希望别人宣传他，建镇8年他没有接受过一次采访，没有面对过一次镜头。他是一个说得极少、做得很多的人。我也就对他开口谈自己不抱有希望，反正从其他人的嘴里也能够知道他的情况，几乎每个说到小镇的人都会提起他。

机会还是来了，一天晚上暴雨之后，我、林志敏和小洪他们围坐在柴房门前的矮竹桌上喝啤酒。郭无争踱了过来，我不知道他在我身后。我当时正说到我的感触，到小镇这些天来竟然听不到一个人对小镇有不满，我倒是想有这么一个人对我吐槽，可是找不到。还有，这地方为什么叫聚龙小镇，是不是想将来有这么一个小镇建制?

郭无争坐到我的对面，他说我还不了解惠安县和黄塘镇这个地方的情况。惠安曾是国内有名的贫困县，被人称作“地瓜县”。惠安县有17个乡镇，黄塘镇是最穷的。郭无争读到高中，考大学差 3 分，父亲准备砸锅卖铁让他复读一年再考，他看到家里穷成这个样子，不忍心再读。他是偏科，数学考卷基本上没做，要是当时蒙一下判断题、选择题，他一定达到分数线了。冥冥之中，可能也正是与大学失之交臂，成就了他的今天，才有了聚龙小镇。

郭无争说，他从学校走上社会以后不敢说自己是黄塘人，离开惠安到厦门闯荡也不好意思说自己是惠安人。家乡的贫困落后像是他身上的烙印，怎么也甩不开，痛苦、惭愧，抬不起头来。

那时候的黄塘有火葬场、麻风病院、精神病院，别的地方避而远之的这类“公共服务配套设施”都弄到黄塘。在惠安，吓唬不听话的孩子最有用的一句话就是——把你卖到黄塘去。多糟糕的地方！

后来，郭无争到西藏做了石工，第三年就已经获得了相当的成就。他每次回到黄塘，穿一双人字拖鞋在街上走，没有谁知道他的情况，他一直喜欢低调。而在惠安，知道他名字的人就多了，他已经为家乡做了很多公益和慈善。看到黄塘依旧落魄，郭无争发愿要改变家乡面貌。他不认为这是什么理想和梦想，没有那么复杂，它就是发自内心的一种简单愿望。他对老爸讲，西藏那边的生意再做几年就不做了，回来改变这里的面貌。老爸听他这么一说，眼睛瞪得大大的，他不理解儿子这个决定。

郭无争对他的西藏奋斗史轻描淡写，我知道他的第一桶金一定不是捡来的，吃了多少苦，他不说而已。不久后，我有一次和他太太聊天，知道他走到今天这步非常不容易。

泉州市领导开始搞招商后，郭无争立即回来了。当地领导送他一座荒山，让他开发。郭无争带着人花四个月时间完成了山地的丈量，此后他开始招兵买马搞开荒。最开始，他只想把这里做成一处漂亮的原生态农庄或者生态养生公园，让黄塘镇的形象得以改变，但政府鼓励他做房地产。

在聚龙小镇开发之前，郭无争和总经理郭振辉一起了解了很多的楼盘，国内大的地产项目都有关注。他们注意到，几乎所有房地产商都只管开发，不管后期，觉得这样不能够达到他们完全为业主负责的宗旨。他们要改变这种状况，于是搞了自己的物业管理公司，做行内认为傻子才干的事、作茧自缚的事。正因如此，他们赢得了业主的信任，聚龙的品牌也越发响亮。

薇姐不知道什么时候过来了，她参与到我们的聊天中，说："郭董做事情是有大魄力的，我亲眼看到过郭董怎么带员工建东篱新村的花园的，那才真是吃苦耐劳。"

花园本来预计 6 个月建成，郭无争召集工程部门开会，将工期定为 60 天，工地 24 小时连轴转。他亲自监督关键性的采购组工作，每天早上 5 点多到工地，吃完饭到工地，下雨时也还在工地，拿着工具和工人一起干。回廊、曲径、假山、水池、凉亭、影壁、园艺、绿化，他全程参与。大家没日没夜地干，最后 46 天完工。

我到过东篱新村的花园多次，住小洪家时天天可以看到它。这个花园的美超过了那些所谓的公园。

郭无争说，做事情其实也可以简单，有的事情是人为搞复杂的。建镇8年以来，他没有进过镇政府大门、县政府大门，连市政府大门也没有进过。办事情该由哪个部门做的就由哪个部门去负责处理，他只负责邻里关系，和业主交朋友。他看了身边的林志敏一眼说，人与人的关系不亲就不和。搞好业主关系是郭无争的重中之重。

林志敏点点头，在与人为善、睦邻友好方面，他在小镇堪称模范，见到比他大十多岁的男士叫人家伯父，岁数大一点的阿姨叫人家奶奶。

薇姐先走了，她明早要早起伺候她的菜地。上官过来坐下，这时候才是他一天中消闲的时候。柴房门前的竹桌旁就是这么热闹。

郭无争说："搞了房地产以后，很希望这个小镇是最有人情味的地方。周围住的是好邻居，有好朋友天天在身边，有快乐和幸福共享，有困难时有人帮助、有人分担，这是一大家人生活的地方。"

郭无争说薇姐一家让他感动，他们在小镇开荒地种菜，送给邻居，起初也被人怀疑过。

菜哥对他说："以前在温州无所事事，每天打牌。现在有这些地侍弄，种出菜来送与别人是快乐的，这个过程很享受。"

我想，郭无争其实也是在种一块地，花大本钱，付出他全部的心血在侍弄。他也经历过别人的不理解，遭到过别人的怀疑。他是有智慧的，不解释，只做不说，让人家看结果。

一位小镇业主在微信里说："泥土、植物、动物、朋友和爱，这是我们在聚龙小镇的平常生活。可正是这些，让小镇的每一刻都闪着亮光。"

Chapter 17　朋友在身边不亦乐乎

阿顺说："人是需要真心朋友的，作为男人尤其需要。"

小镇的生活让我一下子多了很多的朋友，这让我略有不安。我已经多少年不再呼朋唤友了。

我不是一个孤僻的人，属于喜欢交际的。这一二十年因为不同领域的业务合作，因为各种性质的聚会，或是萍水相逢后称兄道弟的，或是在酒桌上，虽然认识了很多人，但在内心认定为朋友的还真不多。这些交往已经很难摆脱利益关系，随着年龄的增长，对朋友的定义也比过去要严格。

一个人年轻时兴趣广泛，会结交很多朋友，这是心里有扩大势力的欲望。多一个朋友多一条路，在家靠父母，出门靠朋友。这一大帮朋友会被时间清洗、被人生经验筛选，最后变得很少。但我是相信有好朋友、真朋友存在的。

去年有一位儿时的朋友突然出现。我们已经二十多年没有见过面，他到天津出差，向别人要了我的电话号码，到北京来找我。我们于是有了一次重逢，一回小酌，一夜到天亮的叙旧。分手时我说："即使再二十年不见，我们也仍然是朋友。"他说："很庆幸我们这些年来没有一起做生意，没有一起走文学道路，没有找彼此认识的女孩子恋爱、结婚。"他说的是实话，只是过于实在，让我心里有点黯然。他也说到现在难以结交到朋友，人与人之间总是有一层隔阂，谁也没有时间和精力去消除它，心里面其实都不想再交什么朋友了。

我接触到的小镇人，不论男女，他们对人都不设防，和我的交往没有利害关系的衡量，只有谈得来、玩得来、意气相投。他们把我当朋友，把他们的朋友介绍给我，也把我当作朋友介绍给他们。

其实，你把人家当朋友，你才有可能有朋友。这一点我是懂的。懂是一回事，做是一回事，我也不例外。我觉得我在小镇和他们相处时应该做一些改变，不是复杂，是要让自己简单再简单。譬如他们请我吃饭，我还没有吃完就要定日子回请，这不是朋友之间的所为；请了人家喝酒，便指望人家也请自己，这更不是朋友之间应有的想法。

朋友可以成帮，人以群分，生活里集合一帮好的朋友在一起，有益也有乐趣。我在小镇的这帮朋友大部分是爱心义工社和登山协会的。小镇有几十个兴趣爱好协会，徐会长要不是回浙江老家办事，我大概也会和钓鱼协会的一帮人玩在一起，跟他们一起去分享垂钓之乐；要是带来尼康相机，摄影协会的活动我也会去参加。

我爱好美食，喜欢做菜，在薇姐之家和邻里情厨房已经露过两手。我心里纳闷儿，小镇为什么不成立一个美食家协会或者烹饪协会？那样的话，“养生郭”可以做个常务会长什么的，在小镇，一般人并不把他当卧龙轩饭店的老板，都觉得他是一个喜欢凑热闹的厨师。小镇上有做大锅饭、办酒席的需要帮忙，好像都会有他出现，他是召之即来的人。

我称呼“养生郭”为小镇的“飞行厨师”。有一次我和阿顺、项农民等人在山上的菜地里干完活，五六个人的主食没有着落，打电话给养生郭，要求他在五分钟之内把米饭送过来。五分钟开车上山是无法完成任务的，但养生郭还真来了，送来的米饭热气腾腾，坐下来的他气喘吁吁。

在湖边的聚龙轩吃饭，不知道点什么菜好，发微信给养生郭，让他推荐。

等了好长时间，他发来一张图片。菜单写在一张巴掌大的纸片上，再翻拍成照片。我和小洪等人都笑翻了。

小镇的烹饪协会名誉会长可以由郭无争担任，有做饭的机会时，他比我更喜欢露一手。真的是露“一手”，除了翻勺，他只用一只手做菜，不慌不忙，给菜装盘也只用一只手——一把手的风格。

郭无争话不多，在关心人方面却不少说，他打电话给小洪，特地交代他照顾好我在小镇的生活。当时我在小洪车上，他们的闽南话我只听懂一句小洪说的“王老师”。我问小洪怎么说到我了？小洪翻译了一下郭无争的闽南话，是要他招待好我这个朋友。

那次我和小洪一起开车去见陈总，一位并不住在小镇却在小镇有很多朋友的企业家。

我们先去了山上。小洪说陈总很少在办公室里，一般都在山上的菜地里，连除草的活也干。我们在山上跑了三处地方都没有看见陈总的踪影。小洪不时地叽咕两声，觉得很奇怪。他的哈弗车在坑坑洼洼的山路上开得很轻松，到了一处荒坡改造的菜地车停下来，小洪在这片长着生菜的菜地里找野菜。陈总承包的千亩山地都用来种有机蔬菜，地头上可以看到一些沤制有机肥的设备。小洪说，好多从农民手上转包过来的山地得花两三年来养护，原先都被过度施用化肥，所以这块菜地长得不好，野菜长得好才说明这块地在慢慢缓过精神来。

不知什么原因，陈总的电话打不通，只有去他的公司找他。小洪很是钦佩陈总，他把自己所有的钱都用来种地，收入全部捐赠和用来供养几十位孤寡老人、残疾人，但从不张扬。

陈总的公司在工业园，一进公司就看到很多残疾人被人搀扶着或用轮椅车推着在慢慢运动。小洪说，原先这些人都是卧床不起的，他们现在不仅被供养，还接受一些康复治疗，生活质量有了很大的提高。

见到陈总，一个瘦弱的中年男人，穿着非常朴素，甚至有点寒酸，用着一部旧的诺基亚手机。我家里淘汰了五六部手机，每一部都比他的要好。小洪来找陈总，是想帮他把蔬菜运进泉州的超市去卖。小洪做超市生意，有这方面的人脉。他们商量了怎么去超市做专柜，怎么让泉州人了解“大爱有机蔬菜”品牌。

我们离开时进到陈总的厂房去看了看，工人们正在将销不出去的蔬菜做成泡菜。小洪说既然是有机蔬菜，赶新鲜的时候吃多好。他很为陈总着急。我们向工人要了两根带缨子的胡萝卜，洗了洗啃起来。工人问我胡萝卜好不好吃。我觉得南方的胡萝卜水分大，不太甜，特别适合打胡萝卜汁。

爱屋及乌，我看得出小洪对陈总的感情。业主阿顺和我聊过小镇的朋友关系观，大家是很单纯地在一起，不涉及生意，不涉及婚姻家庭，不涉及社会上的纷争。朋友们因兴趣聚在一起，感情在这种简单而舒服的交往中产生。大家有各种各样的经历，由繁化简并尝到甜头，很珍惜这种状态，小心地呵护着这种关系。

难道这就是朋友之交淡如水的境界?

可他们的关系也不淡啊，很重视朋友甚至邻里之间的交往，总喜欢热热闹闹地在一起。离别是他们很看重的，辞行、送行是小镇的重要活动。岁数大的业主，要是出趟远门，少不了与小镇上的朋友和邻居打招呼。办一两桌饭，哪怕是包个饺子，大家在一起话个别。在他们离开的日子里，许多人挂念和思念他们，盼他们早点回来。待他们回来，又是一场接风洗尘的邻里宴等着他们。郭无争还因为一帮业主朋友在外面学传统文化时间长了，驱车几百公里去看他们。小镇人视郭无争这么做为探亲。

我和小洪从陈总那里回来，晚上就参加了一个很热闹的聚会，十多个人在聚龙轩为郑先生送行。说送行其实是反了，是郑先生要离开小镇一阵子，他向朋友们辞行。

席间不停有人问郑先生什么时候回来，很不舍的样子。吃完饭，大家一起去湖心岛 KTV 唱歌、跳舞。玩的时候大家都很放得开，黄容的拉丁舞跳得热辣，张唯和女伴的布鲁斯也跳得缠绵，奥巴马用闽南语大声唱流行歌曲，大家都很嗨。大概只有欢乐才可以冲淡离愁别绪。

第二天，我睡了一个懒觉，起来后在屋里整理笔记。中午看到奥巴马发的微信图片：一帮人在业主开心菜园种菜，午间小歇时就着自做的大盆菜吃饭喝酒。项农民拿着一瓶 XO 对嘴吹，像喝可口可乐一样。边上的阿顺脖子上缠着毛巾，坐在地上捧着一只大碗微笑。

项农民在浙江有很好的生意，房产也有多处。他就是喜欢小镇，所以让自己提早退休，在小镇逍遥生活。他说他有两条尾巴——太太和外孙女。她们不跟着他的时候，我看到他更快乐。

阿顺的家人全部在意大利，他在国外时也有过异域的小镇生活，异国他乡没有什么朋友。他热爱聚龙小镇，说这里有屈指一数的运动环境，好得不能再好的兄弟、朋友。他的朋友有两拨儿，在小镇结交的和从老家聚集到这里来的。

项农民和阿顺他们住在小镇是因为这里有须臾不愿分开的朋友，而有人住在小镇却是要躲避朋友。这样的人在小镇也有不少。

孙先生刚住到小镇来的时候很不合群，不参加小镇的任何活动，和邻居也少有交往。后来他变了，他说：“小镇的好、环境美，都是其次的，这里人与

人之间关系单纯，是最让人感到舒服的一点。”

这难道是孙先生喜欢小镇的原因？是的，他说他被朋友借钱借疯了，借怕了。

他没有说自己的事情，说了别人的，泉州一家很有名的大企业老板。这位老板生意做大了以后，觉得失去了快乐。首先是交朋友的快乐没有了，不敢交新朋友，怕成为新的负担，怕人家向他借钱。他以前的朋友，能够想起来的好像都和他借过钱。因为朋友关系，不借是不行的。人家不问你是否有那么多的流动资金，借与不借关系到你这个人讲不讲交情。

与朋友相处的快乐没有了。他即使是和那些做生意的朋友一起玩，哪怕是吃一顿饭，桌上有一个人资金困难开口向他借，他也会惹上麻烦。别人开口向他借几千万或者上亿，都觉得对他来说是小意思。他怎么办？说没有现金，没有流动资金，那就请你为银行的贷款担保吧。你借给过张三借给过李四，你不能不借给我吧？苟富贵勿相忘，不能不讲朋友交情吧？担保要负责任，借钱的朋友到时候不还银行，倒霉的还是他。这样的钱他借出去很多很多，亏掉的很多很多。他的姐姐实在看不下去，为这个事情和他吵架，要他远离那些朋友。

这样的情况下，这位老板的朋友越来越少。他每天晚上躲在家里开一瓶洋酒，喝半瓶将自己灌醉。

我过去认为，人与人之间做朋友，男人要讲义气，女人要懂事。做到这一点，成为朋友，维系朋友关系是没有问题的。现在想来没这么简单。

古人真是智慧。他们当时没有这么复杂的商品经济，就懂得朋友关系的奥妙，就提出了“君子之交淡如水”。

小镇有古风，人与人之间讲究一种超然脱俗的简单关系，让人不带负担地轻松交往。

Chapter 18 空巢老人的绕膝欢

天伦之乐该是老人一生的收获。

在小镇的日子，每天都有一件重要的事要做，就是给老家的父亲打电话。在北京我隔三岔五地给他打，到小镇来的第一天他就要求我每天必须给他打。父亲说邻居老李对儿子发火，要他们每天打电话，怕死在家里都没人知道。老李和父亲一样的情况，近八十岁，不愿和儿女在一起生活，独居在紧靠我们家的老宅子里。

我每天给父亲打电话就得打无数次，只因不知道他什么时候出去买菜、遛弯、打麻将，或者恰巧他在厨房里。看电视时他更无法听到我的来电提示音。他耳朵背，不是一般的背，通话要像吵架一样大声。他手机经常关机，或者搁在什么地方，形同虚设。

我与父亲的电话每次接通了以后，说两句他就要匆匆结束，临了的一句话是："漫游话费很贵，挂啦！"后来我才知道，他要我每天打电话只是个说辞，其实是担心我在外面的安全。他说他知道惠安是在福建的海边，聚龙小镇是在山上。

儿行千里母担忧，父亲也是有这种心情的，不管儿子多大年纪都要操心。78岁的父亲很健壮，照他的说法是活蹦乱跳。干了一辈子技术工人的父亲也知道，人到一定岁数就像机器，老了，会不断地出故障，会突然转不动，甚至停机。

父亲说等他转不动的时候，生活不能自理了，就进养老院，以他的退休金找一家条件好的养老院绰绰有余。而我最怕他说什么时候进敬老院、养老院，他有我们四个儿女，哪能够不对他尽赡养之责。

小镇是养生的好地方，也是适合养老的好地方。在小镇居住的人口当中，年龄大的所占比例是比较高的。许多人在小镇买房就是为了让父母在此养老，他们外出工作好安心。像这种情况的家庭，他们在节假日时回来看父母，和他们住在一起。

大家喜欢的印尼老太太——程阿姨，她的子女都在香港工作，大多数时间里她一个人独自住在小镇。小镇的人情味、热情友善的邻居，使她最终选择在这里定居。业主拍摄的小镇生活摄影作品中，她银灰色的头发，戴一副黑框眼镜，脸上挂满慈祥、温和的笑容，令人印象深刻。在一段有关小镇的影片里，程阿姨对小镇做了简单评价："这里环境好，空气好，人也达礼。"从她脸上的笑容可以看出，她是真心喜欢这里的生活。

在小镇，程阿姨结识了很多新邻居，无论走到哪里都会有人和她打招呼。邻里间也时常走动，互相帮助。她说："去游泳馆或是超市的路上，经常能碰见不同的业主和小镇员工，不管认识不认识，都会打招呼问要去哪里、要不要搭车，很热心……"

程阿姨报名参加了小镇的文明督导团，这个督导团也是业主自发组织的，经常结伴到小镇各处公共区域捡拾垃圾，团员主要都是老年人。程阿姨有空就戴上红袖箍和大家一起推广人文建设，她说："只要自己身体允许，就会为社区做贡献，哪怕只是捡一个烟头、一片纸屑，一声问好、一个微笑。"

程阿姨有一张游泳馆年卡，几乎每天中午都要去游泳，每次必须游满十个来回才回家。很难想象一个 70 多岁的老人能在游泳池的标准泳道里游十个来回，很多年轻人也未必做得到。

程阿姨说她之所以看上去年轻和精神十足，是因为她过着规律、健康的生活，这里的人对她方方面面都很照顾。看到有一群友爱互助的好邻居，程阿姨的儿子对母亲居住在小镇很放心。

“老吾老，以及人之老。”看到程阿姨的幸福生活，我常常设想要不要把自己父亲接到小镇来享受这种快乐的晚年。

小镇的物业管家在业主购房入住后，会挨家入户拜访，对他们家庭成员情况进行了解和登记，对子女不在身边的老人会安排专门的特别管家给他们，二十四小时可以联系管家。

我看小镇的纪录片和小镇的图文资料，总有介绍业主金爷爷、汪奶奶的金婚故事。这个故事在小镇脍炙人口，好几位小镇人对我讲过。

两位老人的子女常年在外地工作，原本生活在安徽的他们被子女安排住在小镇。物管公司的员工知道老两口的情况后，不仅在购置日常生活用品方面给予照顾，还经常过去陪两位老人聊天，帮忙做些家务，减少老人的孤独感。得知老两口金婚纪念日，大家在这天为他们租了婚纱和礼服，在他们家里办了一场特别的金婚纪念，让两位老人感动不已。

中央电视台发现之旅频道《品质》栏目在为聚龙小镇做的专题纪录片《充满爱和幸福的世外桃源》中，还原了小镇物管服务人员为金爷爷和汪奶奶办金婚纪念活动的场景。我看了后不禁想到镜头以外，不知老两口的儿女看到这个场面的感受，以及这帮已达适婚年龄的年轻人的现场感受是什么样的?

阿琼参加了金爷爷和汪奶奶的金婚纪念活动。那时候她在小镇的超市做服务员，现在她是老两口所住的陶然新村那幢楼的管家。她工作很忙，在陶然新村服务中心的接待室坐下，我问到她那次活动时结婚了没有?

梦里桃源舞动人生
幸福家园健康你我

她迟疑了下说："已经结婚了，爱人那时候也在公司。"我看到她的神情有些黯然，又问："结婚的时候有没有披婚纱？"她眼睛红了，抽了一张纸巾在手上，摇摇头，接着呜咽起来，"我是很高兴地去的，也羡慕他们两位老人可以白头偕老……"

我轻声说了声对不起，心里也暗暗惊叹：一个连自己结婚都没有披过婚纱的年轻女孩，和同事租婚纱，买蛋糕、鲜花，去给两位无亲无故的老人办一场热热闹闹的结婚纪念，她的心情多复杂、多为难啊！

"我们经济条件不太好，但会慢慢好起来的。我相信未来有天会在结婚纪念日披婚纱，和孩子他爸在我们美丽的小镇拍很多很多照片。"

她笑了，站起来说要去巡楼，问我是不是跟去看看，想见金爷爷和汪奶奶的话也可以带我去。他们过两天要回安徽老家一趟，我当然不想错过这个机会。

阿琼给汪奶奶打了电话，问她有客人要来看他们，是不是方便？电话里传来的汪奶奶声音很大，"方便，方便！随时都可以来！"

汪奶奶非常热情。我们到她家时，门是开着的。她闻声跑出来迎接我们。

看到金爷爷和汪奶奶老两口，我笑了，想起纪录片里他们穿婚纱、穿礼服的幸福又带点拘谨样子。

他们住在一户两室一厅百十平米的房子，户型非常实用，由于没有装防盗窗和纱窗，空间显得更大和敞亮。我不免奇怪，不装纱窗和阳台隔断纱门，夏天有蚊虫怎么办，这可是湿热的福建啊。

汪奶奶就和我聊了起来，她说家里根本就没有蚊虫，跟老家安徽不一样。我说跟我们江苏也不一样。说到地域，说到老家，我就问他们生活在福建是不是习惯，老家的人会不会担心这里的夏天很热？

汪奶奶说："亲戚、朋友，包括过去的同事都担心，住到这么远的福建，夏天热死人的地方，以为我们在这里活受罪。其实和他们想的根本不一样。夏天这里早晚说多凉快有多凉快，中午是热一点，关上门窗，开电风扇刮刮就可以了，我们都不怎么用空调。"说着她仰脸看看上方，一台连着吊灯的仿古吊扇很是漂亮。

老家安徽的亲戚朋友有到这里来做客的，没有不羡慕他们在小镇的生活的。回去一宣传，大家就都知道他们在这里过的是好日子，不再担心了。汪奶奶说得很开心，她夸这里的环境像公园，她家就在花园里。这里的人更是友好、客气、相互照应，对老人的照顾无微不至。门一开，指不定什么时候就会看见一包菜放在外面，都不要去问是谁送的，也不会有人来说是谁送的。有什么困难说一声，立刻有人帮你。家里重一点的活都被公司的小年轻包了。汪奶奶指指阿琼，说："公司里的一帮年轻人就像家里的孩子，对我都好得很。"

阿琼说汪奶奶对她和同事也非常好，奶奶白天经常去业主开心菜园种菜，晚上去跳广场舞。

说到菜园，汪奶奶话更多，而坐我边上的金爷爷则很想对我说说他以前的工作。他从公安局退休，说拿现在的警服跟过去比，他更喜欢那种国防绿的老式警服，警服与军服颜色一样才好。金爷爷原来是从部队转业到公安局的，我见缝插针地和他聊两句，他腰杆挺得笔直，不时地给我倒茶。

汪奶奶说，即使是在菜地里种菜，她这样的老人也是受照顾的。种菜、施用有机肥、烧草灰，汪奶奶只要有点力不从心，在菜地忙活的郭无争看到后就会要她歇下来，找年轻人帮她做。

汪奶奶最初认识郭无争是在大坝食堂。那天家里来了安徽亲戚，遛湖以后在风景优美的大坝食堂用午餐。邻桌的一位中年人向他们微笑着打招呼，用完餐他先走一步也打招呼。汪奶奶当时不认识他，向亲戚介绍说是邻居，这里的邻居就这样客气亲热。到汪奶奶也用完餐结账，服务员说已经有人结账了，就是刚才走的那位，是小镇养生公司的郭董事长。汪奶奶很过意不去，服务员说郭董事长替人结账很平常，他当作邻居之间的人情往来。汪奶奶的亲戚没有一个不对这样的老板好奇，开发商住在自己开发的楼盘里，把所有买房子的人当作邻居，真是没有听说过。

汪奶奶在菜地里收获很大，种的菜吃不完送邻居；还在菜地里认了干女儿，多了两个可爱的孙子。

吴女士是小镇的业主，她在开心菜园种菜时认识了汪奶奶。汪奶奶手把手地教她种菜，她的两个孩子也非常喜欢两位老人，围着他们爷爷、奶奶叫个不停，很像一家人。吴女士是广东人，在泉州开快餐连锁店，生意做得很不错。可从小没有母亲的她，就是觉得生活中缺少点什么，与汪奶奶接触以后，她一下子感觉到了被长辈、被亲人呵护的温暖。沉默寡言的她也不善于表达，幸福地走进两位老人的生活，像孝顺的女儿，而她的两个孩子也像乖巧的孙子。

每个周末，两个在外国语学校上学的孩子都要到汪奶奶家。吃完饭，和爷爷奶奶亲热够了才肯离开，要是不愿意走，这里也有他们的房间。

汪奶奶说今天刚好是周五，干女儿和两个孙子要过来，他们老两口后天回老家安徽去，所以要把大卫、阿琼他们这些孩子一道叫过来吃顿饭。她邀请我也来参加，说要让我看看她两个孙子和他们有多亲。我居然马上就答应了，像是在等她老人家这句话。这样的聚会很有诱惑力。汪奶奶买了豆腐干，我准备给她当助手，做一道扬州的大煮干丝给大家尝尝。

下午我在房间里整理笔记，晚上去汪奶奶那里迟了一点儿。她和阿琼已经在厨房里忙开了。汪奶奶的干女儿和孙子还没有来，汪奶奶让我到客厅去和金爷爷喝茶。

一会儿，吴女士带着两个放学的孩子来了。哥哥上三年级，弟弟上幼儿园中班，兄弟俩很有礼貌，向我这个陌生人微笑着问好。

吴女士到厨房里看汪奶奶，出来后开始摆大圆桌、铺桌布、摆碗筷、酒杯。这时候，两个孩子在金爷爷面前转转，在汪奶奶面前转转。菜上桌后，弟弟不声不响地爬到椅子上，跪着挑了一块鸭肉尝一下；哥哥则表现得很绅士，扭头看了一眼弟弟。

大卫来了，阿琼的爱人带着他们双胞胎的女儿也来了。屋子里热闹起来。弟弟看起来和双胞胎的姐姐玩得来，在一起捣鼓玩具。

大卫是夏卫国的昵称。他个子不高，留一撮小胡子，很有文化人的气质。他在公司里搞品牌文化工作，金爷爷、汪奶奶的金婚纪念活动他是组织者之一。公司里的员工与小镇的业主总有几户关系特别好，不是关系户，是像家里人一样。

阿琼的爱人小周是个帅哥，在高尔夫球场工作的他晒得微黑，胖乎乎的脸上总是带着笑容。他们小夫妻俩都开始发福，好像一点也不为生活、工作和家庭所负累。

汪奶奶做的菜将桌上摆得满满当当，晚宴开始。金爷爷一定要开瓶家乡的白酒，说红酒给女士们喝。喝酒、喝茶这件事上是能够体现生活习惯的，酒精度从北到南是越来越低，福建人大多喝红酒、洋酒和啤酒。在小镇的江浙人、安徽人，如汪奶奶家，仍然喜欢用大茶杯喝茶，喝烈性的白酒。

汪奶奶做的菜是典型的安徽风味，重油、重色、重火工。在座的我是江苏人，吴女士是广东人，阿琼夫妇是福建人，大卫是陕西人，大家品尝了汪奶奶的菜都夸她手艺好。汪奶奶看到两个孙子吃得欢，眉开眼笑。金爷爷是钓鱼协会的会员，桌上的一大盘红烧鲫鱼是他晚饭前在黄塘溪钓的。他说自己家要吃鱼就到溪里去钓，从来不吃冰箱冷冻过的。他还在溪边买到了一条野生的大黄鳝，与排骨一起煲了汤端上桌来。

我感受着饭桌上快乐的气氛，说是邻里宴，更像家人的一堂欢宴。汪奶奶说他们这次回安徽的时间有点长，就怕在那边待不住，会想这里。前面有几次回安徽都是这种情况，哪怕被亲戚责怪也要早点回来。

饭后，吴女士和阿琼坚决不让汪奶奶再动手，由她们收拾桌子和厨房。我和大卫陪金爷爷聊天，金爷爷说到金婚的事，当时是儿女们打算替他们操办的，老人怕铺张，也怕给工作不在一处的孩子们增加麻烦，就一口回绝了。纪念日这一天，本来也就想请身边这些孩子吃顿饭，结果还是热闹了一回，场面大到连中央电视台都播了！

看看时间已经八点半，忙碌了一天的老人到这时候应该休息了。我谢绝了两位老人热情的挽留，希望是我带了一个头，大卫他们在我走后跟着离开，把安静留给老人。

回到住的地方，看到大卫的微信上发了视频。九点的时候，大孙子给金爷爷抖空竹，看孙子炫技，镜头里的老人乐呵呵的。九点七分，两位老人和四个孙子、孙女坐在沙发上一起冲镜头笑，其后加入了吴女士、阿琼夫妇。

零点的时候，大卫从视频里提出来一组照片，有我和他们一起吃饭的情景，有他们在我走后的合影。大卫加了标注——亲如一家。

合影照片里，一大家人笑得开心极了。我想起汪奶奶在饭桌上指着吴女士一家、阿琼一家对我说："他们都是我的儿女、孙儿孙女！"老人当时的开心笑声似乎还在我的耳畔回响。

这个令人沉醉的夜晚，我因多虑而提前退场，错过了目睹老人们享受幸福和欢娱的时刻，非常遗憾。

过了两天，我又认识了陶然新村服务中心的管家连连。她不到三十岁，制服穿在身上很像是大商场里著名品牌专柜的服务员。她是公司的老员工，公司创建的时候就进来工作了，原先开电瓶车，后来转到服务中心来做管家。

我希望连连在她服务的业主中找出两位独居的老人，我想看看他们的生活。连连想都没想就说，带我去看曹奶奶和骆奶奶。

曹奶奶今年近 80 岁，退休前在甘肃一家企业从事工会工作。她女儿在福建工作并成家，先在小镇买了房，觉得这里是安顿老人的好地方，就又买了一套小户型的房接来了母亲。曹奶奶的女儿平时工作忙，除了节假日，曹奶奶基本上是一个人生活。连连在工作中把曹奶奶作为重点照顾的对象。

曹奶奶个子高高的，身体瘦弱，精神不是太好。她很热情，我一坐下就泡茶招待我。连连赶紧说："我来。"连连知道曹奶奶的茶具在哪里，茶叶盒放什么地方都一清二楚。曹奶奶家有很好的白茶、上好的西北枸杞。我与曹奶奶说到西北的三泡台茶。

连连打开曹奶奶的冰箱拿出一盘剩菜，说这是三天前的，不能再吃了。问曹奶奶昨天晚上是不是没有吃饭，曹奶奶说她昨天晚上的确没有吃饭，身体有点不舒服，现在好多了。连连仅从曹奶奶的冰箱内存就可以知道她的饮食状况，于是亲自到厨房给曹奶奶做饭。

厨房里抽油烟机响起来的时候，我跑到厨房外面透过玻璃看连连，洗切蔬菜，

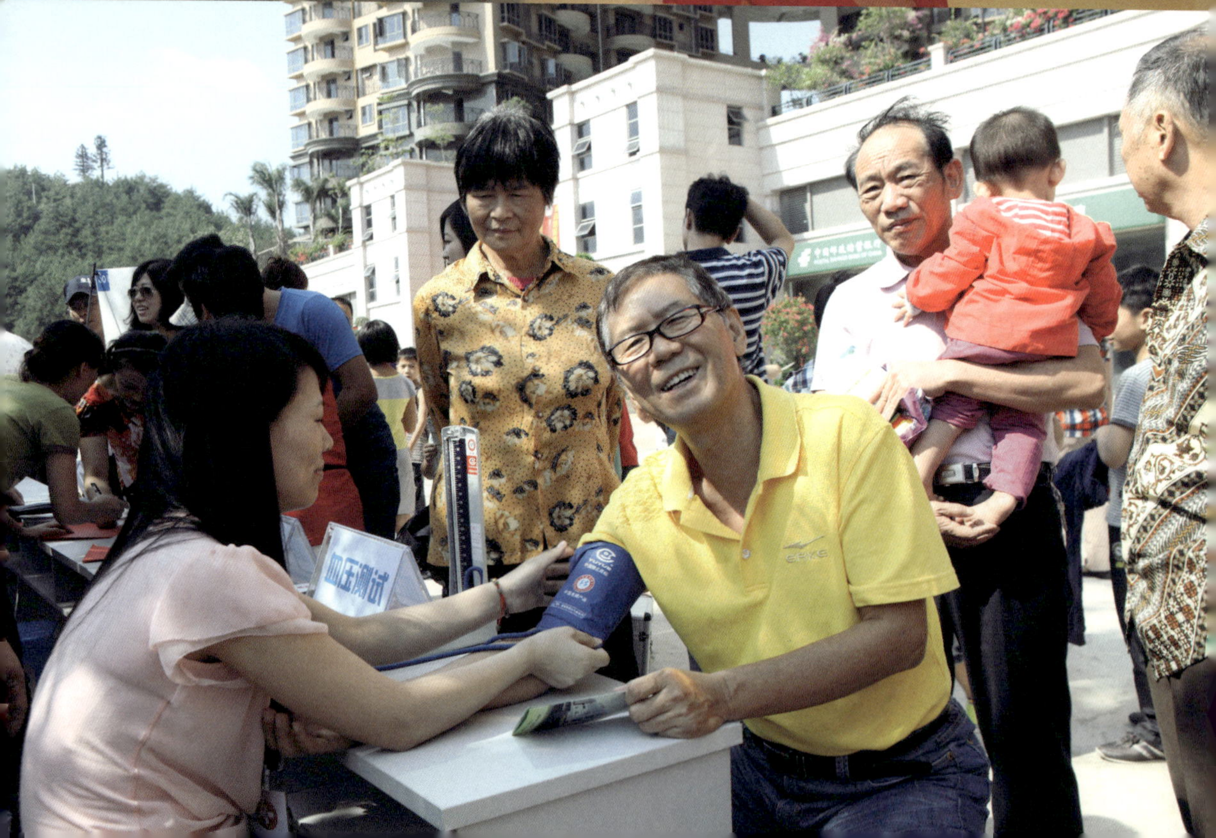
血压测试

烧开水，下挂面。看她那么娴熟地在厨房里忙活，知道她一定经常在这里下厨房帮老人。

曹奶奶说子女在家装了视频，可以远程监看她的生活起居。可这又有多大作用呢，她觉得还比不上连连到吃饭的时候一个电话管用。连连对曹奶奶吃什么、吃了多少很是清楚，发现不对马上就过来帮忙。查冰箱，看厨房，连卧室里的窗户怎么通风合适都要掌控好，细心得很。

我问曹奶奶是否了解连连的情况：“结婚了没？爱人是谁？是否有孩子？如果有孩子，是男孩还是女孩？”曹奶奶说这哪能够不知道，连连就像她家里的孩子。

这是一句最好的褒奖，和汪奶奶说阿琼一样。

曹奶奶吃连连替她做的素面吃得很香。我曾经到过甘肃的河西走廊，和她聊起西北的面食：拉条子、搓鱼子、面片子、转把子……我说了一堆面食，老人精神好了起来，像她这样的老奶奶一定是做面条的好手。果然是的，连连说老人时常做西北风味的面给她和同事吃，她还曾包饺子送到岗亭上给值夜班的安保员。

我们没有在曹奶奶这里多待，连连计划着上午到骆奶奶家再看一下，眼看着要晌午了。她交代曹奶奶要好好吃饭，身体不舒服时要告诉她。临走时，连连从冰箱保鲜柜里拿出一只梨子，交代曹奶奶一个小时后吃。

陶然新村很大，从曹奶奶家出来到骆奶奶家要走过好几座楼。小区的绿化都是园艺级的，赏心悦目。连连说在小镇工作的同时也是在养生，这里的景色比她去过的任何公园都好，随便站什么地方都可以拍出电脑屏保水准的照片。她指了指远处的一幢楼，她的房也在这里面，目前在装修，公司对老员工有特殊优惠，她也成小镇的业主了。她说她对小镇很有感情，是看着小镇一点点建设起来的，每一处都有公司员工的汗水，每一处都有她感到亲切的记忆。

连连是郭无争助学金的受益者，她是怀着感恩的心来小镇回报社会的。她也把自己与小镇紧紧地联系在一起。像她这种情况的员工在公司里有好几位。

骆奶奶住得很宽敞，室内装修也华美。她以为我来看是想把家里的老人也送到小镇来住。她很认真地对我说："小镇很适合养老，住这里能多活十来年，不要再犹豫了。"

骆奶奶告诉我，她享女儿、女婿的福，他们小两口都是搞建筑工程设计的，说这里的房子好，那就是真好。老太太夸了一阵子这里的环境，带我到阳台看小镇，远处聚龙山靛青色的山峦尽收眼底。她们家的阳台可以饱览小镇的景色。

接着她介绍在小镇结识的老姐妹，她们之间经常串门，做一些好吃的好喝的互相分享，感情比她原来住过十几年地方的邻居还要好。

骆奶奶家里有位穿制服的阿姨在忙着，她擦家具时很认真，擦到花瓶的时候连瓶底都拭擦干净。骆奶奶介绍这是她在公司订的家政服务，每周来一次，每次四个小时，帮她打扫卫生、做饭，或者用手推车推她出去散步。骆奶奶有腿疾，疼起来路都走不动。

"小镇的管理好，这里的员工帮你做事，花钱不花钱工作都认真。"说着，她看了一眼正在擦电视柜的阿姨，流露出满意的眼神。

"我们这个小镇非常干净，干净到什么程度，你不要看地面，去湖边摸一下石头栏杆和木头吊椅，没有一丝灰尘。你可以放心地去靠，放心地去坐。这是小镇讲究的地方，连小事情都注意，不会因为这些让你扫兴。"

从骆奶奶家出来，我只想一件事，那就是以我父亲目前的情况，找一处地方让他生活，小镇无疑是最合适的。小镇强调人性化服务，它的社区功能在不断完善、改进和提高。

任何一个规模社区、功能社区，尽其所能地解决社区成员的困难应该是目标，但难以解决大部分问题也是大家接受的事实，负责小镇管理的养生公司显然是以尽善尽美的服务为追求、为目标的，用他们朴素的话说：“只要是业主的困难我们都会去帮助，只要是服务方面的问题我们都会去解决。”

阿琼目前服务的陶然新村C区有600多户业主，经常独居的老人有近20户，他们目前都还能够生活自理，公司对这些对象有特服，尽可能地照顾他们。

我问到阿琼，这些工作有可能不在工作时间以内，你和连连都已经有家庭和孩子，能不能承受？

阿琼说，是辛苦一些，但不光老人，任何业主有困难找到她都应该帮助人家解决。送业主去看病这样的事情，开的是自己的车，一趟趟地跑，也不计较。付出也是有回报的，赠人玫瑰，手有余香。业主们尊重他们的劳动，把他们当家人。自己吃点苦，心里温暖就行了。她生小孩住院的时候，汪奶奶为她煲汤，平时也想着她和孩子。

我问，这么多的老人，你们既然是管家，能不能照顾得过来，会不会有疏忽？

阿琼说，这就需要认真对待，我们每天与老人都有不同形式的联系，有一户独居老人，耳朵不好，有时候在家门外要按很长时间的门铃，知道他在家，见到人心里才踏实。老人们也配合我们，出门都告诉我们，到什么地方去，多长时间回来。对于出去有一段日子的，她会叮嘱老人关了自来水和煤气阀门，注意旅途交通安全，有时候还要细心问他们怎么坐车的、谁接站。

我不好意思地问，你们对老人这么好，有没有老人或者他们的子女给你们报酬？

阿琼说，没有，我们也不会收。公司不允许，这是底线。有时他们为了表示感激，拿来一些家乡的土特产、小吃。我们觉得不太贵重才收下，也算是一种分享。我说这个很正常，是人情往来。小时候住在小巷子里，邻居出差到南京、上海，回来以后给家门口的小孩分糖果或者小礼品，谁家做好吃的了也会给邻居送一点，否则见到人都不好意思。

阿琼接着说，我们也给他们送东西，礼尚往来。有业主生病了，我们去看望是要买慰问品的，不是公司开支，从我们的爱心基金里出。爱心基金是我们捐出来的，每个月工资中我们会拿出十元、五元的钱来捐，有时候遇到大事情，出一百两百的也是有的。在自己经济能力承受范围内去帮助人家，也是很开心的。

我很担心一件事情——你们照顾老人，有没有被误解的？

阿琼说："有，不多，遇到过。有一户人家儿子在外面做生意，我帮着照顾老人，有天见他胃口不好，就熬了一碗地瓜稀饭送过去。他儿子恰巧回来看到，狐疑地盯着我，好像我是有目的、有所图似的。以后到他们家服务，他也不给我好脸色，见到我就回自己的房间。后来，慢慢地，他理解了，我去的时候他会给我倒一杯水。现在，我去的时候他也非常客气，对我做的表示感激，经常和我坐下来聊天，像换了一个人似的。这也是日久见人心吧。"

社区养老的好处在于让老人们不会有人生尽头的感觉，他们生活在年轻人当中，受照顾的同时也感受那种呵护年轻人的快乐，觉得自己是在享福，自己也是有用的人。

欢聚仲夏夜

Chapter 19　邻里宴的亲和情

邻里宴促进了邻里亲，人与人交往从情谊到情趣，直到拥有共同的理想和情操。

央视和一些媒体介绍过民间的长桌宴、百桌宴。这大多是在民风淳朴的山寨或者是村落，和喜事、祭奠或者是宗亲仪式有关。这样的事情我只会当作一件活古董来看，看出是旅游景点招徕游客的商业操作，马上便感到索然无趣。

在小镇这样一个大型社区里，因为共同的节日，因为迎接新邻居入住而摆长桌宴、百桌宴，他们以“邻里宴”来命名。邻里宴规模不等，人多时有两三千人聚在一起吃饭，在家门口，在小区里，与作秀无关，规模大得令外人觉得不可思议。

这么隆重的活动，这么有意思的宴会，发起人是小镇的哪一位，什么时候开始的？不仅我一个人想问，对此感兴趣的人都想知道。我做了走访，了解到邻里宴的发起竟然和聚龙湖里的一条大鱼有关。

2011 年夏季的一天，业主徐毅奋在聚龙湖里钓到一条 9 斤重的鱼。那时钓鱼协会还没有成立，他还不是徐会长。当时他想，从小镇湖里钓上来的鱼，他自己一家人吃多不好啊，该和邻居们一起分享才是。

小镇的业主们在用微信之前有一个“我爱聚龙业主团”QQ 群，老徐在上面发了一则消息：“晚上 6 点欢迎大家到廊桥听泉品尝聚龙湖的大鱼，另外还有美味佳肴，也欢迎邻居们带上自己的拿手菜。”怕 QQ 群有些人看不到，老徐又电话约了十多家。

老徐将大鱼拿到职工食堂做了两大盆酸菜鱼。家里这头，他和太太丽蔚姐做了砂锅红烧肉，卤了豆腐干，拌了苔菜花生米，十多个菜加水果。怕这些不够吃，又做了主食，包了饺子和汤圆。菜做好以后，连家里的碗筷调羹盘碟一起搬到廊桥那边，来回跑了好几趟。

廊桥那里临湖傍泉，是小镇为业主提供的公共休闲空间，有好多张木制的长条桌。五点钟光景就陆续有邻居和公司的员工闻讯而来，郭无争还带了几位到小镇来看他的朋友。来的人有带水果饮料的，也有带冷盘小炒或者糕点的。老徐先是怕人不来，看到来的人多，就又怕吃的东西不够，赶紧让家里人到职工食堂再买几个菜。

老徐乐坏了，晚宴气氛热烈，参加的人络绎不绝，最后来了近百人。大家在一起不仅仅分享美食，吃已经成其次要，主要的是相见欢。同为小镇人，认识的、不认识的聚在一起，叙叙家常，感情越发融洽；喝点小酒，交情更加深厚。年轻人在台上载歌载舞，老年人也不甘落后，最后变成老少争先恐后地一起“疯”。参加聚会的人直至夜深也不想散去，贴着湖面吹来的凉风也吹不散大家的热情。

深夜晚宴结束，参加的人并没有全部离开。女士们主动留下来帮助老徐和丽蔚姐，她们收拾了锅碗瓢盆，又把桌子、地面都打扫干净。打这以后，“人走地净”成为邻里宴的传统，小镇人一直都做得很好。

这场聚会以后，邻里之间的交往明显比过去多了。邻居遇到丽蔚姐会问，你家那个红烧肉怎么煮的，那个苔菜花生米真好吃，那个卤豆腐干放了些什么料？丽蔚姐回家一说谁夸老徐的菜做得好，老徐第二天保准会去菜场买回来煮好了叫她拿去分送。老徐知道好多家邻居的口味，知道人家喜欢吃什么。他做拿手菜，一煮就是好几盆，想吃的家家有份。邻里之间有这么一种你来我往的关系，相互之间就有点像亲戚了。

中国是人情社会，请客吃饭是世俗的，也是最管用的交际方法，能够迅速拉近人与人之间的关系。不过，吃饭牵涉到关系便成了饭局。小镇人一开始就做得很好，吃饭就是吃饭，只是慷慨的分享，没有利害得失。饭桌上不会有面红耳赤的争吵，更没有家长里短的嚼舌。这样的飨宴是文明的、幸福的，不为其累。人们都愿意去做客，也都愿意请客做东。

小镇的邻里宴自此越来越火，规模越来越大。公司给予了大力支持，让邻里宴的形式越来越丰富，发展越来越良好。2012 年端午节，小镇组织新老邻居在这一天团聚，每家每户各自准备几道拿手菜和大家分享，邻里宴参加人数竟达 500 多人。

邻里宴宛如长街宴，长长的桌子上，摆满了各家精心烹饪的美食：红烧鱼、炸醋肉、猪蹄焖土豆、燕窝排骨……还有来自业主开心菜园种植的有机蔬菜。来自不同国家、不同省份的业主们，自然也为邻里宴增添了不少异国风情和地方特色——马来烤翅、杀猪菜、寿司、凉皮……中西合璧，花样百出。

邻里们盛情邀请别人品尝自己的拿手菜，更有人拿双筷子挨桌品尝。无论来自何方、是否相识，在这一刻，大家亲密如家人，闲话家常、欢乐对饮。很多新邻居在这里结识了球友、牌友、渔友……结伴装修，结伴出行，甚至在这里找到未来生意上的伙伴。

2013 年端午节邻里宴参加人数近 1000 人；2014 年参加人数近 1200 人；2015 年小镇建镇 8 周年庆典的邻里宴接连举办两天，共计 432 桌，参加人数逾 4000 人。邻里宴成为小镇的温情连续剧，也成为小镇人对外人津津乐道的幸福招牌。

业主出面组织的邻里宴，协会召集的邻里宴也越来越多。传统文化早读班的邻里在大坝举办饺子宴，廊桥听泉的经营者梁子和燕姐在廊桥举办邻里饺子宴，薇姐之家的薇姐和黄哥在文化广场举办邻里火锅宴……

邻里宴的形式也更加丰富，宴会中穿插趣味小游戏和才艺表演环节。业主自发的表演、歌唱，为现场的观众助兴。照搞宣传那些人的说法，使活动有了积极的思想内涵。

小镇为了更方便业主办邻里宴，在聚龙山脚下的广场边上建了一座饭店那么大的邻里情厨房。

邻里情厨房左边朝聚龙山方向，右边朝向小镇，与东篱新村遥遥相望。厨房由灶间和大客厅两部分组成。灶间的外间陈列调料、饮料、酒水，搁一台冰柜和消毒餐具柜，还摆着几个大圆桌。里间有两只饭店厨房才有的那种液化气大灶头，还有电磁炉、微波炉、电饼铛、电饭煲，可供两户甚至是三户在里面同时做饭。

大客厅紧挨着灶间，因为是就着山坡盖的房子，从灶间到大客厅要下几级台阶。大客厅里摆着三张大圆桌、一张茶桌和卡拉 OK 音响设备。客厅的外面，是一处面积很大的玻璃廊棚。邻里情厨房最多可客纳六十七人同时就餐。

厨房左边有一间房是喝茶的，搭着瓜棚，紧挨着业主爱心自助菜园，我叫它柴房。

邻里情厨房的用具都是业主捐的，项农民捐了冰柜，林瑰华捐了多少她不愿说，她每个月的捐助可以让邻里情厨房什么也不缺地开下去。

邻里情厨房的运营模式很特别，是一种“革命靠自觉”的自助模式。厨房里米面以及油盐酱醋茶齐全，业主爱心自助菜园里有多种可采摘的蔬菜，业主可以带禽肉、海鲜来加工。吃完了，洗好锅碗瓢盆，擦干净桌子，抹干净地面，估计一下在这里的耗用，将费用放在厨房里的自助银箱里。

邻里情厨房是一种完全开放的自助，就说酒水，高档到有 XO、人头马……你吃多少，喝多少，凭良心付账。

食品分享是人类情感交流的重要手段，能够分享食物就能够分享其他。如果说邻里宴的邻里情是情谊的话，邻里情厨房则使邻里宴增加了情趣，还体现及培养了参与者的情操。

国内现在有一些幼儿园在懵懂的孩子间开展食品分享会，制定出活动目标，使孩子们能主动与小伙伴分享好吃的食物，体验与同伴分享食品的快乐，目的在于让他们认识到，只有学会与人分享，才会有更多的朋友。

邻里情厨房在正式开张之前有过一次邻里宴，我被邀请参加，业主黄容从惠安县城买了海鲜回来与大家分享。这顿饭算是厨房的“暖灶”。郭无争下厨做了他拿手的酱烧老蛏。

后来再去小镇，发现邻里情厨房已然火爆得不得了，如今经常是以同一单元、同一栋楼来组织前往，门口的预约牌上总是写得满满的。

化广场

NOVEL

邻里情厨房

亲爱的小镇家人们：

在使用邻里情厨房时，请自觉遵守以下规定。共建文明小镇，共享美好生活。

邻里情厨房

◎ 免费提供小镇业主使用，不对外开放。如有需要请提前预定。预定电话：0595-27592222

◎ 厨房内各种设备、用具均由小镇的爱心业主们赠送，使用时请珍惜爱护，使用后清洁归位，以便他人继续使用；

◎ 为保障他人的正常使用，如不慎损坏厨房内设备、用具等，请主动告知；

业主爱心自助菜园

◎ 菜园提供各种蔬菜，限预定使用厨房的业主采摘；

◎ 请根据采摘的数量及相应价格，自助付款；

◎ 菜园需要大家共同维护。采摘过程中请勿践踏蔬菜，勿将采摘过的蔬菜丢弃在菜园内；

自助零售小店

◎ 向小镇业主提供食杂零售，同时欢迎大家主动留下卫生健康的食杂用品与家人们分享；

◎ 小店内物品无标价，请家人们良心购物、自助付款；

邻里情、文明行，请勿在此酗酒闹事。
感谢家人们的馈赠，让更多邻居可以分享快乐！

在使用过程中遇到任何问题，请致电：0595-27592222

聚龙爱心义工社

Chapter 20　登山协会挂牌

运动和休闲可以这么接近，这么浑然一体。

登山协会有一个微信群叫“爬山虎”，每天早晨奥巴马在群里吆喝——“聚龙人，上山喽！”其后是一串“爬山虎”们应和的问候——“家人们，早上好！”

邻里情厨房建好以后，登山协会的聚集地就落在那里。小镇每个协会都有活动和聚集的地方。相比较而言，登山协会最大，他们活动的范围也是最大的，不仅仅在聚龙小镇和聚龙山，户外活动去得很远。

登山协会的活动不仅仅面对会员，在业主中开展活动也很多，以活动促进运动。2015 年春节的大年初二，他们在聚龙山藏宝，由业主们上山寻宝，寻到宝的业主到山下可以兑换礼品。一时间，聚龙山上人头攒动，一天的活动让人意犹未尽。

小镇的各种协会最初是相同兴趣爱好的业主聚集在一起搞活动，慢慢推出群体中有影响力、有号召力的人担任组织者、领导者，组成协会的条件成熟即建立。每个协会的秘书长都是物业管理公司的，大部分是上官荣华兼着，他负责协调和配合协会工作。说白了，协会的活动需要公司支持和帮助的，找上官解决。

登山协会会长是阿顺，名誉会长是黄哥，陈主任是常务会长，奥巴马、周洁和项农民是理事，小洪、林志敏算骨干。登山协会的聚集点在邻里情厨房，这个聚集点的选址再好不过，上山前在这里做运动前的准备，下山后可以在这里休整和补充能量。

登山协会的器材和用品主要由会员捐赠。黄容捐了一套含垂直屈膝器的舒华综合训练器，林志敏捐了船木茶桌。黄容不仅拉丁舞跳得好，还是运动健将，陈主任说她矫健的身材与爬山有关。

登山协会的牌子挂在邻里情厨房和大客厅之间的柱子上，对着聚龙山门。揭牌的那天是周末，也是邻里情厨房正式开张的日子。协会在爬山虎群发了通知，除了会员还来了很多的业主，歌舞协会的腰鼓队也来助兴。大姐阿姨们穿红挂绿，腰鼓打得齐刷刷脆响，舞姿扭摆得风风火火。

我在灶房里给奥巴马帮忙打下手，做中午的邻里宴，外面的盛况只能抽空出去瞅一两眼。中午的邻里宴虽说是“饺子宴”，但也要炖鸭汤、做红烧肉、炒老蛏、煮鱼和白灼虾，邻里情菜园里的有机蔬菜也要凉拌炝炒齐上桌。奥巴马还要做他的拿手菜——鸡蛋蚵仔煎。

我这个半吊子扬州厨师对做这种流水席还是有经验的，先用高压锅煮了两锅有机土豆放在厨房面前，土豆都鸡蛋大小，煮得开花，放少许的盐，口感绵软清香。大家的肚子先垫个底，我们厨房的压力就小多了。看到门口的两个锅很快就空了，我在厨房里得意地笑。好在卧龙轩的老板养生郭过来给我们帮忙，腰鼓队的一帮人结束揭牌仪式以后也“转业”成了包饺子队。

越来越多的业主到厨房来帮忙，擀饺子皮、择菜、拌饺子馅，忙得热火朝天，井然有序。看他们有说有笑，我想起小时候巷子里谁家办喜事不请自来的帮忙邻居，感到很亲切，很享受这种热闹和愉悦。

饺子分荤素两种：荤的是韭菜猪肉的，素的是香菇木耳豆腐干的。我也没有闲着，剁了一海碗的春笋丁掺和到肉馅里。

2015年骏龙小镇第五届重阳节登山活动

领头包饺子的是腰鼓队的一位老阿姨。她看到肉馅里的笋丁跳脚说："糟了，谁干的坏事，这饺子没法吃了。"我看她那脸色哪敢承认，陈主任过去解围，说没准儿也好吃呢。

看老阿姨沮丧的样子，我只有在心里求菩萨保佑，让今天的饺子馅和我以往加笋丁的一样好吃。

我揽了煮饺子的活，用厨房最大的一口锅，烧了一大锅水——宽汤下饺子。众人包的饺子大小不一，皮擀得也厚薄不一致，这样的饺子很难煮。我挑出皮薄的稍迟一点下锅。饺子煮得还欠火候，我就迫不及待地捞一只来尝，也不怕烫嘴。心虚，就怕笋丁败了饺子的口味。好在饺子味道不差，口感因为加了笋丁而更有层次。

我喊了一声"上饺了"，灶房外面帮忙的人就赶紧递上来托盘，两大盘饺子旋即送到灶房外面的大客厅里。很快有人过来反馈："好吃，鲜！吃光了，快快煮！"

我对奥巴马说："鲜！鲜在我的一碗笋丁上。"我们俩得意地在那里笑。

陈主任说，这个老阿姨有脾气，但人很好。我想想这是在福建，各地的饮食习惯不一样，要是大家不能接受这种口味，我今天真是搞了破坏，一百多人吃的饺子啊！

一口锅煮饺子，三四桌人等着吃，真是有压力。丽蔚姐过来给我帮忙，她是天津人，用高压锅在边上的电磁炉上煮一锅。

煮了十多锅饺子，忙得浑身是汗，但却非常开心，一点也不饿。郭无争叫我过去吃。我把饺子让给丽蔚姐煮，出去吃饭。

大客厅里人坐得满满的，郭无争和几个人坐在广场的石桌上。他们给我让出位置，郭无争递来一罐啤酒，“喝酒，喝酒”，还介绍几位我不认识的业主陪我一起喝。

郭无争就是这么一个人，只会说：“吃饭，吃饭！喝酒，喝酒！”没有客套话，只有实实在在的热情。他喜欢热闹，看到业主们开心，他自己也很开心。

小洪每逢这样的活动也是四处张罗的角色，光是买调料就跑了两回。这会儿他一点儿胃口也没有，累得瘫坐在石阶上。

吃完饭到柴房喝茶，看到登山协会的旗子插在柴房那里，挨着开心菜地。郭无争笑笑，说登山协会在此占领阵地。

登山协会挂牌以后，我经常骑车上山参加他们的活动，和他们一起喝茶聊天。

邻里情大客厅外面宽敞透亮的玻璃廊棚下是协会活动的地方，摆放着健身器材和茶桌。

小洪在廊棚的两个立柱之间装上了林志辉赠送给协会的绳网吊床。我第一个躺上去试了试，晃悠悠的，头顶上是蓝天白云，左转脸远处是东篱新村楼顶，右转脸是推杠铃的奥巴马，光着上身的他汗津津的六块腹肌随呼吸翕动着。一下子觉得，运动和休闲可以这么接近，这么浑然一体。

项农民就当协会是他的新家，一直琢磨着怎么完善设施。他看见协会活动的空间里少一些供人休息的座椅，便约小洪开车载他去黄塘镇买。我还没有去过黄塘镇，便搭他们的车一起去。

车出了聚龙小镇，经过几个建筑工地，到了黄塘镇上的一条老街。这条街靠着农贸市场，有几家卖生活用品和杂货的小门市。

小洪对这里显然比项农民要熟悉得多，带我们到一家铺子，问店主有没有可折叠的凉椅。小洪个子高，在店里走动时，头不时地碰到悬挂着的货物，发出叮叮当当的声响。在项农民和店主讨价还价的时候，我挑了顶篾子编的凉帽戴在头上试了试。这是《红色娘子军》里洪常青戴的那种帽子，只二十元一顶。大搪瓷缸，便宜得像白送的乡间工艺品。

椅子的价格很快谈妥，只有两张现货。项农民想多要几张，就和店主订货，留了电话号码。我们将买的椅子放进小洪的车里，又去了一趟农贸市场，小洪要在那里买大公鸡。

小洪要买的公鸡必须是能打鸣的，体魄要健壮，有一团火的鸡冠、油亮的花羽毛。“有这么一只鸡在聚龙山下叫着，我们爬山会更起劲！”

雄鸡一唱天下白。小洪住在东篱新村，我住过的那间卧室的窗户，一打开可以看到聚龙山门和邻里情厨房，平添一道鸡犬相闻的景致。以后早上闻鸡爬山，再也不需要奥巴马在微信群里吆喝了。

小洪看了两家卖家禽的都没有相中的公鸡，我则对殷勤的鸡贩子提起码的要求：我们要一只没有阉过的、漂亮的公鸡。拗不过鸡贩子的热情推荐，小洪在这家买了两只，看对门那家鸡贩子有失落的表情，小洪又跑到他家买了一只。公鸡们被请进一只大纸箱里，小洪小心翼翼地将纸箱放在车的后座上。我们三个大老爷们儿买了三只大公鸡回去，想想有点好笑。

回到登山协会，我和项农民找合适的地方展开沙滩椅，小洪则抱着纸箱到柴房那里的菜地去放鸡。布好沙滩椅，项农民敦实厚重的身子躺上去后，我有点替单薄的椅子担心。他也意识到这一点，悻悻地爬起来，放椅子的兴致全没了。“要重新买，买好的！”他下了狠心。

我跑到柴房那边的开心菜地里，见小洪远远地望着公鸡们。

三只鸡不是一家的，它们站在两处，东张西望地打量着陌生的环境。我对

姥姥种的不是
菜，是开心！
业主开心菜园

它们说："小镇没有陌生人，你们要尽快融入小镇的生活。"背后传来项农民爽朗的笑声。

小洪很高兴，心想事成了。他说公鸡们饿了捉菜地里的虫子吃，渴了可以喝水池里的水，晚上睡觉就蹲在树杈上，下雨了柴房这里正好躲雨。

他似乎把公鸡们的衣食住行都考虑好了，可我怎么听都觉得他说的是野鸡的生活方式。倒也觉得有趣，本来即将挨宰的公鸡因为小洪而改变了命运，变成一只只自由的鸡、幸福的鸡、回归自然的鸡。

我在健身设备那里推杠铃，不到一个小时的工夫，项农民跑来叫我和他一起去帮小洪找失踪的鸡。

想鸡犬相闻，却不料鸡狗不和。丹帅带到山上来的小狗"外星人"上演了一场狗跳鸡飞的戏，小狗撵得小洪的一只公鸡飞进树林里失踪了。那只孤单的没有伙伴的鸡，它一定是吓坏了，不敢回来，也没有伙伴呼唤它。只有我、小洪和项农民三条嗓子、三种口音在咯咯咯唤着。

菜地下面是一处很陡的坡，有密匝匝的灌木和高挺的桉树。我拄着棍子下去探索了一阵子，里面人钻不进去，也没有鸡的踪影。

小洪颓坐在柴房门前的小竹椅上。肇事狗的主人丹帅建议小洪赶紧将健在的两只鸡杀了吃，还有人提出来鸡会糟蹋菜地，随地乱拉的鸡屎也臭。这是容不下鸡存在的节奏，小洪不出声。

天黑了，丹帅问小洪能不能搭车下山，小洪仍然不出声，看得出是在生闷气。过了一会儿，他站起来找丹帅时，丹帅已经搭别人的车回去了。即使是山上，顺风车也很多。

八九点钟的时候，山上的气温开始下降，两只鸡依偎在柴房的墙角边相互取暖。见它们没有上树睡觉的意思，小洪找来一只纸箱，给它们搭了一个临时的窝。鸡不认这个窝，放它们面前也毫不理会，我一点点地将纸箱挪近它们也没用。

第二天中午上山，我再到柴房时马上寻找那两只鸡，鸡已经不在，说是被人送到山下去了，生死未卜。

不过，鸡鸣破晓、闻鸡登山的浪漫还是快实现了。郭无争知道了这件事，下午公司美化部的工程技术人员到柴房来，要在山脚下物色一处地方搭鸡舍。

谁说陶渊明那种“漉我新熟酒，双鸡招近局”“狗吠深巷中，鸡鸣桑树颠”的趣味，只能留存在诗句中呢？在小镇，你有浪漫的想法，不要将它放在心里，要去追求，要去做，即使有困难，也会有人帮助你实现。

Chapter 21　天鹅爸爸的人生拐点

林志敏，一个传统文化的受益者，他使我重新评估了自己的生活。

爬山虎群里的一位黄女士和我聊天说，她喜欢聚龙小镇的一切，小镇给她带来很多东西，特别感激的是这里对她和家人的改变。她们家母女俩一个近更年期，一个在青春期，共同点是暴、躁、急！到小镇一个月，母女俩性格变得慢了、柔了，彼此的关系也近了。

这位黄女士平时上班、做家务、送孩子上学，时间很紧张，和孩子的交流很少，每天就一个字——急。在小镇有了房以后，女儿初中的第一个暑假，她领着女儿一起来度过。在小镇的日子里，女儿每天早上6点去美术馆负一层参加国学早读，她晨跑一圈后等女儿一起吃早餐。上午，女儿在美术馆的书画院和柴老师学书法绘画。没有学过绘画的女儿，一个月学下来的习作得到柴老师的夸赞。一张大吉图没画完，挂在画板上就被林瑰华看中，要收藏。

黄女士和女儿离开小镇时性情都变了，女儿和她更亲了，也更喜欢学习了。黄女士觉得生活一下子轻松快乐起来。

丹帅说，她要是没有小镇的生活，自己人生也就没有改变。她现在少了依赖，更有进取心。小镇人教会了她包容，回想自己的过去，要是多一些包容，或许有些坎儿也就迈了过去。她生活中的那位他，要是多一些在小镇的生活，也会有改变。她这么想，也为此遗憾。好多人劝丹帅给那位男士回头的机会，我想这种可能也许会有。他只要放弃现有的一切到小镇来，做丹帅希望的那种改变。

小洪曾经因为家人受到伤害而以暴制暴，吃过官司，走过不止一次弯路。他给我讲过去的经历时，我眼前是一幕幕港台警匪片的场景。我很惊讶，他不说我是无论如何也不会想到，温文尔雅的小洪、爱心义工社的副会长，以前会是那样。那天在公鸡被丹帅的狗撵飞以后，他只会生闷气，没有一丝丝的怒气和怨怼发在别人身上。这让我有个错觉，他在生活中也差不多是打掉牙往肚子里咽的那种人。小洪说他喜欢现在的这种改变，喜欢当下的生活。

在小镇，人会有各种改变，我相信这些改变都是一点一滴进行的。我现在理解了陈伯说的“小镇的人和别处的人不一样”是什么意思了。小镇的人有着明显的特征，能够让人一眼看出来；小镇外面的人在小镇也能够被识别出来，譬如我。

天鹅林原名林志敏，因为聚龙湖里可爱的黑天鹅，小镇老老少少都喜欢叫他天鹅爸爸，而他很低调，宁愿人们叫他天鹅林。我也就依着他叫，天鹅林也挺好的。

天鹅林的朋友从泉州来，晚上他在湖边的聚龙轩酒店请客，邀我一起参加。在湖中的木屋餐厅一坐下，不论在座的是否熟悉，我一眼就看出谁是外来的客人。小镇的人很平和，有外人在场的情况下，这种特质更为明显，所以很容易区分。

我和天鹅林在这次饭局之后有一次喝茶聊天，他对我说，平和可能是他到小镇以后的最大改变和收获。

这里的环境能够让人心平气顺。早上、晚上各遛一趟湖，再烦躁的心都能够静下来。这里的人没有谁会给你压力，大家都是和睦相处。你有困难会有人和你分担，都不用你去对人说，别人就会关心到你。当然，根本的改变，还是有节点的，天鹅林说他的改变是在接触到传统文化之后。

人到中年的天鹅林，年轻时去过很多国家，有着常人所没有的经历，受过东西方多种文化浸淫。他以为，他的人生观、他的思想是成熟的，甚至比一般人要优越很多，直到有一天上中学的女儿给他带回来一张讲传统文化的光碟。

小时候，天鹅林有很好的家教，父母亲给他讲的那些，原来都是传统文化的精髓，看了这张光碟的他，意识到自己并没有深刻理会父母的教育，他开始对传统文化着迷。

天鹅林参加了小镇举办的一些公益讲座，这类讲座从2010年成为惯常，每场参加的人数都有几百人。他在讲座中认识了小镇义工社社长张继红、骨干荚晓静，在她们的带动下开始系统学习传统文化。他觉得真正学到传统文化精髓的人，会是心地善良的人、有爱心的人。每一次学习，都让他的内心变得平静，都让他有不一样的心得。

他曾经在小镇的感恩分享会上这么说："学习和分享传统文化，会让每个人受益。传统文化的核心是创造和谐社会。在现今这个浮躁的时代，许多人常常抱怨，不理解甚至漠视他人，学习传统文化可以提高他们的素养，引导人们帮助、关怀他人，让每个人的身心、每个家庭、整个社会都更加和谐。"

天鹅林现在是一家欧洲女性头饰品牌的中国代理。他前些年在经营上遭遇瓶颈，觉得生意有做不下去的感觉。接触到传统文化以后，他慢慢发生了改变，企业也在改变，管理、运作都变得得心应手。公司上下达成一个理念，做生意也要成就人品，向社会献爱心，通过公司这个平台服务社会。在经营中他体会到，顾客是能够从你的经营理念、从你的服务态度中认识和肯定你的产品的；单纯的生意是冷冰冰的，你有人情味、人品好，产品还有什么可怀疑的？喜欢你的人越多，喜欢你产品的人也就越多，人气就是财气，生意自然而然地就做了出来。

对于天鹅林这个经营者来说，心态的改变也让他愈发有成就感，对自己满意，对家庭满意，对社会也就越来越满意。进入良性循环，有正能量，事业会更加好做。“你不满意这个，不满意那个，成天怨天尤人，心态坏了，只会恶性循环，什么事情也做不好。”

天鹅林很是感慨，他是搞市场研究的，可以说是市场营销专家。他在市场上看到很多产品因为没有依附于文化搞营销而失败，没有人气根本也就谈不上有市场。像某些著名的外国大品牌，都有数十年上百年的历史背景和文化支撑。如果只看到品牌，看不到背后的文化沿革积累，看不懂人家是怎么做积淀人情的，怎么可能像人家做那么好？

天鹅林现在的生意越来越好做，有四十多家连锁店。作为传统文化的受益者，他一直满怀分享的责任感。为了将不同精神文化层次的邻居连结在一起，他和小洪都加入了聚龙爱心义工社并成为骨干，希望通过学习和践行传统文化，让小镇邻居们回归纯净纯善的心态，让家园成为爱的乐园。

我问天鹅林，小镇的爱心义工社现在有多少名在册成员？他说这不是数字能够反映的，有需要爱心的工作，有需要义工的地方，在小镇一呼百应，一呼千应。

2013 年至 2014 年是小镇传统文化发展最快最好的时候，为小镇奠定了文化基础。有这么一大批爱好传统文化的人，活跃在爱心义工社的人做群众基础，将小镇的正能量和文明精神聚合在了一起。

Chapter 22 修行的公益道场

小镇，一个人的心灵居所，一众修行的公益道场。

邻里情厨房建成，登山协会挂牌以后，我们一大拨人几乎每天都上山，在廊棚里健身，在菜地里搭架子或者给菜浇水。柴房门前搭起的瓜棚还没有藤牵蔓绕，于是挂上了几盆大叶吊兰。不知道为什么，我总是想到小洪的那只被小狗撵飞的公鸡。

绿化部的卡车运来两株硕大的三角梅，三角梅粉红的花开得正旺盛，准备放到柴房的屋顶上，这是人力所不能完成的。工程部的吊车马上开到了柴房门前，阿顺过来给吊车司机帮忙，到屋顶上将吊上去的三角梅摆放到最佳的位置。我有点儿担心，放在屋顶浇水怎么办？有人告诉我，这不成问题，三角梅极耐干旱，吃一次雨水能够营养好一阵子。

阿顺将吊花的绳子缠在吊钩上，他抓着吊钩上垂下来的绳头从屋顶上下来。阿顺的身手灵敏矫健，晃悠悠地在空中还不忘摆一个造型给我们拍照。这里的人们总是能够从生活中找到快乐。

柴房更漂亮了，在瓜棚下面喝茶也更有情趣。三张矮竹桌拼一起，七八张小竹椅围着坐。有那么几天，我一上山就坐在那里，像瓜棚的主人，抑或是茶座的主持。

一个人的时候就坐在那里发呆，双手抱着后脑勺，倚靠在竹椅背上，目光漫游在瓜棚顶上，看绿茵茵的菜地、文明小舍的左客右客、聚龙山的山峦，或者眯上眼美美地饱吸一口空气。

“看天高云淡，听风语如歌。”这话是陈主任还是丹帅说的？我想，一个人不要太辛劳，有时候有一段懒洋洋的日子也很好。网友们经常引用尼采的话：“发呆这件事，如果做得好，就是深沉。”

人的一生，究竟在追求什么？找不到让每个人都满意的标准答案，无论问谁，回答都会各不相同。生活让我们知道，人生的成功可以有多种定义：有些人终生追逐名利，他们乐在其中；有些人毕生沉醉在灯红酒绿中，他们觉得生活就该这样；更多的人则在平淡中生活，在日复一日的普通工作和繁琐的家务中充实地度过，过一种和睦的家庭生活。平安的一生何尝不是一种幸福呢？追逐名利能够一生享有吗？灯红酒绿就能够天天醉生梦死？

但不充实的人生在我看来一定是糟糕的人生，不会有我在小镇看到的郭无争、郭振辉、天鹅林、小洪、阿顺、徐会长、林志辉、林瑰华、汪奶奶等人那样的骨子里的轻松和自在。或许，真正的成功只有一个，就是按照自己喜欢的方式，让自己的人生充实度过。

丹帅的母亲经常在下午游泳以后和一位老阿姨到柴房前面的菜地来浇水、除草。这是老人喜欢的日常生活的一部分。一天不游泳，或一天不到菜地忙一阵子，就会觉得这一天没有过好。丹帅的母亲大概不会认为自己是老人。游泳是到小镇来以后女儿丹帅教她的，种菜也是她的新爱好。

丹帅对种菜没有兴趣，她喜欢做保洁，清洗茶具，抹桌子，然后在柴房里面的茶桌或者瓜棚里为大家泡茶。她泡茶在我看来委实没有管家连连做得那么专业，但也像模像样，服务态度好，哪怕只剩下一个人在喝茶，她也不会丢下人家跑开。

丹帅出身于医学世家，父亲在河南是一位有名的老中医，也想到小镇来住，但舍不得诊所和病人。丹帅毕业于医学院，有医师资格证书和执业证书，她在微信上晒过。不然的话，我以为她只是一个悠闲的全职太太，喜欢在微信上晒晒忧郁表情的女文青。

丹帅有时候会说到宝贝女儿的父亲，只言片语，更多的是谈她自己，谈她到小镇来以后的改变。她想在小镇开一家养生保健所，但那不是件容易的事情。她想找一件事情先做起来，为此跑到物管公司去应聘。她不可能做那种 24 小时为业主服务的管家，周末每一分钟都要给从学校回来的女儿。物管公司负责招聘的上官估摸她一般客服也不一定能做。他问她能不能一连做 500 个 90 度的鞠躬？丹帅说能够做，一定行！上官看看她的表情，知道她一咬牙能够做到，便又问她："面对态度不好的业主，不讲理的业主的刁难，能不能做到微笑服务永不落幕？"丹帅不假思索地回答："不能！"

丹帅说，她在别人眼里是命好的那种人，过着衣食无忧的生活。但她就是想颠覆，就是想过一种有追求、有奋斗、有辛劳的生活。她觉得那样才是充实的生活，她在参加义工社活动的时候是最开心的。林志辉在文化广场给邻居送菜的那天，她也去帮忙卸菜。她抱着一棵 80 公分高的竹笋拍照片，发到业主群里，照片里的她笑得开心极了。其实每个人的快乐来源都是不一样的。

在柴房喝茶聊天的时候，我从天鹅林那里知道了黑天鹅的更多细节。为转述方便，我在这里还是称天鹅林为林志敏。

人们总是说林志敏年轻时到过很多国家，其实他现在也仍然年轻，才四十多岁。他是那种事业有成、经历很丰富的人。他为人很低调，非常谦逊，别人为他做什么都回以"感恩"，这是他的口头禅，说的时候很认真。

“买黑天鹅没有花多少钱，真的没有花多少钱。”说起他捐赠天鹅的事，他先向我解释。

林志敏在欧洲时，看到一些有湖泊的城市，都养有黑天鹅。黑天鹅一窝窝的蛋在那里没有人去碰，它们与人和谐相处。黑天鹅在林志敏眼里是一个个精灵，是一个个王者，优雅迷人。他梦想着回国后，在国内生活的地方能够与黑天鹅相伴。

回国后，他选择居住地的唯一目标就是能够成为黑天鹅乐园的地方。为此他在广州、珠海这些南方城市寻找过，最后发现聚龙小镇这个适合黑天鹅的地方，他欣喜若狂。

遗憾的是，他没有能够拿到小镇的别墅房，没有摇到买别墅房的号，有关系也不能通融。他想将泳池和草坪做成小湖泊，在里面养上黑天鹅的梦想破灭了。但他还是在小镇买了高层的陶然新村的房子，靠近聚龙湖，出了门就是花圃和湖景，等于住了一个大别墅。

住进新居，林志敏经常在阳台上看美丽的聚龙湖。尽收他眼底的聚龙湖朝晖夕阴，时常让他恍惚，觉得湖面上游弋着他心爱的黑天鹅，闭上眼甚至能够想到微风抚在黑天鹅油亮的羽毛上。这是内心的柔软触动，无声呼唤。

他忽然有了想法，马上找到物管公司的人，问能不能捐几只黑天鹅放在聚龙湖里？

总经理郭振辉知道这件事以后很是赞成。林志敏便立刻放下手上的一切事，去寻找和引进黑天鹅。他知道一些情况，国内的动物园和培育基地有黑天鹅，问题是能不能卖给他。经过多方联系，托朋友找关系，他终于在上海买到 6 对黑天鹅。

经过一番周折，黑天鹅从上海空运到厦门，再用汽车转运到小镇，途中的情况林志敏用两个成语总结——如获至宝、小心翼翼。

小镇准备搞一个隆重的捐赠仪式，迎接黑天鹅在聚龙湖安家。林志敏婉谢郭总，他觉得这不是一个所属权转移的问题。小镇是家，黑天鹅是在家里面。

黑天鹅得到小镇人的热爱，成为落在聚龙湖里的明星，都说环聚龙湖岸边的景致让人看不够，喜爱不尽。黑天鹅简直是勾人的魂，只要在湖边看到它人们就挪不开步。不仅小镇人如此，连泉州、晋江专门来看黑天鹅的人亦如此。

小镇人爱屋及乌，从此尊称林志敏为天鹅爸爸。林志敏为了照顾好黑天鹅，系统了解了它的生活习性，公司也安排专人投料喂养，很快黑天鹅就在聚龙湖繁育出了它们的后代，目前据说已繁衍了 7 代。

有人说，聚龙湖里有白天鹅是不是更好？林志敏便又买来 3 对白天鹅放养到聚龙湖。之后他发现白天鹅根本没有黑天鹅好，白天鹅比黑天鹅性野，不让人接近，叫的声音也不好听。

应该是候鸟的生物钟激发了它们，有一天，白天鹅带着几只黑天鹅离开了聚龙湖。它们走之前围着聚龙湖绕了好几圈，像是要记住这里。

我想白天鹅带走黑天鹅的那天，一定是林志敏人生中灰暗的一天，他很是伤心。

林志敏说：“因爱而懂得感恩，因为感恩而懂得分享，付出的过程中亦有所收获，有快乐。”作为爱心义工社的发起人之一，林志敏在小镇有许多贡献。至于花钱，他说花出去也没有少赚，小镇很多人认这个理。

林志敏将他所做的奉献解释为感恩。他认为自己该常怀一颗感恩的心。

说到感恩，前一阵子业主们和我聊过小镇的“我爱我家”活动。这个活动以感恩、榜样、感动、进步这四个词作为关键词。

把感恩放在第一位，是小镇已经形成的一种感恩文化。对他人给予的恩惠表示感谢，成为小镇人的一种处世哲学、一种生活智慧。活动号召小镇业主向长期为他们辛勤工作的保洁阿姨和安保员致以真挚的问候，将感恩的心意传达给对方。物业公司的负责人陈小香说，这个活动过后作用还仍然在。业主们在炽热的中午给搞绿化的工人送冷饮、在寒冷的除夕夜往岗亭上送饺子这样的事不是一个人两个人在做，体贴表现在许多方面，对服务人员的理解和信任也增加了。理解和信任这一点我是非常信服的，我几乎听不到业主对物管公司工作的抱怨。其实在这个活动的背后，有着公司对员工的感恩教育在先。感恩是公司对每一位员工的要求，他们的感恩文化已经化为无声的行动。

强调榜样作用。小镇人认为“以人为镜，可以明得失”，榜样的力量是无穷的。榜样不仅是一面镜子，也是一面旗帜。参加“我爱我家”活动的业主通过以身作则，树自身为榜样，带着孩子一起去做奉献爱心的活动，既传递爱心，也感召他人；一言一行唤醒他人内心的仁爱和慈善，点燃人们心中的正能量。业主黄女士和管家小赵都说过她们带孩子去做有爱心的事、爱护环境的事。我在聚龙湖音乐广场看到，孩子们在玩耍时也不忘将看到的纸片和易拉罐捡起来交给妈妈。

说到感动，爱心义工社的工作就很感动我。他们不求回报地主动帮助、关爱有需要的人，改变他们的生活，鼓起他们面对生活的勇气。他们的小善、小作为温暖人心，成为社会的暖色调。业主之间的相互信任也令我感动。

进步是小镇的精神。小镇越来越美，设施越来越完善，在大家看来，“打造最有人情味的生活圈”已经大功告成。我看到业主们制作的图文视频，他们自豪地称聚龙小镇是“天下第一大家”。

小镇还有一道亮丽的风景线，一个由中老年业主为主自发组成的聚龙业主文明督导团，督导团旨在践行人文精神，督导大家做文明人。他们的队伍越来越壮大，已经有近百人参加，佩戴着统一的袖标标志，日夜在小镇巡查，发现不文明行为立即进行劝导和纠正。

聚龙小镇已经形成它独特的家文化，以传统文化作为底子，有一帮向上向善的人在践行。小镇是他们修行的道场，小镇的成就是他们所做的功德。

那么，最主要的带头人是谁呢?

郭无争说，不谈这个，如果没有一帮好业主，小镇不会有今天。

说这话的时候，郭无争正在柴房里为几位业主泡茶，业主们和郭无争的关系都非常好，甚至超过朋友的关系。

邻里情厨房的几次聚会，郭无争也参加了，大家并不专门等他，菜齐了就开吃。他来了以后盛碗饭，夹几样菜，端着饭碗跑到临桌与人打招呼，或者站大家旁边，边吃边聊。

为邻居做饭，在厨房里露一手，看到大家开心的笑容，是郭无争最大的快乐。“感恩”这两个字郭无争很少说，但他所做的一切却与这两个字不无关系。

感恩是郭无争的动力，别人快乐他才会快乐。谁要是在他面前说在小镇不快乐，他一定不会置之不理，他不仅要弄明白原因，还要去解决。

Chapter 23　一点任性，无限情怀

梦想家园是他的中国梦，这一辈子就做这一桩事情也值。

梦里桃源

仰望你的梦想

悄悄揣入心房

它萌芽成长繁茂

必将怀疑与畏惧远远阻挡

哦，聚龙时光

任梦想家园

在心中自由舒张

揽胜台左边往下走，沿湖边有一条原木搭建的九曲廊桥蜿蜒水上，在不显眼的一块崖壁上刻着这首《梦里桃源》的诗，仔细看才能看出此诗作者是郭无争。

我好几次遛湖到这里驻足凝望，体会这首诗，想了解郭无争写这首诗时的感受。

桃源是谁的梦？陶渊明的梦，千年以来华夏儿女的共同梦，无数人追求实现的美好生活愿景。

从郭无争这首诗里我理解到，他对这个梦怀着深深的敬意。这个梦在他心房里，伴着他对桃源之境孜孜不倦的追求，让桃源小镇孕育、生长，将别人的

怀疑、自己的畏惧远远阻挡。聚龙时光是他生命中释放理想、实现梦想的时光，一段为家园梦奋斗、流血汗的光阴。有这首真诚的诗，才有聚龙小镇这个浪漫的、让人诗意栖居的地方。

郭无争在创建小镇之前就是一个传奇人物，为家乡做过很多慈善公益项目。他的声誉使他在家乡做什么事情都能够得心应手，很多人想不明白，他为什么要在一片荒山搞生态养生公园，后来又建小镇。搞房地产以后的节奏也不是冲着赚钱而来吗？很多人有过疑问，他做这样的事情不图钱、不图名，图什么呢？

世俗的眼光只能看见事情的表象，却看不透事情的本质。我第一次听闻郭无争的故事就有种感觉：郭无争是一个有情怀的人，小镇是他带着一帮有共同理想的人建设的。至于他有的是什么样的情怀、什么样的理想，我不敢说真正地知道。与郭无争相识以后，他不止一次地说："建小镇谈不上情怀，就因为有一个梦想，想要去实现它。"

他说过家乡曾经让他抬不起头，背着深重的耻辱去走南闯北。在他完成创业积累、有了一定的财富以后，他要做一件自己想做的事情。之前的所有努力、所有辛劳都是为了这件事。而这件事他在做的时候是不准备赚钱的，就是想让黄塘镇给世人一个新印象，用聚龙小镇的形象改变黄塘镇、改变惠安县的面貌。

这不是为家乡修一条路、建一座桥、办一家工厂那么简单。对于一个四十来岁、风头正劲的企业家来说，丢开自己赚钱的行当不做，建一座"心中的城"——他梦想中的小镇，这几乎是不理性的、匪夷所思的。郭无争始终朴素地认为，他就是为了实现一个梦。

他是一个"奇葩"，做很多常人难以理解的事情，但事后你又不得不佩服他做得漂亮。

要做就要做最好的！这是郭无争做事的风格，这句话背后的含义是——不计代价。修一条路，用原石不用水泥黄沙；搞一片绿化，栽的不是树苗，是成本高百倍千倍的成年树木、名贵树种。

小镇的楼盘建筑质量是一流的，获得了建筑行业的最高奖鲁班奖。小镇的绿化是顶级的，拿了全国绿化模范单位奖。任何奖的含金量都与作品有关，往往是作品让一个奖项有分量、有光辉。

在我看来，国家颁给小镇的全国绿化模范单位奖是不足以奖掖小镇的贡献的。这里给人的这个家不是那种 70 年有效期的，是一个可以世代传承的家，一个百年小镇的理想。

“一个人一辈子可以只做一件事，但这件事一定要对己对他人有意义。”郭无争说的他人，不是一个、两个人。懂得他这一点的人，会真心承认他是一个有胸怀的人。

我想起曾国藩的一段话：“轻财足以聚人，律己足以服人，量宽足以得人，身先足以率人。”

郭无争轻财。他年轻时在外打工，并不富裕时就给村里的孤寡老人寄钱，有关他仗义疏财的故事很多，他帮助过的人有不少回来跟随他做事，皆因为他的人品。他在很多事情上宁愿自己吃亏，吃大亏也只是一句“没事”。公司的物业管理费收得非常低，业主们没有谁不知道公司是贴钱做事。郭无争是在为大家做服务，他不是冲着钱做事。在许多事情上即使遇到问题，大家也不会消极地往坏处去想。

我问他小镇建设完成，房子全部卖出去以后，会不会考虑提高物业管理费？我问得很不厚道，恐怕连小镇的业主也不会这么问他。而此前就这个问题我也

问过郭振辉总经理，他已经给过我答案。小镇初建时，郭无争和郭振辉就和几位合作伙伴有过一纸约定：项目整体收益的 70% 要作为公益基金回馈小镇，回馈家乡。我还是想问一下，随着物价和成本的提高，随行就市提高管理费是通常做法，小镇能否坚持这么做下去？郭无争毫不犹豫地说，公司在贴补物业管理这一块的资金是有渠道和来源的，他在董事会提出不分配商业配套房收益这一块，物管成本加大只会继续用商业配套房贴补和消化。我问的其实是小镇的将来怎么运作的问题，他们有清晰的思路、具体的规划和已经落在实处的行动。

小镇的文明公约和很多口号都是郭无争策划的，他这个小镇一号业主和家人如果不带头遵守公约，不带头响应小镇的倡导，很难让其他人执行和遵守。己所不欲勿施于人，他要求公司的员工，每人至少要和三户业主做朋友，培养一种家人才有的亲密关系。而他，是在努力和小镇所有的业主做朋友，把聚龙小镇当作一个大家庭，把全体业主当作家人。

郭无争这个名字有他的深刻用意。一个人要做到与世无争，大事需要胸怀，小事需要肚量。无争是他的追求，因为他的豁达，业主们都愿意和他交朋友，把他当朋友。小镇要是民选镇长，他是不二人选，无人会争。但谁都知道，他没有这方面的兴趣。

郭无争是小镇开发企业的领导人，也是小镇的业主。这两种角色他需要不断地切换，日常里更多的时候他是业主身份，这让他能够作为当事人替业主考虑到方方面面的问题。小镇上的事情，业主没有想到的，他会想到；出现的问题，业主没有发现的，他已经发现。小镇的建设他全程参与，工地上一身汗一身泥的他，怎么也不会让人想到是一个有钱人。

我和郭无争开玩笑，说他是小镇睡得比狗晚、起得比鸡早的人。他是一个对自己生活没有什么讲究的人，除了开一辆适合山路和工地的路虎越野车，浑身上下没有值钱的。很难想象他会为什么人安排一桌像样的宴席，搞一场中规中矩的仪式。他不喜欢，不会去做。但他会大把地花钱去做公益，还不让人宣传，会到工地食堂去烧大锅菜给员工加餐，在邻里情厨房为业主烧他的工地风格的拿手菜。

他是一个给他人快乐然后自己得快乐的人。他喜欢热闹，喜欢看业主们在一起欢乐。业主们的聚会，他什么时候来、什么时候走，没有谁注意到，他更乐于做一个普通的参与者，或者观众。

在小镇的最后一周，我几乎每天都见到郭无争，我对他这个小镇灵魂人物的了解，不是来自他的自述，也不是他部下的讲述，而是从别人的言语里、小镇业主的描述中得到的，从我和他的交往中观察到的。

他朴素得像一块聚龙山上的条石，坚硬的质地在你不接触的时候是感觉不到的。他看似身体羸弱，但一动弹，哪怕是一个眼神，都很有力量。他的话不多，但一听就会记住。很多人感激他的慷慨，感激他的帮助，他只两个字——没事。

郭无争是个推崇孝道的人，孝是他身上最重要的精神特质。没有人这么评价过他，他在这方面依然是只做不说。别人即使是夸他，他也不愿意。

郭无争敬爱父母自不用说，他老家黄塘镇两个村的老人，多年来也一直是他出资奉养。从 2003 年起，这两个村的老人只要到退休年龄，就可以每个月领到他发放的安老退休金 300 元；有疾病或者重大困难，提出申请，还能够得到郭无争多到 5 万元的资助。

郭无争在小镇做家文化，着重倡导传统文化里的孝道文化。在东篱新村，他把孝文化做到了家喻户晓和深入人心。东篱新村的花园里有大型影壁浮雕，反映的是孝文化的著名人物。草坪里、小径旁形象的人物雕塑，反映的是生动的历史孝亲情景。

养生公司现在在小镇建的房子大多是大户型，有250多平米。这种户型不是给有钱人住的，而是考虑到一大家子住一起的需要，按三代人同居的格局设计的。有些人不理解，这不是迎合市场的设计，它有太多的人性化考虑，销售令人堪忧。

我相信这种户型的房子会有很好的市场。汪奶奶的女儿在小镇有一套房子，骆奶奶的女儿也是这种情况；徐会长不仅女儿在小镇有房子，他的弟弟和妹妹也有。徐会长的太太丽蔚姐一直想换一套大的房子。试想，如果有足够大的面积和适合三代人一起生活的户型，谁也不愿意一家人分两三处住。

《聚龙小镇业主文明公约》开头有一句阐述："这里的房子并非有钱就能买到，欢迎自律文明的朋友加入我们这个温暖的大家庭。"

郭无争对我说，他希望素质高的人住进来。小镇需要各行业的精英，需要艺术家、作家，这些人需要好的自然环境和人文环境搞创作，小镇也需要他们赋予更多文化内涵。他这是实诚话，千金买屋，万金择邻。他要为业主负责，做深层次考虑。

2015年7月9日早上，在我写到这个章节最后的时候，我看到郭无争发的一条微信：早上好，聚龙家人！

他配了一张手机拍的聚龙小镇业主开心菜园实景相片，细雨蒙蒙的菜地里有两个人戴着斗笠，用锄头翻土。我看不清他们的面孔，也无需看清，他们是我羡慕的小镇人。

我不由得想到，要是我摊上郭无争这样一个开发商，与这样的业主、这样的邻居住一起多好。

我的一个朋友，在听我说了很多小镇的事情以后，肯定地说，这样的小镇只会独此一家，不可复制。因为，有钱的人会任性，但绝少像郭无争这样任性的，敢带头去创建这样一个小镇。

聚龙小镇，是郭无争的中国梦。

他感慨圆梦的不易，感激志同道合的朋友和搭档郭振辉、理解和支持他的董事会全体同仁。他说：“他们，让我心中充满感恩！”

人文标兵

Chapter 24　小镇大管家

商场骄子、劳动模范、成功企业家，小镇大管家这个身份是舍身的“崖跳”。

总是微笑着的聚龙养生发展有限公司总经理郭振辉应该是一个压力巨大的人。我这么认为是知道他肩上的担子。

小镇归根结底还是一个由商业公司运作的项目、商业化模式运行管理的公司，不准备赚钱是小镇创建者的初衷，到目前为止所有投资都没有回报。砸进去的几十亿巨款怎么用、怎么管，需要一个值得信任的人；小镇的规模越来越大，怎么让服务日臻完美，需要一个有周到考虑的当家人。养生公司的总经理是个非常难做的角色，说大管家表明的是，小镇从在建的基建项目实施，到业主的一个琐碎服务要求，都是他郭振辉要管的事情。

聚龙小镇从一片荒山野岭变成今天这番景象，他做过多少辛劳的工作，倾注过多少心血，挥洒过多少汗水，是无法描摹的。这个在外人看来自讨苦吃的人，当初是摔了金饭碗和郭无争一起创建小镇的，走一条没有“钱途”的路。没有社会的大使命，他也不可能接受70%的收益回报小镇和家乡的约定。

我想与他聊聊，于是见缝插针问一两句，总想问到些关键的。但凡提到他对小镇的贡献，他马上就会避开，为什么呢？他说，聚龙小镇还在建设中。

这位十多年前三十岁才出头就成为福建省著名青年企业家的商场骄子，在小镇以外有过很多的勋章、奖章。

勤勉是郭振辉干事业坚守的信念。他来自农村，自小养成了勤劳的习惯，一到厂里就默默无闻地拼命工作。他的表现被爱才惜才的领导瞄上，所以能够很快脱颖而出，被提拔到一个能够显露他才干的岗位上。

久经商战的洗礼和磨练，郭振辉已成长为一名运筹帷幄、决胜千里的成功企业家和改革者，但他不满足，觉得追求永无止境。他想干更大的事，这样机会出现的时候，他能勇敢地出击，义无反顾地辞去大型国企的领导职务。

一个好端端的大国企老总去干民企，在别人看来是不务正业的开荒。建一个柏拉图式的小镇，追求理想中的桃花源，这在社会上引起轰动、震惊、不理解应该是免不了的，也正常吧。他这举动无异于舍身崖跳。

九年后的今天，从我的角度去考量他当年的决定。我认为他是对的，做了一个正确的选择，每一位聚龙人都会赞成我的这种判断。因为他在小镇建设中的作用不可或缺，是聚龙大家庭里杰出的当家人！

不管人们当初怎么揣摩郭振辉这么做的动机，今天给人的答案还是那一个——桑梓情怀！这么做是为了家乡。

谈到聚龙小镇时，郭振辉往往自豪地打这样的比方：“假设一个人可以活100岁，我觉得可以平均分成4份，第一个25年属于孩提时代，是学习和成长的过程；第二个25年属于青壮年时代，是拼搏、奋斗、积累财富的过程；第三个25年，这一时期体力走下坡路、记忆力开始衰退，因此这个时期要真正懂得放下、加强锻炼、注重养生，而聚龙小镇打造的恰恰就是这么一座世外桃源，让业主们有种‘此心安处便是家’的温暖；只有当第三个25年被好好珍惜后，第四个25年才能塑造更好的传说……”

对聚龙小镇，我最好奇和最想探究的两位人物就是郭无争和郭振辉。对他们两位我特别敬重，也在心里一直感叹，这样的人世上少之又少。聚龙小镇这两位灵魂人物身上最集中地凸显了儒家传统的出世与入世精神。他们是有情怀的人，这种情怀体现在小镇的人文追求上：一是明德，根植内心的修养；二是慎独，无需提醒的自觉；三是自在，以约束为前提的自由；四是利他，为别人着想的善良；五是知行合一，在感恩中用心奉献。

认真细读，他们的人文理念有很强的内在逻辑性，结合我在小镇生活中的所见所感，人们的日常生活样貌，真是恰如其分。我给他们总结了一下，更简要地说就是八个字——正德厚生，臻于至善。

我和车凤博士多次讨论到聚龙小镇的成长与郭无争、郭振辉两位的关系。我的结论是，缺少他们俩中的任何一位，小镇都不可能有今天。如果说郭无争是小镇文化的开创者，那么郭振辉就是坚定的人文小镇守护者。

为何他们一直和小镇居民同住？为何这么低调务实又看得高远？是因为他们以“正德厚生，臻于至善”这样的理念为宗旨，以自己的言行一致做出表率，把这种行动完全融入到日常居家生活中，没有刻意抽空真实人性的虚假道德模范。所以，小镇的居民也才成为一群独特的居民，在这样的环境和氛围中生活会受之泰然，同样也将这些理念融入血液，落实在奉献、分享、志愿服务的行动里。这是一种人我互助互养的美好关系。

郭无争和郭振辉两位和常人一样，并不是完人，但他们的确具有独特魅力。这样的人，其境界是远超于一般成功人士的。我们应该感激这些将个人积累的巨大财富用来反哺乡亲的人。他们怀着桑梓情怀做事，功德远在其上。

只要有他们这样的人在，聚龙小镇的居民就是安心的、舒适的。一个社区、一个村子、一个小镇，人与人、人与物、人与自然，自在和谐，就是好的社会生态。

聚龍山
聚龙山“百龙阵”创刻开工仪式
“百龍陣”
聚龙山 创刻开工仪式
2012年4月30日
聚龍小鎮

Chapter 25 出桃花源记

自称聚龙人，是一份自豪，也是一种自律。

在我快要离开聚龙小镇的时候，忽然有一个问题跳出来：小镇人要是离开小镇，到其他地方生活会怎样，他们还能适应外面的环境吗？要知道，小镇居民绝大部分在小镇外面工作，他们只在晚上或者周末回到小镇。还有更远的，像候鸟，只在一个他们喜欢的季节或者休闲的时候过来住。

天鹅林讲了一件事，一帮小镇业主最近在广州参加文化论坛的经历。他们在会场里、在开课前，特别不喜欢乱哄哄的场面和大声说话的人。对这种行为他们不指责，因为哪怕是一个不满的眼神都可能会伤到别人的自尊心。他们只有自己在这方面做好，来一个电话，小声地告诉来电方——我在会场不方便说话，然后赶紧按了电话，向邻座的人报以一个歉疚的微笑，轻声地说一声“对不起，打扰啦”。这是有作用的，被招呼的人即使大声地说没事，也能马上意识到自己的不妥，随即降下声音或者是捂住嘴更轻声地说没事。

小镇的人在离开会场时，会主动带走自己座位上的矿泉水瓶，喝完，放进垃圾桶里。吃自助餐也是这样，餐盘里不留下一点点食物，绝不浪费；起身离开时收拾好餐具，送到收集的地方。人走地净是他们的习惯，走到哪里带到哪里，一路上弯腰捡烟头、拾垃圾，并不在乎别人怎么看、怎么说。他们把在小镇养成的好习惯走到哪里带到哪里。

小镇有一些企业家，他们和天鹅林一样，在自己的企业里推崇传统文化，在员工队伍里建立温情，要求彼此之间像家人一样互相关心、互相照顾。我在邻里情厨房认识的爱心义工社陈宝玉女士，她加盟了林志辉夫妇的“木吒专业养生减肥”，成为企业的一员后在小镇买了房。现在她手下也有不少员工，在用林志辉夫妇当初的言传身教引导员工，使他们融入公司的大家庭，以聚龙小镇的精神服务社会，也希望她的员工成为小镇的家人。

我第一次到小镇来认识的杨女士，在得知我即将离开小镇时，在家里烧了一桌拿手菜。我和她的朋友们边吃边聊，朋友说她以前的挖矿生意很好，但停了，我问她为什么停了？她不假思索地说：“我现在是聚龙人啦，怎么好意思再去做对环境有破坏的事情？！”

杨女士这不是唱高调，小镇人对自己的言行举止是有要求的，更不用说是标志自己形象的职业选择。

“聚龙人到什么地方都要做好事。做好事起码可以让自己有好心情。”便民服务中心的阿兰在我去她那里托寄快件时这么对我说。

阿兰住在黄塘镇，在她服务中心订牛奶的一位阿姨是从外地来黄塘工作的，租住在居民楼四楼。由于阿姨租的房子里没有冰箱，阿兰便在每天早上热好了牛奶给她送过去，送了两个月。这位阿姨连阿兰爬楼梯的脚步声都听得出来，往往是阿兰还没有到门口，她就赶紧来开门。阿兰送完牛奶，阿姨总要送她几步，说几句体贴温暖的话。阿兰就会觉得很开心。

小镇售楼部有多间舒适雅致的茶室。中午时，我在那里约了几位养生公司的员工喝茶聊天。上官也来了，可他屁股刚沾上椅子，接了个电话就又站起来要出去。有位业主在邻里情厨房招待客人，想请他帮着买做润饼卷的春卷皮。这样的事情上官也可以帮忙，他马上去帮人家办。我看他一副乐意效劳的样子，笑嘻嘻地去了。

杨欣为大家泡茶，她是我在小镇认识最早的公司员工。我问她在小镇以外的生活有没有不适应?

杨欣说："当然有！周末的时候回到原来住的地方都有不适应，和小镇一比，整个人都不好了，什么都看不顺眼，会想立刻离开回小镇。"于是她决定在父母住的地方营造一个小环境，看能不能有一点儿改变。她在这个住宅区向邻居们介绍聚龙小镇，动员父母像小镇人那样去接近邻居、亲近邻居。现在父母的邻居不仅仅有走动、串门、请吃饭，相互赠予也成为常态，生活中别人的困难会伸手帮助，自己的困难也不再隐瞒。对于能够把自己遇到的困难告诉别人，是杨欣很满意的一点。她觉得能够求助别人是对别人的信任，分享和分担都可以快快乐乐的。她的老邻居们学小镇还真的学到了实处。

我能够想象，长相憨厚的杨欣面带笑容招呼她的邻居是什么样子，笑容美丽动人，这是一定的。那个小区的邻居都已经在杨欣的带动下做起了垃圾分类，这是和小镇同步进行的一项环保活动。

而另外一位小伙子，在售楼部工作的阿伟，则正面临困惑。他租住着小镇外面的房子，邻居不文明到他无法忍受的地步。他也曾经想影响他们，告诉他们该怎么样做，想他们哪怕有小镇居民十分之一的文明程度，居住环境质量也就改变了。可作用微乎其微，阿伟甚至被人嘲笑为只配住喜鹊窝的人。不过他也还没有气馁，在向上官和杨欣讨教，怎么才能够将这样的事情在社会上做好。

不管别人怎样，做好自己该做的是小镇人的共识。小洪对我讲过这么一件事，一位小镇人在外面开车时与别人发生剐蹭，对方也知道责任完全是他的。令他不敢相信的是，这位小镇人主动担责，赔给他比修车花费的多得多的钱。小洪说，他们开着带有聚龙小镇标志的车出去，内心时刻有警惕，必须文明开车，不能有损小镇的形象。

阿顺说，不管到什么地方，他都会说他是聚龙人，这是一份自豪，也是一种自律。

4 月 22 日，我告别聚龙小镇到南京参加一个会议，从禄口机场乘车往南京市区，高速路两边绿化带的单调让我感到沉闷。我闭上眼睛回想在小镇开车的场景，路两边的三角梅是那么明艳怡人。到了紫金山庄所在的环陵路，这条被誉为南京甚至是华东最美的路，梧桐树树冠浓密而葳蕤，不自觉又将其和小镇的木棉树比较了一番。

住进紫金山庄湖景客房，不仅看到波光粼粼的湖面，还能够领略到漫山遍野的盎然绿意。可我总觉得湖面上少点什么，有黑天鹅多好，狮头鹅也不错啊。

我们会议组乘大巴到会场有一段等待时间，参会的有几个人在车下抽烟，烟头随手就扔在草坪和水泥地上，几乎全都这样随意。待他们上车，我赶紧抽出一张纸巾，将捡起来的烟头包起来攒在手里，等见到垃圾桶的时候处理掉。这个过程让我有点儿紧张，怕被扔烟头的那几位看到，他们中间的一位还是我的老师，文学界德高望重的前辈。

我上车以后，坐我边上的人向我打招呼："刚才，对不起哦，让你捡……"他都不好意思说出烟头二字，怕其他抽烟的人听见吧。我赶紧解释："以前我也这样，在那个聚龙小镇住了段时间，改习惯了。"

怕对方认为我站在道德高地上，我进行了自我矮化，虚构了一段故事，说在小镇扔烟头被一个八九十岁的老太太帮我捡了起来，以后就再也不好意思这样做了。

我顺便还对他讲了一些小镇的事，他听了没有特别惊讶，但很是羡慕，觉得小镇人的文明到了一定程度。他认为烟头不是捡的问题，是怎么扔的问题。

整个会议期间，我被烟头困惑着，自己的烟头、别人的烟头。

南京的气温已经很高，我穿上奥巴马送我的带有聚龙小镇标志的白色圆领衫。

我可以自称聚龙小镇人吗？聚龙人对自己可是有严格要求的。

Chapter 26　我想要的家园

诗意地栖居是我想要的生活。

即时通讯工具就是方便，微信群、微博、博客、QQ 群，让我在离开聚龙小镇以后随时知道小镇朋友们现在的生活，他们是上山了，是自驾游到海边冲浪，是组成业主旅行团乘高铁去了武夷山，是到了小镇外面做爱心义工……我都知道得一清二楚。每天都能够见到他们欢聚的图片和视频。我能知道家宴小聚是谁家的，我能知道邻里情厨房里烧的什么菜，我也能知道上官在雨季里的天气提醒。每一则消息我都会认真留意，每一张图片我都不想放过任何细节，因为里面有我熟悉的风景、难忘的笑脸。

每天早上我登微信，爬山虎群是第一个要看的，奥巴马现在不仅仅每天吆喝一声“聚龙人，上山喽”，还替大家在邻里情食堂烧早饭。夏天早上出来运动的人很多，柴房门前的矮竹桌上总是围满吃早饭的人。几样时鲜蔬菜小炒、地瓜粥，配上馒头和油条，大家吃得很开心。提供图片和视频的是项农民，登山协会的活动他都有报道。

舞蹈协会的一帮老阿姨们也在看爬山虎的微信群，她们想丰富登山协会的早餐，就在来去空间商量怎么去改善一下。大家你一言我一语的，有的说包饺子，有的说下面条。还是陈大姐最有爱心，她说看他们每天在柴房吃油条，给他们换换口味，早上去给他们烙饼吃！

老老少少都赞成陈大姐的建议，说干就干，大姐马上到超市买了面粉和大葱，当天晚上回家就把面发好揉好了，第二天早上就去烙了好几种风味的饼。

这天早饭的情景，项农民发了视频，歌舞协会的燕姐发了照片。燕姐也是摄影协会的会员，照片拍得很专业。

上官要到北京来出差，问我想捎带小镇的什么特产？我说带一些开心菜园的蔬菜过来。上官说："老兄，我这是坐飞机过来。"我说："知道，你要是坐火车过来，我会让你带几块聚龙山上的石头来。"

回北京后，总有聚龙小镇那边传来的温暖慰问——什么时候回家？

我总会愣一下，说："快了，很快就回家了。"

业主们告诉我，在我走后小镇一桩桩的发展和变化：

陶然居二期交房，他们又迎来新邻居；

龙谷山房一期竣工，美得不像话；

聚龙湖又多了小天鹅；

奥巴马的女儿在小镇举办了气派的婚礼；

良品粮油店开张；

……

我感激小镇的朋友，他们已经觉得我是小镇的一份子。我多半用天鹅林的口头禅回复他们——感恩，感恩！微信群里我将昵称改为了"心系聚龙"。

在小镇生活了将近一个月时间，其后有对我原来居住的环境，甚至中意的环境有很多不适应、看不惯。小镇成了我生活的参照系。

——太粗陋啦，小镇人家做得那么讲究。

——怎么会是这样？在小镇没有一个人会这么做！

——在小镇这样的事情很平常，大家都知道应该这样。

——你们真应该去聚龙小镇看看，看那里是个什么样子，看人家是怎么做的。

我其实是可以到小镇去生活的，既然小镇这么好。在小镇的时候，我就多次冒出这种念头。

我是一个自由作家，小镇对于我来说是再好不过的地方，有非常好的写作环境和文化氛围。只是我太太的工作丢不开。

我们并没有想在北京这个城市生活一辈子，只是还没有想好怎么离开它，在什么时候离开才是合适的。太太有很多时候抱怨这座城市，想立即离开。在面临雾霾天气，在遭遇交通拥堵，在精疲力竭的下班途中，她都有想要离开的强烈冲动。

北京面临着人口膨胀、不堪重荷的局面，我们的离开或许是对改善北京环境的贡献，是有益于多方面的事。选择离开，则意味着要放弃多年在北京的努力。特别是她，要辞掉工作，要考虑很多事情。

要是去聚龙小镇，她还是有很大的优势的，多年来一直在做社区方面的研究工作，可以去应聘小镇物管公司的职位；曾经的教师经历，也可以考虑到聚龙外国语学校教书。我们要是卖了在北京四环两室一厅的房子，完全可以在小镇买250多平米的大户房。那样的话，我父亲独居无人照应的问题解决了，她父母一起过来住也不是问题。

我把这个想法对她说，她瞪大了眼睛。我想就是等到下次她再抱怨说离开北京的时候我提这个想法，她也会瞪大眼睛。去小镇对我们来说是一次艰难的迁徙，短期内很难成为我们的计划，我们下不了这么大的决心。当初我到北京来干什么，她读研后留北京为了什么？我们自己都可问倒自己。

我刚到小镇的时候问过好多人，为什么喜欢小镇，为什么在小镇安家？这些人都不是黄塘镇、惠安县或者泉州市的，他们来自全国各地以及海外，小镇近 40% 的业主是外来户。

他们有的来自都市，是为了逃避水泥、钢筋构建的楼房森林来到小镇；他们也有来自昔日的农村和乡镇的，是失去幸福家园的人。无一例外的是，他们选择小镇是因为这里有自己所要的东西——好的环境。我知道，这个环境不仅仅是地理的、生态的，还包括舒适的人文环境。

城市化进程中，一些地方政府偏离了方向，“被城市化”“造城运动”时有出现。乡村变为城镇后，小桥流水不见了；瓦房变成楼房后，邻居不见了。这样的城镇化抹杀了记忆，割裂了传统，背离了以人为核心的城镇化。为此，中央政府提出指导意见：“要体现尊重自然、顺应自然、天人合一的理念，依托现有山水脉络等独特风光，让城市融入大自然，让居民望得见山、看得见水、记得住乡愁。”

这么一说，始建于 2007 的聚龙小镇是超前的、有眼光的。从一开始，建生态养生公园或者农庄，它的创建者就遵循了“尊重自然，顺应自然，天人合一”的理念。即使在以后的小镇建设中，依托现有的山水脉络也是他们开发建设所制定的原则，小镇的特点是融入自然，小镇居民的幸福正来自于望得见聚龙山，看得见聚龙湖水。当然，小镇为此的投入也是巨大的，数亿的美化环境投入以及养护费用，要不是理解开发者的意图，不了解他们的桑梓情怀和对家乡黄塘镇的感情，会认为是有钱任性或者是有钱烧的。

现在为什么有“记住乡愁”的说法，其实就是怕人们忘记，忘记自己的根。乡愁是一种难以割舍的故土情结，一种浸入心灵的人文情怀，更是维系中华民族生生不息、蓬勃发展的精神基因和情感依托。当越来越多的人从乡村、城镇走向大都市，从乡土的宁静走向现代的喧嚣时，游子们要记住的乡愁不仅仅是土地的芳香、妈妈的心肠，更应该是世代相传的祖训家规。乡愁可以用来激活一个人的传统文化基因，使其保持“忠孝勤俭廉，仁义礼智信”等中华民族传统美德。

习近平总书记强调，中华民族在长期实践中培育和形成了独特的思想理念和道德规范，有崇仁爱、重民本、守诚信、讲辩证、尚和合、求大同等思想，有自强不息、敬业乐群、扶正扬善、扶危救困、见义勇为、孝老爱老等传统美德。中华传统文化中很多思想理念和道德规范，无论过去还是现在，都有其永不褪色的价值。

提醒人们记住乡愁是无奈的，消解乡愁的办法，就是用传统文化来建设每一个中国人的心安之处。聚龙小镇可以作为传统文化永不褪色的例证，传统文化在小镇建设中的植入和传承，使小镇成为道德规范的实验田，成为人们的向往之地——现代世外桃源。

定居小镇的海归 Enzo，中文名朱明顺，小镇人叫他阿顺。他说他的大半生做了候鸟，为了改变生存环境而跨洋迁徙、到处奔波，到头来发现乐土还是在故乡中国。有过他这样经历的人，对乡愁的体验更浓，对故乡的理解也和一般人不一样。故乡在他的眼里，是家国的全部。聚龙小镇是他觉得安宁、幸福的地方。

心安之处是故乡，阿顺坚定地认为。小镇现在有他过去在国内时的乡邻、好友，他是追随他们而来的。中国人说的叶落归根，不仅仅是一个人肉体的归宿，更是思想的共鸣，是魂归故土和精神的皈依。

我们真的需要一处能够让我们心有安宁的地方，可以为我们一生所居，也为我们的儿女、子孙世世代代所居。

7 月初，我回老家高邮，抽时间和小城里的两班志愿者进行了联系。我和红马甲志愿者协会的几位志愿者去看了一家面临倒闭的民营养老院，和阳光志愿者协会的一位负责同志聊了志愿者从街头到社区的话题。我介绍了聚龙小镇爱心义工社在社区发挥的作用，建议他们加强队伍的文化建设，提高自身的文明素质，不使志愿者活动成为有些人借此在社会上露脸的道具，或者掺杂进商业元素变成工具。

我想联系两家物业管理公司，向他们介绍聚龙小镇的物业管理模式，想了想但是没有去做，因为小镇那些贴钱做服务的经验别人是不能理解的，对他们来说也不是好经验。大概能说的只有小镇的人性化管理、文明公约、邻里情、让大家惊讶的信用良品店。

现在的我特别不愿意别人说聚龙小镇是世外桃源，是梦想中才有的地方。那样说会让人觉得小镇很虚幻，不相信它是一个真实的存在。就像很多人喜欢梦，但骨子里又不相信梦，不敢去实现梦想。

小镇对于任何一个外人来说都是不可思议的事情。陈主任在我离开小镇以后，在电话里给我讲过这样一件事。

厦门的一位企业家，为了目睹跨海大桥开车走错道进了小镇，夜色里被小镇迷住了。于是他宁愿迷失方向，在小镇里开着车转了一圈又一圈。他为小镇的美感到惊诧，不敢相信自己的眼睛：“这是什么地方啊？”

他转到聚龙山山门广场，看到邻里情厨房的灯光，他和太太下车跑了过来，以为这里是家饭店。陈主任和聚会的一帮人热情地邀请两位客人一起吃饭。他们听说这里是邻居们聚会的地方，又听说是自助的，现在就可以到边上的菜地

里摘喜欢的蔬菜来做菜，还听说这是小镇人的现代田园生活，他们夫妻俩不止一遍地问："这是真的吗？"

在酒饭半酣以后，陈主任邀请他们夫妇一起到湖心岛去喝酒、唱歌。这位先生因为要开车不能喝酒，他太太则开心地和小镇人一起喝，爽快得好像是多年的老朋友聚到了一起。他们本来说公司有事一定要九点赶回厦门，可待到十点还不想走。他们在离开小镇时，还在连声感叹："这是真的吗？"

这两位后来被小镇人称为爽快姐和哇哇哥的夫妇，在回到家以后，回想小镇的经历一定还会感到不可思议。要是有文采，兴许还会写一篇"新桃花源记"。

谁都想身边有桃花源这样的胜境，有置身其中享受的欲望，能像天上掉馅饼一样，在面前出现一座聚龙小镇是最好的。

说老实话，我就是这样一类人，只希望自己做很小的改变，却要求环境有大的改变。

郭无争说，没有聚龙小镇这么好的业主，就没有今天的世外桃源。我的聚龙小镇生活让我明白了一个事实——仙境从来不会凭空出现。小镇人在小镇的建设中是投身的、贡献的，他们和小镇共同进步。

我在离开小镇时想，一定要记下在小镇的生活、感受和思考。

"安得广厦千万间，大庇天下寒士俱欢颜。"寒士得庇真是很低级的要求，我们现在倾尽所有，甚至举债按揭买一处房，只是解决了住的问题，能够考虑的也只能是周边环境、交通、医疗、教育这些基本保障。

美国作家弗朗西丝·梅斯说过："你居住的地方决定了你是谁。你与自己的住所越息息相通，你的自我就越与它难分难舍。一个人选择居于何处不是偶然的，因为它反映了你内心的渴望。"

诗意地栖居应该作为我们选择居所的第一考虑，家园是安放我们心灵的地方。我们不是飞禽走兽，我们是文明、有追求的人类。

我们应该去爱护周边的环境，去亲近能够接近的邻里；让一切在我们自己手上先尽可能地美好起来，把对美好家园的渴望变成实际行动，从当下开始，从面对他人的微笑开始。

我们身边的每一点进步和改变都会给我们带来喜悦，这样才会离我们想要的生活更近。

后　记

以家聚，以情聚，以聚龙的山水聚。

聚龙小镇出名以后，很多人为它的地理环境着迷。它背依大寨山，内拥聚龙湖，形若聚宝盆。更有人赞小镇的风水，说它虎势龙形、藏风聚气，可谓集天地钟灵于一身的宝地。

聚龙小镇聚字当头，可见它是小镇重要的一个字。“聚”字在汉语中的词组和成语很多。我在小镇也总是被“聚”字所感触。

聚米为山这一成语典出于《后汉书·马援列传》。东汉马援堆米成山，以代地形模型，给皇帝分析军事形势、进军计划，讲得十分明了。小镇美术馆有一幅油画，建镇起初，郭无争董事长和郭振辉总经理带着一帮人在荒凉的大寨山上筹划小镇的未来，郭总经理的架势就是聚米为山，这幅画完全可以以此成语命名，改一下也可以——聚米为镇。

小镇人来自五湖四海，他们欢聚小镇是因为这里美轮美奂，是他们的理想乐园。

这里有好的生态：上万亩森林公园、100 万平方米天然水系、共聚 69 种以上原生动物，小镇人和娃娃鱼、雉鸡、黄金鸭、黑天鹅等珍稀动物相生相息；有 109 科 335 种乔灌木植物、23 种蕨类和草本植物构成的园艺级绿化；一年四季花攒锦聚，365 天国家一级标准新鲜空气。小镇人住在天然氧吧里。

十大主题公园在小镇人居住地的门前屋后，聚龙湖里有美丽的黑天鹅、野鸭和鸳鸯，环绕运动公园、高尔夫公园的大片湿地也凫居雁聚，是黄金鸭、狮头鹅等禽类和水生物家族的乐园；水域周围种植以花卉为主的大量植物；由桃花源、樱花滩、二乔玉兰园、玫瑰园等主题花海园共同构成的湿地生态桃花源，百花妖娆，风光无限；这大片水域同时也是垂钓爱好者最喜欢的地方，储聚的丰富鱼类让垂钓者满载而归。

这里的运动项目齐聚：20万平方米多功能山地运动基地，包括恒温游泳馆、羽毛球、篮球、门球、排球、乒乓球、台球、健身中心、网球、瑜伽、登山、垂钓、自行车、太极……

这里养生、休闲条件优势汇聚：自然氧吧、健康运动、中医保健、生态农业、高端SPA、文化修养等全方位的养生养心系统，配上近10万平方米休闲配套，有15种以上休闲方式。泉州最大的18洞国际高尔夫球场及高尔夫会所在小镇只算是配套设施。

这里的文化教育精英吸聚：聚龙外国语学校、聚龙书院、聚龙美术馆、艺馨园、音乐广场、小镇书屋、社区文化活动中心、CPL世界城市摄影联盟主席基地、文创基地、龙谷山房……邀来艺术大师，引来专业艺术人才。

这里的商业配套设施云聚：10万平方米商业服务配套，包括5万平米聚龙美食城、3万平米商业中心、陶然居商业街、家乐华超市、信用良品店、信用良品东篱店、聚龙凯莱酒店、聚龙生态酒店、聚龙养生会所、聚龙艾佳贝月子中心、银行、邮局等等。

中秋节、端午节，一年里有那么几场大型的百桌千人邻里宴，是小镇家人欢聚一堂的时刻。平日里，邻里们带上烧好的菜上门拜访新邻居的会聚，三五好友在大坝公社食堂的小聚，在聚龙轩和卧龙轩的宴聚，聚出一派小镇人其乐融融、邻里相亲的生活场景。这里是最有人情味的生活圈——中国的“第一大家”。

阳光大道云屯星聚，大地幼儿园和泉州聚龙外国语学校坐落在阳光大道一侧，阳光大道高架灯上挑挂的大幅照片，那些笑靥如花的学生娃是小镇的明星、祖国的未来。

信用良品店以其独特的无人值守、自助购物的新兴形式，受到了小镇居民的大力追捧。经中央电视台的专题报道、人民网的宣传，全国各地聚焦聚龙小镇，赞赏小镇人的文明和诚信。

小镇收离聚散，凝聚人心的是传统文化。聚龙书院每天的早读课，让小镇人对传统文化的吸收聚少成多，日积月累，聚沙成塔。

小镇业主自发组织的文明督导团是义聚，已经形成常态。他们制止和消除身边的不文明现象，有公正合宜的道理，成为一种合乎正义和公益的行为，很受小镇人的欢迎。

勤政聚会，在小镇是一项制度，每个月的业主代表会都有公司的领导参加，听取的意见条条有回应，反映的问题件件有落实。小镇物管金牌服务体系，微笑服务永不落幕。独具特色的社区文化服务，从尊老、亲子、教育、帮扶、健康、爱好、和睦等方面开展工作，让居者回到聚龙小镇，就回到了心安的家。

小镇存聚环保基金，建镇不久的 2009 年，聚龙养生发展有限公司就设立 5000 万元的聚龙小镇环保基金，积极实施环保建设，大力推广环保理念，囤聚可持续发展的实力。

完备的环保系统，专设污水处理工程：建设多个污水处理设施，独立配套污水处理系统，用于居民生活废水的全面净化处理，实现生活污水的零排放。

建立循环分流排水系统：雨污分流，污水系统设有专用通气立管及环形通气管，管材采用 PVC 排管，这些措施增大了排水管道的排水能力，减少管道堵塞的机率。污水经污水管网汇集后接入园区的中水处理站，经处理后达到杂用水标准，作为园区的绿化浇洒用水水源。

采取多种措施保持湖水清澈，美丽的湖泊是聚龙小镇的“眼睛”，在保证其清澈明亮上多有措施：保证源头水质，设层层叠水，既有效沉淀泥沙杂质又形成一道优美景观线；生活废水处理排放，人群活动所产生废水均经严格处理，达标排放；同时，在措施上重视日常湖面维护，定期清理湖边枯枝败叶及水面垃圾，严禁污染湖水。

采用风能、太阳能等清洁能源、新能源，采用环保建筑材料，建设绿色建筑，营造冬暖夏凉的低碳生活。

这些确保了小镇的绿色环保不是一个概念，是当下人人有行动，长远处处有规划。

聚龙小镇有宣传语：“聚则养气，富贵人生。”在这个小镇，所有的业主，都是小镇的主人，他们被尊重，他们同时在自尊自律，因为小镇对他们和盘托出所有的美丽。他们爱上小镇，留下来定居。反过来，他们为小镇的建设奉献爱心，有人送菜，有人捐健身器材，有人定期洁厕，有人上门守望空巢老人……

在这里，每一个享用的人，同时也是一个奉献的人。这是让小镇聚起来并持续发展的精神。

聚龙——聚龙的传人！

附录一　车凤、王树兴对话录

（一）我们这个时代的居住之殇

车凤：谈到我们这个时代的居住问题，我想这是很多中国人的“痛”。这种痛不独存于城里人，也不独存于乡下人，不独存于年轻人，也不独存于老年人，当然，更不独存于留守的孩童群体，尽管后者的这种痛比较令人关注和忧虑。

城里人的居住之痛，在于没有足够洁净的饮用水（在发达国家，自来水都是可以放出来就直饮的）、没有可以自由呼吸的空气（雾霾的噩梦已经是中国很多大中城市要面对的共同顽疾）、买了车子也很难在小区里找到停车位……还在于人人都没有可以亲切交谈的“好邻居”。

年轻人的居住之痛，在于天文数字的房价让每一个企图自立自强的信念如梦幻泡影；乡下人的居住之痛，在于再也找不到记忆中清澈的小溪；老年人的居住之痛，在于能够有幸住在先祖留下的老房子里的人越来越少；孩子的居住之痛，在于他们中的很多人被称为留守儿童，不再能经常在妈妈的怀抱里撒娇。即使和父母在一起的孩子们，也不再能和小伙伴在院子里丢沙包、跳皮筋、弹玻璃球、撒尿和泥玩……

似乎每个人都有居住之痛，有的人还把几种痛集于一身，痛上加痛。房子、院子、社区、建筑，它们不仅是家具摆设、砖瓦木石，更凝固和寄托着人们的需要、感情、审美、希望和追求。中国传统建筑非常讲究人与自然环境的密切关系，这与中国人“天人合一”的哲学追求是高度一致的。以四合院的建筑样式为例，它的显著标志就是对外一律不开窗洞口，以砖墙对外，而院内几乎没有墙。这种设计强调了以庭院为中心的其乐融融的家庭关系。同时，对外封闭、对内开放的四合院住宅也反映出中国文化中强调内敛、自省，注重精神生活和自身修为的社会价值观。

第二次世界大战后，德国面临如何快速建造大量居住建筑，以解决战后人民的居住问题。为了加快设计和建设的周期，他们通过将人们在住宅中的行为抽象为吃饭、睡觉、会客、如厕四种基本活动，并据此进行空间组合，从而形成标准的住宅户型。随着中国城镇化进程的快速推进，当年谁也不会想到，这种住宅、房子的模板最后会在中国大地上生根开花，成为大多数中国人的居住生态。

美国林肯大学建筑学院院长斯第沃德曾感叹说："现在（中国）各地的建筑都渐渐没有什么特色。香港像纽约，深圳像香港，北京像华盛顿，上海像伦敦。我们看不出这些建筑与当地的文化有何种联系，许多东南亚国家的城市也如此，建筑很少关注当地人的文化传统和情感要求……建筑应该成为反映当时经济、文化的一面镜子，应该有鲜明的地方性和民族性。中国建筑不应该是西方式的，而应该是中国式的。"

对于以上的这种评价，我想值得我们反思的并不简单局限在建筑层面上，更重要的是，在建筑的背后，体现的是人的生活方式和价值观念。这些年随着传统文化的复兴，有很多具有东方美感和情趣的生活方式又逐渐被人们找回来了。我特别想和王老师探讨一下，今天的中国人，到底应该生活在怎样的一种家园中，到底应该过一种什么样的日子？当然，这种日子里一定包含着现代化的部分，但也有我们老祖宗的一些理想、情怀和习惯。

王树兴：到底什么样的建筑才是最符合人性需求的？这个问题很专业，涉及的领域很多也很复杂，而且前提还需要界定到底是城市社区还是乡野村落，之后才是关于建筑与人的探讨。中国近年的经济发展速度，人们已经习惯并且必须面对城市化进程加快的问题，价值观和思维方式也在迅速变化，同时也呈现多元化的思想特点，有的是被动，有的是主动。数以亿计的人员大流动、大迁徙是社会发展到这个阶段的独特景观，怎么住、住哪里也是和个人经济条件、负担能力、房地产市场、经济大环境和体制制度密切相联系的。

建筑、房产，说到底，不能只满足于遮风挡雨居住功能的使用，不能仅是建筑材料在一定空间内的布局堆积，还和文化环境有关，和审美传统有关。

关于建筑与人，我经常联想到的不是成群连片的高楼、别墅或者千年古堡，而是日本的房屋、庭院，用竹、木、石头建立结构。庭院无论是枯山水也好，苔藓地面修剪绿植也好，那种半敞开的亭柱建筑，直接呼应和面向自然天赐，代表了一种完全的悦纳和敬畏。黑川雅之在《日本的八个审美意识》中说："日本人的生活中一直以来都非常重视'气场'的存在。建筑的结构，也是基于这种气场的感知来完成的。日本人在生活中对自然奉若神明，世间一切的生活方式都是由自然规律决定的。他们会很在意周围的建筑，力求保持平衡与和谐。"他们取材于可以轻松加工的自然材料，追求还原真我的本色之美、朴素之美，"日本人都深爱着那些融入自然美景的能够在风化中逐渐还原的材料"。他们的材料向自然借取，他们的视野也向自然敞开，所以这种"假借"的审美意识更能体现对自然的敬畏和顺遂。

在聚龙小镇漫步，走过湖边，走向山林，在这些路段随时环顾四野，有时候忽然之间就能体会到一种格局之美。俯仰天地之间，小镇布局当然不会局促于土地面积。所以，它景象开阔，和自然风物融合为一体，天然地又比岛国那种地面狭窄、物资稀少、不会追求过度加工材料的现实多了很多优势。我经常在和居民互动的时候听到他们口中的“感恩、感恩”。的确，生活于此地，自然的惠赠、人文的提升，都令人感恩。

真正的天人合一、与自然的融洽相处是需要底子的。社会的底子、人的底子，历史传统、社会心理、文化素质、东西方文化的不同影响、对世界与人生的认知都不可或缺。这是人类生存居住的终极理想吧。

也许对普罗大众来说，选择什么样的居住环境，未必有那么多的自觉意识和文化准备，只需要一个感觉就够，那就是很朴素很通达的道理——住得舒服自在的地方就是好地方。普通人很难全方位地去解释自己的选择，最终只有一个“好”字。

我接触到的聚龙小镇的居民，五湖四海赶来，选择在这里居住，是一来到这里就觉得好！这里不是原始意义的家乡，他们却愿意选择在这里落地生根，远离原生家庭而愿意在此养生终老，是小镇的自然魅力与人文环境结合得恰到好处，是小镇气场与他们各自生命的契合。是的，小镇已经形成了巨大的气场……

（二）陶渊明的理想与聚龙的理想

车凤：梁思成先生曾经说过：“自19世纪中叶以来，中国屡战屡败，使中国的知识分子和统治阶级对一切国粹都失去了信心。他们的审美标准全被搅乱了，古老的被抛弃了，对于新的，即西方的，他们却茫然无所知。”其实，这一点从近些年来的楼盘起名风潮中可以特别明显地看到。几年前，冯小刚曾经在一个活动上吐槽，对国内房地产行业“普罗旺斯”“格拉斯”“加州水岸”

这样的洋名予以批评。随后，有记者随机选取了全国12个城市各20个小区名称的信息。从这240个小区的情况来看，一线城市给小区命名时反而最少用“洋名”，其次是二线城市，而三线城市的“洋名”小区是最多的。这其实也反映出二、三线城市的开发商在给小区命名时的茫然和不自信。

聚龙小镇在这一点上特别可爱，他们的楼盘名字是非常中国化的，而且充分体现了一种中国的诗意。有心人不难发现，不管是“陶然新村”还是“东篱新村”，都是出自陶渊明的诗作。前者的出处为《时运》：“邈邈遐景，载欣载瞩。称心而言，人亦易足。挥兹一觞，陶然自乐。”后者则为著名的《饮酒》：“结庐在人境，而无车马喧。问君何能尔？心远地自偏。采菊东篱下，悠然见南山。山气日夕佳，飞鸟相与还。此中有真意，欲辨已忘言。”这充分体现了小镇的一种文化理想。陶渊明的“桃花源”，是一个质朴自然化的世界。在那里，一切都是那么单纯、那么美好，没有税赋，没有战乱，没有沽名钓誉，也没有勾心斗角，甚至连一点吵吵嚷嚷的声音都听不到。人与人之间的关系也是诚恳的。这些文字抒发了他宁静安详的心态、闲适自得的情趣以及返回自然的人生理想。可以说，这是无数中国人心中的梦。聚龙小镇的建设者能想到这样的名字，一方面体现了对中国传统文化的认同和热爱；另一方面，应该也是在最初就暗藏了建设一个“世外桃源”的理想。

在怀念过去的纯真年代时，聚龙小镇默默地建立并完善了起来。他们首先通过小区的名称明确了对陶渊明笔下理想社会的向往和追求。尽管我们都不是生活在真空里，社会大环境的影响会体现在每一个人身上，但如果像一盏烛光一样先点燃起来，在一个小的范围里就会先变得明亮了。我对聚龙美术馆里那幅油画印象始终特别深刻，相信每一个了解小镇发展历程的人都会对那幅画很有感觉：九年前，小镇的规划者们手拿图纸指向远方，那是对一座荒山的设计，更是对心目中一片理想家园的想象。中国儒家精神里有一种特别可爱的理想主义，就是孟子讲的“平治天下者，舍我其谁”。在这幅画里，我相信很多人都会感受到这种东西。

王老师一定也见到这幅油画了，是不是也有这样的感觉？理想这个词，有的时候显得有些空洞，是因为很多人没有条件和力量去实现它。但对于一些幸运的人来讲，他能很好地将个人理想和改变社会的理想完美地结合起来。从这个意义上看，陶渊明先生恐怕会很羡慕。

王树兴：黄发垂髫怡然自乐，道路阡陌鸡犬相闻，这是中国农耕社会的文明精华。其实不光陶渊明，其前其后的许多文人官宦都有这种远离俗世喧嚣、归耕田园、追求山水怡情的情结，大诗人王维更是。他们有一个共同点，是已经在官场仕途磨砺过人生，经历过困顿，对仕途产生了厌弃心理，回过头来去追寻远离人群、远离纷争的田园山水生活。田园历来是和官场、俗世相对立的存在。

从某种意义上说，这些追求已经打上了“超脱”的标签，是有一个自我转折过程的自觉追求。想起前人曾经说过，超越了才能有超脱，陶渊明或者王维，都不是真的需要流尽汗水在田地里锄草种田才能聊以糊口的阶层。他们之于山水田园，已经有了审美的需要，本身存在的美感也是一种与土地有一定距离的美感。我在聚龙小镇漫步，看到很多中国传统的古典的命名或者标志，感觉特别亲切。住在这里的人们，未必有古代读书人、官宦士子那种被贬谪被打压之后的变通理念和生存追求，大多是发自内心的原始本真的喜爱。所以，这里也带有一种在现代建筑群落和居住文化中赋予现代性转化的可喜努力。

的确，我看到了很多一线大城市里连个沟渠都没有的地方取名什么水岸、香榭丽舍、威尼斯、普罗旺斯等等很洋气的名字；还有一些地方，倒是避开了这些洋名字，却用了一些这样的字眼：豪、贵、帝、御景，等等，透出一股子对财大气粗权贵豪门天府华庭的渴望，从皮到骨都张扬着一种俗气的虚荣心。命名也是一个学问，反映的是内心的价值观。

有些地产广告也是比较有意思，暗黑系摄影，雪白头发的威严老者、富态典雅的老年女士，一般都是宽袍大袖的丝质唐装礼服，再加一对中产阶层的中青年夫妇，脸上明明刻着两个字——成功，外带一个可爱的男孩或女孩。这种三代同堂的端严贵气全家合影，背景都是大院大府的豪门内室或者外景，就差一套明清家具和两个大石狮子了。

什么时候，我们才能真正关注内心需要而不是外在的浮华？为每个人的安得其所而努力，才是真正的天性、人性和文明的统一。

（三）普度文化与邻里宴

车凤：王老师参加了小镇的邻里宴，一定是印象极其深刻的吧？几百桌、上千人围坐在一起吃饭聊天，这个阵势在别处真的很难见到。尤其对我们这些北方人来讲，简直是奇观。关于小镇邻里宴的由来，我曾经问过那里的居民和工作人员。有一种说法是，有人在湖里钓到一条大鱼，主动邀请邻里好友前来分享，于是乎大家逐渐开始了不定期的聚餐，规模由小及大，最后大家嫌不过瘾，索性由小镇物业官方牵头组织，每逢重大节庆活动就会聚起来。

这个邻里宴的意义其实包含多个层面。现如今，很多人忙于工作上、生意场的应酬，根本没有办法天天回家吃饭，更有甚者，一个星期顶多回家吃一顿晚餐。一开始是不回家吃饭要提前通知家里一声，到后来，不回家吃成为惯例，家里人也就习以为常了。这样一来，如果回家吃饭反倒要提前通知了。您想想，当一个人连和自己家人一起吃饭都成了一种稀有的现象，又怎么会和街坊邻居一起餐叙呢？所以说，聚龙小镇的这种大场面是现代社会的文化奇观。

事实上，为了探究邻里宴这种群体“仪式”的渊源，我仔细查阅了一些关于闽南文化的背景材料，其中有一个“普度文化”的概念令我非常感兴趣。乾隆版《泉州府志》载：“中元祀先，寺观作盂兰会，俗名普度。南国风俗，中元夜，家户各具斋供，罗于门外或埛衢，祝祀伤亡野鬼。”“普度”原是佛教用语，意为广施法力，使众生遍得解脱。早在汉代之前，中国就有上元、中元、下元三个节日，其中，中元在七月十五，是祭祀祖先的节日。西汉末东汉初，佛教传入中国，魏晋南北朝时迅速发展，佛教中的“目连救母”的故事传播开来。这个故事最早见于由印度传入我国的《佛说盂兰盆经》，经中叙述佛陀的弟子目连始得六通（天眼通、天耳通、他心通、宿命通、神足通、漏尽通），想要度化父母以报哺育之恩，却发现亡母生于饿鬼道中。目连盛饭奉母，但食物尚未入口便化成火炭，其母不能得食。目连哀痛，于是乞求佛陀。佛陀告诉目连，其母罪根深结，非一人之力所能拯救，应仗十方众僧之力方能救度。于是教他在七月十五日，为父母供养十方大德众僧，以此大功德解脱其母饿鬼之苦。

事实上，由于目连救母的传说与中国传统的孝道精神和祖先崇拜不谋而合，所以很快传播开来。到了唐代，盂兰盆会已成为中国民俗重要的一部分。中国古人把七月称作鬼月，相传地狱大门打开，阴间的鬼魂会放禁出来。有子孙、后人祭祀的鬼魂回家去接受香火供养，而无主孤魂就到处游荡，徘徊于任何人

迹可至的地方找东西吃。因此，人们纷纷在七月举行设食祭祀、诵经作法等“普度”“施孤”布施活动，以普遍超度孤魂野鬼，以防止它们为害人间，又或祈求鬼魂帮助去除疫病和保佑家宅平安。整个福建都有普度活动，以闽南为甚。据说，20 世纪 80 年代到 90 年代初，“普度”在厦门、泉州等地尤为流行。那时候下馆子还是一件奢侈的事，所以孩子们很期待“普度”。因为整个农历七月，家家户户都大摆筵席，宴请亲朋邻里，热闹景象堪比春节。

其实我一直很喜欢墨子这个人，他是中国历史上第一个农民出身的哲学家，他提出的兼爱、非攻，比西方的平等博爱思想早了两千多年，体现了一种伟大的情怀。用胡适的话来讲，墨子是真正意义的为天下者。提到墨子是想结合普度文化说说他的明鬼思想。墨子认为鬼神不仅存在，而且能对人间的善恶予以赏罚，这是墨子的一个重要理论。这种思想与佛教“善有善报、恶有恶报”的因果思想有些相似之处。但是佛教毕竟是外来的，而且是在几百年之后才传入我国的。

我们有时候会听大家抱怨，说现在有些人做事非常没有底线，完全不管是否伤天害理。墨子特别可爱的地方就是通过这种“明鬼”的观念提醒大家要为善去恶，否则会受到上天和鬼神的惩罚。他生活在春秋末期战国初期，是《论语》里面描述的礼崩乐坏的时代。“明鬼”的观念对于净化社会人心是非常有帮助的。这一点其实对今人也很有启示作用。

不管聚龙小镇“一年几度”的邻里宴到底和普度文化有没有直接的关系，它对于社会的正面意义都是非常大的。比起几十年前，现在社会的信任度普遍不高，人与人之间没有功利性的沟通很难得。大多数人吃饭喝酒都是任务，为谈生意、拉关系的居多。只是在一起谈天说地互相温暖的，真的是不多见。我在聚龙小镇的凯莱酒店房间里发现了几样物品，有纸巾盒、水杯，还有烟灰缸，上面都有一句令人记忆深刻的话——挑战没有人情味的都市生活圈。我想这个口号绝对不是偶然提出的，一定是小镇创建者的由衷感慨。

听说他们现在又有了一个邻里情厨房，就是说不用再等到节庆等特殊的日子，平常大家也可以随意聚餐了，听说还是自助的。

王树兴：泉州的确是个佛教文化传统源远流长的地方。普度，有度一切苦厄的意思，做善事积德有福报也是很多善男信女的信仰。这个地区的普通居民里早已经有这样的心理积淀，所以小镇的邻里宴不会凭空产生。

要是想上溯反思其根源，我倒是觉得，除普度文化的潜在影响之外，还有其他重要的因素。最早的普度有救困济危的意思在里面。我们经常看到民国电影里大户人家或者社会团体向穷人施粥的镜头，很多资料里也有类似图片，这都是慈善事业的范畴。原始社会的集体狩猎、采集食物集体享用，是因为原始生产生活资料匮乏，必须群居生活。很多少数民族地区现在一直保留着长街宴和百家宴的传统，家家贡献出自己的美食美酒，除共同祈福之外，还带有联谊性质，不存在施舍慈善的意思，这就让这种聚会成为一种集体的分享、交流、表达、祝愿。

原来，好像只有孩子们特别在意甚至渴望家庭聚餐时的快乐、热闹；成年人会有各种社交的顾忌，时间成本的考量，关于利益的交换。当然，都市生活节奏快、压力大、应酬多是客观存在，很多时候不回家吃饭也是无奈之举。所以才有人呼唤“回家吃晚饭”，还有人说相爱就是一起吃很多很多饭。

（四）瓦尔登湖与聚龙小镇

车风：王老师有没有听过一个词，叫作“极简主义生活方式”？极简主义号称可以减掉一大票生活中不必要的事。具体体现为慢生活、不做无效社交、锻炼身体、穿着简洁、少吃含有添加剂的食品、喝白水和纯果汁、不喝碳酸饮料等。此外，有时候极简主义的着眼点并不是某件物品本身。比如买从来不穿的衣服花了很多钱，用很多时间收拾房间，为车坏了需要修而操心，或者看到乱七八糟的书桌而心烦等等。这些事情有可能费时间、花钱、占用精力、带来压力，而它们的益处却极其有限。极简主义就是要通过砍掉生活中一些东西，来减少这些明显弊大于利的事情，从而改善我们的生活。也就是说，减少物品只是手段，减少这些生活中无益的事情，从而腾出时间精力来留给更有益的事情，才是极简主义的核心。与此有关的内容曾经一度在网络和朋友圈很热，相信您一定也看到了。

其实说到极简主义生活，我们不能不提到美国作家梭罗的《瓦尔登湖》。2015 年 9 月 22 日，国家主席习近平访美，在白宫的欢迎晚宴上他提到了自己了解的一些美国作家，其中第一个就是梭罗。《瓦尔登湖》是梭罗独居瓦尔登湖畔的记录，描绘了他两年多时间里的所见、所闻和所思。大至四季交替造成的景色变化，小到两只蚂蚁的争斗，无不栩栩如生地再现于梭罗的生花妙笔之下。不瞒您说，我不止一次想象自己也能过上一段那样隐逸的生活，把手机关上，到湖边去看水光潋滟，或者到树林中去听鸟鸣，什么也不想，放空自己。当然，这个梦想能不能实现、何时能实现，是另外一回事。如果能有这样的机会，一定选择去聚龙小镇。因为在那里居住，其实是“动静由人”的，你想呼朋唤友或者独善其身，都有条件和环境。

我特别喜欢梭罗的平和，与中国魏晋时代的很多隐士相比，梭罗并不存在走投无路的避祸和对浊世愤慨失望一说。他的极简生活与其说是逃遁，不如说是一种欣欣然的自我选择，是对生命本质的一种探索。梭罗曾是天之骄子的哈佛毕业生。1845 年，他独自一人，拿了一柄斧头，跑进了无人居住的瓦尔登湖边山林中，开始了独居生活。他说："我到林中去，因为我希望谨慎地生活，只面对生活的基本事实，看看我是否学得到生活要教育我的东西，免得到了临死的时候，才发现我根本就没有生活过。"

在他眼里，生活是这样的可爱，根除一切不必要的东西，才能把生命的精髓体悟。我们仔细想想就会发现：一个人需要的越多，他就必须为这种需求劳苦工作，而劳苦的工作又使他有了更大的需求，如此反复，仿佛是一个跳不出的局。一个人能放下的越多，越是富有。这种富有是精神上的富有，有大把时间去思考。梭罗让人们重新理解"富足"这个词。事实上，人应该满足于更少，而不是更多。

每个人都有自己对生活的理解，尽管梭罗选择了极简主义的生活，但他从不认为世界上所有的人都应该过上与他同样的生活。他有一个特别经典的说法——从圆心可以画出多少条半径来，人们的生活方式就有多少种。生活的方式不应有高低优劣之分，我们凭什么用一种生活去诋毁另一种生活呢？是啊！我们凭什么就说城市生活好，而大范围大面积地抛弃农村呢？凭什么都想着长大后一定要挣很多很多钱过所谓的富裕生活呢？这不过是生活的方式不同罢了啊，就像爱耕田的农夫在自己田里满怀希望地耕种时，他的幸福感是遥远的国王也不能比的啊。说到这里，我突然发现自己为什么这么喜欢他了，他的这种包容和胸怀，用佛家的语言来描述就是没有分别心。我想，这正是他参透了生活、参透了人性的表现。

喜欢梭罗还因为他是一个崇尚纯洁的人，也是一个丰盈的人。生活当中，当一个人思索时，有时候容易陷入一种自怜自哀的状态，可是他不。他写的东西都是他在独处时的思索，里面充满了一种满足和欢愉的调性。他一生只活了四十多岁，生前出版的两本书几乎没有读者，他是那个时代被完全忽视的人，多年之后才被发现。因为他有一种很朴素又很超前的意识，在今天的这个时代，他又被那么多人重新喜欢起来。

这些年，有一些人开始放弃大城市的繁华热闹，选择去节奏慢一些、空气和水都好的小城市生活。有时候我有一点点担心：聚龙小镇现在还没有那种尽人皆知的知名度，所以我们还可以把自己心中的瓦尔登湖暂且想成聚龙湖。我们今天去小镇的话，还可以寻得到那么多幽静而芬芳的角落，可以一个人在湖边看日落，可以一个人在聚龙山上听泉，可以每日与那些精细或者壮美的自然之物相伴。这要是日后的居民越来越多了，会不会就找不到现在的安静和疏朗了呢？好在听小镇的工作人员讲过，他们在规划整个小镇的时候是非常注意人口密度的问题的。王老师下次去的时候再帮我打听一下这个问题，我好规划一下什么时间去体验一下梭罗式的极简主义生活。

王树兴：极简主义生活我关注得倒不多，以前是注意到了极简主义经常运用在建筑、服饰与商品包装设计上。比如原研哉对无印良品的设计与开发，就回归到了极简的理念上，去掉了一切修饰，只有素材和功能，颜色的选择也非常素淡。现在经常有人还将这一大批类似的品牌戏谑之为“性冷淡”风格。有很多人崇尚的断舍离、乐活甚至慢生活，都是我很欣赏的理念。

我爱聚龙
业主团

9.9
重阳节
文艺晚会

放下各种执念，轻松管理人生，日本的杂物管理咨询师山下英子还专门写了一本书《断舍离》。“一念瞋心起，百万障门开”，极简也好，舍离也好，用一种佛法的智慧来管理生活、观想心灵，倒是很不错的理念与实践。

其实所谓的极简，未必是指代物质的附属要减缩到最少，核心可能在于真正想清楚你生活中想要的东西，你想成为哪一种人。你用尽量少的资源和物质，去实现你想要的生活。而你想要的生活完全可能是减法的，而不是欲求越来越多、具体的物质载体越多才好。

但梭罗的生活与本质追求，我觉得和聚龙小镇生活生态样貌倒是有很大的区别，放在一起对比未必恰当。在聚龙小镇，人们可以更亲近自然和土地，自己动手种菜养花，出行方便，服务周到且人性化，享受的是绿色、生态环保的生活，但不代表他们拒绝多样化和现代化。有时候，借助于现代手段和技术，才能更好地保证人们能享受美好自足的生活。在小镇，现代人生活所须臾不离的通讯工具、便捷的交通设施都是齐备的，先进的程度比一般地方要高。

聚龙小镇不是遗世独立的孤岛，不是闭关修行的涯洞，而是大众居民世俗人生的安放之处。在这里，减少的是无谓的虚浮的应酬，减少的是对资源对时间的浪费，但不是说居民关起门来独居避世，这里的人们在真心经营着邻里关系。他们之间的关系体现的是守望相助，他们也受益并一直认同欣赏这种人际关系。你可以安静独处，也可以热热闹闹地参与居民活动。你可以受助，也随时可以去做志愿服务。

当然，无论在哪里，只要你找到了内心的安宁，都是别人很难打扰或者剥夺的。“心远地自偏”，是“吾心安处即故乡”的真谛。

（五）中国人的菜园情结

车凤：我觉得中国人都是有菜园子情结的，这本质上既是与大自然的亲近，也是对于劳作快乐的一种实现。特别喜欢林语堂《生活的艺术》那本书，书中有一段话印象非常深刻。他说："大自然本身永远是一个疗养院。它即使不能治愈别的疾病，但至少能治愈人类的自大狂症。人类应被安置于适当的尺寸中，并须永远被安置在大自然做背景的地位上，这就是中国山水画中人物总被画得极渺小的理由。"中国人讲究"天人合一"，古人的生活节奏是随着时令走的，所谓春生夏长秋收冬藏，道家的养生之道，包括中医的治疗方法，很多都是要配合着节气来的。另一方面，与西方的海洋文明相比，我们中华文明是一种依托于土地的农耕文明，我们对于土地有一种天然的亲切和依恋。《周易》上讲的"地势坤，君子以厚德载物"，深刻体现了古圣先贤对大地的理解和崇敬，大家最熟悉的一个比喻应该就是"大地母亲"这种说法了。

我自己虽然是城市里长大的，但是每次走到乡间，看着一望无际的田野或者农田，真的能够从心底生出一种被滋养的感觉。有时候觉得城市里的孩子真是可怜，到处都是水泥地面，他们接触泥土的机会实在是太少了。佛教认为是地水风火这四大元素组成了万事万物，中国人本土的五行说认为宇宙万物都是由金木水火土这五种基本物质的运行和变化所构成的。不管怎么个分法，都有土。这个"土"元素太重要了。今天的城市人有那么多疾病、从身到心都很不健康，我觉得和"缺土"是有关系的。王老师，记得您说过自己很喜欢种些花草蔬菜，是在哪里种呢？阳台上？还是什么地方？您在聚龙小镇待了那么久，一定认识了一位叫薇姐的明星居民吧？据说她是一位种植高手，随着时令变化会种很多不同的蔬菜，一到收获季节，自家根本吃不完，就会慷慨地分给邻居们。小镇里很多住户应该都享受过薇姐的福利呢。

说到这里，不得不说聚龙的一大重要优势，就是业主开心菜园的设立。我不知道偌大的中国，其他各个城市、各个地方的小区是否还有设立专门供居民种菜的区域，应该是绝无仅有吧。而且，只要是居住在小镇的人，都可以几乎无偿地申请一块自己的田地来种，据说以前一分钱都不要交，现在也只收取一点象征性的水费。当然，这根本不是钱的事情，有一块自己的地可种，是多么幸福的一件事啊。作家雪小禅在散文里描写过一种理想生活的状态，就是房前种菜、屋后栽花，自己在房间里写作。这种生活在聚龙小镇这里就是现实版呀。

有个小菜园，兼职种菜，这样不会像农民那么辛苦。作为一种乐趣，没事的时候去地里转转，看看那些油绿油绿的大菜叶子，看着小苗儿一天天茁壮起来，多有成就感！到收获的时候就更幸福了，现在都讲究吃绿色食品，自己种的绿色蔬菜那可是真的放心啊。

这些年各个行业都喜欢说以人为本，我觉得小镇能在建设之初就为居民们开辟这开心菜园，是真正的以人为本。就像我们之前说的——中国人就是从土地里长出来的族群，不能脱离土地，不接地气儿的生活会让人非常难受。关于耕种，作家熊培云曾经有一段话写得超级棒——当你把种子埋进地里，除了浇水施肥，你知道安心等待就好。只要时间到了，它自会生根发芽，开花结果，“一半在尘土里安详，一半在风里飞扬”。真的好诗意！

王树兴：大概十几年前了，我看到一篇散文，里面有一个句子：“青菜，土地的女儿。”我还记得第一次读到的惊喜，就这么简单的几个字，让我忽然有流泪的感觉。这真不是矫情，但也不好意思给别人提起。没有一种美好深沉的感情，是无法体会与描述青菜之于土地的含义的。对于土地的热爱，当然不仅仅限于菜园子，是一种源于生命深处的力量。

没有人会不喜欢绿油油的菜地，随时可以吃到自己亲手种的新鲜蔬菜是我的梦想。说到种菜这个事，我感触特别多。可以自己种菜吃，是聚龙小镇给我最大的惊喜。我将自己定位为一个分享着城市化进程成果的农民。其实都不需要向传统文化寻根溯源，向古代典籍借鉴辞采，只要你双脚站在菜园里，亲手去间苗种菜，那流汗劳动的辛勤、亲近土地收获自然馈赠的感觉就来得特别简单和纯粹。这种简单、纯粹的快乐，是用有价货币买不到的东西。这也是小镇给居民们最添彩的设计。希望多年以后，这里也像美国著名的生活艺术家塔莎奶奶一样，营造出一个美不胜收的田园农庄。

塔莎奶奶的大花园被誉为“遗失在时光中的花园”，每一幅她亲手种植的花的图片和她自己的水彩画，都令人爱不释手，塔莎身穿红色羊毛披风抱起一只大公鸡回鸡舍，或者穿着小碎花布长裙拿着花铲弯腰除草。即使她年迈苍老瘦骨嶙峋，你都觉得她很美，任何一个国际超模或者电影巨星都比不上她。塔莎深爱着自己土地上的每一株植物，因为每一株植物本身而热爱它们，像提及好朋友一样提及它们。在小镇，塔莎奶奶这样的人物也是有的，薇姐就是啊。

在我的观念里，我将亲手种植当成一种生活方式，有一阵还非常关注有机种植。不知你有无注意到一个叫石嫣的女博士。我看过关于她的片子，也有朋友在现实生活中接触过她的小毛驴市民农园，买过那里的有机蔬菜。她创办了中国第一个 CSA 农场（CSA：Community Support Agriculture 的缩写，意思是社区支持农业）。她说：“土地是一种很能够吸纳的东西，你与自然（土地、阳光、水、动植物）接触便使你在内心对自己有了重新的认定。”

埰下種子 收獲快樂
聚龙小镇业主开心菜園开耕活动

其实不论中外，亲近土地都是一种天生的毫无隔阂的情怀。我们的古代文化传统中，尤其是诗歌传统中，有特别丰富的例子，就不要说“锄禾日当午”感叹劳动艰辛了，那暮归的老牛、采桑的民女都是可以入画的。我们可以从《诗经名物考》中观察草木鸟兽四时风物，“大儿锄豆溪东”“小儿卧剥莲蓬”，“故人具鸡黍”“把酒话桑麻”，无论场景描绘还是亲情关怀都很质朴、生动、优美。

很羡慕那些能够从目前的都市生活方式出发，完全投入到躬耕田亩，并能生发新的生活乐趣和生命体验的人。印象特别深刻的是一个叫克里斯汀·金柏尔的女子，她和爱人一起经营农场，他们不用除草剂、不用杀虫剂；农场不使用拖拉机，而是用马来完成大部分工作，还要养牛养马、接生、亲自挤牛奶等等，不乏脏、累、苦；她自己还学会了开枪、杀鸡。他们生产的食物可以养活一百个人，最值得开心的是她与爱人在这里举办了婚礼。她将这段经历写进一本书——《我最好的作品就是我的生活：关于耕种、食物与爱情》。

土地滋养了人类，我们每时每刻都在接受这种自然的滋养，只是在城市中，钢筋水泥的厚厚屏障，完全阻隔了我们的亲身体验。人常说“不接地气”，正是这个意思。人也是自然的产物，和土地、植物、风、水应该融为一体，不分主客体，永恒循环。但人太自负，太有野心，将自己变成了征服者，征服土地、风雨、环境、宇宙。殊不知，这沉重的肉身必将有一天也会化作泥土，返归大地。

我们惊叹于塔莎美轮美奂的花园，给人类奉献了这么美的童话世界。其实，塔莎自己知道，这是一种彼此互赠的美丽。她或许觉得自己获得的比付出的多。

（六）平等精神就是消弭了社会的等级标签

车凤：王老师，听说您在小镇结识了很多朋友，现在回北京了，是否还会经常与他们联系？您发现没有，小镇的人际关系和其他地方的是非常不一样的。简单说，在我们熟悉的社交环境、工作环境中，一个群体里边，我们很容易能分清每个人的身份、级别、工作性质、业务范围等情况。说白了，一群人聚到一起的时候，彼此首先就抱有一种比较功利的目标，想着和谁能谈一笔生意，哪一个人能对自己有所帮助等。其实，也正因为这样，大家就都挺累的，因为需要动脑子，快速筛选和对接各种信息。但在聚龙小镇，这种社会身份和标签就不再那么重要了似的。一个人，能否受到大家的尊重和爱戴，不会简单地因为他有多少资产、当多大的官，他们第一看重的绝不是这种东西。

有时候觉得这个巨大的社区真的像沙漠里的一片绿洲，在这里居住的人，从进了小区的大门就有回家的感觉。上次看电视台采访这里的一个住户，强调的就是这种心情和感受。您看他们的彼此称呼，常常互称“聚龙家人”。只要是在这片土地上居住和生活的人，自然而然就成了一种很亲近的关系。其实我特别感动于一些细节的温暖，相信王老师也有这样的体会。都市里很多人都有一种尴尬的体验，就是电梯间里的尴尬。和宽阔的街道相比，电梯间的空间实在是太狭窄了，这种人与人之间迫不得已的近距离，就让人有些手足无措。说实话，在国外住酒店的时候，在电梯里遇到陌生人反而会觉得自然些，因为有很多人会非常主动地朝你点头微笑——即使下一刻你们就会天各一方，再也没有机会见到。城市里喜欢主动和别人打招呼的，多半是朴实的老人家，可能是因为他们还保留着一种很传统的简单人际关系时代的烙印吧。

但是在聚龙不一样，你走到哪里都会有人随时和你互动。大门口的保安、小区里开电瓶车的工作人员、路边的保洁阿姨、侍弄花草的大姐，他们可能并不太会讲普通话，但会随时向你问好，有的人可能只是憨厚地朝你微笑。在这种问候和微笑里，没有索求和谄媚的影子，有的只是简单和真诚。别小看这简单的问候和微笑，这背后能够反映出的内涵还真是不少。恰恰是这些平凡的人，他们阳光和健康的心态，恰恰印证了整个社区的和谐平等。如果每天的问候和微笑换来的都是一张张冷脸，那有谁还会坚持问候和微笑下去呢？这种人际互动其实也是一种健康文化生态的体现，大家彼此没有去特别注意高低贵贱之分。你看他们一群一伙的人在一起喝茶聊天的时候也是这样，首先不会听到太多谈生意的事情，全都是一些很散淡的话题。不谈生意的好处就是大家不会很辛苦地去伪装自己，一旦有所图，那可就累了。

所以呀，我就在想，这个社会身份和标签对人到底意味着什么？有的高居官位的领导，离休之后无法释怀，就是因为以前有好多人捧着、伺候着，一旦没了那个位置和身份，没人哄着抬着了，必然会有巨大的心理落差产生。其实他没想明白，别人自始至终看重的就是那个身份，而不是你这个人本身。我不知道这么说是否准确，但确实有一种很深切的体会：在小镇，人们更看重的是人本身，包括你的脾气秉性、你的才华、幽默感、你的思想境界、德行和习惯。如果你是一个缺乏人格魅力的人，你开着再豪华的车子，打着再昂贵的领带，请别人吃上几次饭，也不会真正被这里的人们欢迎和喜欢。大家看重的不是谁的官大、谁的钱多，而是另外一些东西。

王树兴：车博士刚提到的电梯间人们的各种无措反应，我觉得这是一个比较有意思的话题，倒是启发了我从一个新的角度来思考小镇的魅力。

空间与心理，也在人类学研究的范畴内。1959 年，美国心理学家萨姆提出了“个人空间”的概念，在生物学、人类学、建筑学领域被普遍关注，更有很多环境心理学家做过专题研究。个人空间被侵占，人就会烦躁、焦虑甚至易怒。当然，动物更有此相似本能。我们可以想象一下养殖场的鸡群，除了生理原因的啄食恶癖外，过于拥挤狭小的空间超负荷喂养了过多只鸡，它们感到侵犯和威胁，从而会增加啄食对方的比率。

我们自己也有切身的体验，在人口密度极高的大都市，经常能看到每天往返通勤在地铁、公交上的人们，容易因为一个座位，甚至一个不小心的碰触动作，或者一句话就吵起来，大打出手的新闻也经常被媒体曝出。这里不光有人群素养差异的原因。

美国的文化人类学家霍尔曾经提出，空间关系是文化的一个方面。人与人之间有四种空间距离：（一）公众距离：可以达到 360cm 之远。（二）社交距离：大概由 120cm 到 360cm。（三）个人距离：由 45cm 到 120cm，可以伸手碰到对方，虽然认识却没有特别关系。（四）亲密距离：由 45cm 到零距离，通常是亲人、很熟的朋友、情侣或是夫妻。当代都市生活中，在各种交通工具、公共场所里，由于人与人之间教养与素质的差异，公众距离和社交距离已经被突破，陌生人被动地零距离地靠在一起。可能每一天、每一次的出行奔波，都是一种负能量爆棚的经历，经历着不断的克制、压抑。

另据了解，相当多的城市社区里，社区居民结构层次差异较大。有的社区是高档别墅区，全封闭管理，其他非本社区居民根本无权进入，这样的地方也不可能生活着低保、困难等弱势群体；有的社区是“三多”——老人多、孩子多、穷户多，有的社区在城乡结合部地区，农民居民混住，居民的各样需求都有，各种困难也都存在。因为申请低保、停车困难、绿化较差、店铺经营脏乱、缺乏公众活动场地等问题，各种居民之间、居民与居住区里的各种社会组织之

间也会经常有冲突和矛盾，光“管理”本身已是困难重重，更别提“服务”的质量与水准，当然也远谈不上“宜居”与“和谐”。

所以，我经常思考自我教化的作用，空间、环境的改善哪一个作用更大?个体不能保持一定的独立性、私密性，怎么会建立一个和谐的整体呢?

在聚龙小镇，无论居民楼宇、休闲场馆还是健身娱乐场所，更不要说湖畔、山坡，从来未给人以拥挤局促的感觉。建筑密度和容积率的优势是其他地方所无法比拟的。环境和空间是聚龙小镇给全体居民打造出的最好硬件，软件就是小镇给人们提供的最便利最贴心的服务。

这里的空间、环境、情境、语境、文化，集中起来成为人们自我教化、认同小镇、认同社区的合力。我相信，很多人如果亲见小镇生活，肯定想放弃聒噪拥挤、生存压力大、随时处于焦虑和易怒状态的大都市生活，逃离到这里。

居住有疏有密，个人生活不被侵扰，不便时有志愿者出手相帮，无论是时间还是金钱只要有一个方面的余裕，就会贡献出来助人为乐。每一个人都在意别人的感受，把普通邻里看作“家里人”。正是小镇的整体氛围影响到了局部和微观的症候，个人和细节的维护，从而提升了大集体的平等、和谐。

这种和谐，用黑川雅之的话来解释就是：人与人之间是相互在意的、体贴的；每个人有意识、自发地与其他人相互协调形成整体；当每一个个体都拥有了对整体性的理解后，他们所形成的社会自然也就能保持和谐，进而打造理想的社会环境了。

这种美好、和谐的社会环境，在现代社会中是极度稀缺的，所以人们才将它形容为世外桃源。而这硬件与软件之中都融合了小镇的人文主张、服务理念。在这里生活受益的人们是平等的，没有用社会身份的标签来区别层次地位的高低。所以，你随处都能看到温暖的生活细节，看到人们简单真诚的微笑。

（七）礼乐精神不可或缺，社团与协会的内在意义

车凤：王老师，您去小镇体验生活那么久，我有些小问题想问您：您知道小镇现在有多少个业主协会吗？能不能列出几个来？您都参加过哪些协会的活动？据我所知，小镇大概有 20 个协会，包括登山协会、钓鱼协会、摄影协会、书画协会、乒羽协会、网球协会、游泳协会、太极协会、棋牌协会、瑜伽俱乐部等。有的时候会在他们的公众号上看到各个协会又开展了哪些活动，大多数情况下都是日常有规律的组织活动。

在我知道的住宅小区中，大概只有北京延庆的奥伦达小镇在居民的艺术文化生活这方面可以和聚龙小镇媲美。您写了这么多年的小说，有没有想过一个根本性的问题——人为什么需要读小说？再扩大些范围讲，人类为什么需要文化和艺术生活？音乐、绘画、戏剧、舞蹈等艺术门类，对于一个普通人来说到底有什么用？钓鱼这件事，我们周围很多人喜欢，但是也没有人把它当成赖以生存的经济活动，而只是爱好。登山活动容易解释一些，可以起到锻炼身体的作用，但绝对也不是单纯为了锻炼身体，而是要追求一种愉悦感，或者还有其他的满足感。那么，这些与生存无关的花样百出的人类活动，到底有什么样的精神价值？

生活永远都不是吃饭睡觉那么简单，就连原始人，在吃饱喝足后还要在山洞里、岩壁上“搞创作”，更何况现代人。近些年来，随着我国城镇化进程的加速，一方面，城市生活普遍“原子化”，人们不再像以前有很多的集体生活，有很多人也没有了组织和单位，这种自由和游离的状态让不少人感到失落，社交需

求无法得到满足；另一方面，即使在人际关联曾经最为紧密的乡村，人与人的隔膜问题也越来越普遍，曾经见于祠堂、庙会、集市的传统公共生活日渐衰微，一些发达的农村也逐渐开始步入陌生人社会。

像聚龙小镇这样的社区，既然一直在倡导人与人关系的亲密和谐，那么这些丰富多彩的兴趣爱好圈，首先为大家搭建了多元的社交平台，所谓“人以群分”，任何一个新的住户都可以通过加入某个协会或俱乐部，融入自己的一个圈子中。更重要的是，小镇的邻里宴晚会、欢庆新年的活动等，都成了这些爱好文艺的业主们展示的平台，所以更能够激发他们的表演热情。那些摄影和绘画的协会会员也有自己的活动和展示空间。聚龙美术馆会不定期举办摄影绘画展览，展出作品的水平还真是可圈可点呢。

记得荀子有这样一句话：“人，力不若牛，走不若马，而牛马为用，何也？人能群，而牛马不能群。”荀子提到的这个“群”的概念，就是我们常常讲的人的社会性——人是社会性动物。小镇的居民来自五湖四海，人们要想在一起和谐相处，一定要求同存异，所以小镇的社区文化活动中心真的是非常重要的一个部门。这是聚龙凝聚业主群体的一个关键，丰富多彩的业主协会让每个人都可以找到属于自己的兴趣生活圈，这是聚龙小镇独有的人文魅力。

往深里说，儒家特别强调一个“伦”的概念。“伦”是类的意思。人是分成不同类的，“人伦”就是探讨在社会中间人与人之间的不同关系，“明伦”即明白自己是属于哪一类的。《礼记·乐记》上讲：礼者别宜，乐者敦和。就是说礼是用来分别的，而乐的核心是和谐。这个和谐是人与人之间的和谐，也是天地的和谐。

艺术很讲究相互配合。好的音乐，是各种音色的配合；各种不同的音色，

聚龙小镇
乐享邻里情 共庆小镇节

快慢节奏，高低声音，配合得好，这首乐曲才好听。在艺术的实践活动中，会让我们懂得人与人之间应该怎样相处、怎样配合。所以，艺术生活不仅可以丰富人生，更是一种教育。小镇给大家提供的这些文化、艺术、体育各方面的平台，不仅让大家闲暇时间有了一些消遣、放松、锻炼的方式，也能让参与者在群体生活中更多地懂得如何处理好邻里和朋友的关系。

特别值得一提的，是小镇每天早晨的经典诵读活动。据说这也是业主自发组织的一个早读班，大家每天早晨6点钟就会在聚龙美术馆聚集，读的内容有《论语》《弟子规》《了凡四训》等。近几年，随着社会文化大环境的变化，中国传统文化引发了人们对经典的重新认识和思考。在小镇这块地方，这种诵读活动无疑也会给整个社区的氛围带来一些不一样的东西。泉州地区的民营经济是相当发达的，大家对生意经的内容太熟悉了。我认为这种经典诵读不仅可以给人带去正能量，还让人们关注除物质外的更多精神层面需求，更懂得知足感恩、谦让有礼。这应该也是小镇精神文明建设的题中应有之义。

现如今，每个公司和企业都在试图用文化的力量给自己注入长远的动力，所以企业的文化品牌建设越来越受重视。人们选择一处家园，看重的一定不单是房子有多结实、距离市中心的车程有多远，更重要的是在这里会有怎样的一种生活方式。如果要说美中不足，我觉得小镇的读书会一直还没有建立起来，算是一个缺憾。有了读书会，人们可以经常在一起交流读书心得，可以提高整个地方的精神文化水准。有了读书会，自然也会吸引更多高端的人群来到这个社区居住、生活。

王树兴：您刚才谈的内容，总体是讲小镇的礼乐文化、精神生活，内核实际上是指营造这种生活的载体和平台是小镇里的社会组织。按照现在的规范说法，是指社区层面的社会组织作用。“找到组织”的感慨说明人人都需要一种重要的归属感和认同感。在小镇，有近二十个社区社会组织，虽然名字各异，有协会、俱乐部等等，但每个人都可以根据自己的兴趣爱好、思想倾向、个性特点，找到自己的组织、一起参与活动，满足内心的需求。

“仓廪实而知礼节，衣食足而知荣辱。”社区就是个小社会。聚龙小镇可以这么概括：是一个现代化的具有田园美景的世外桃源式大社区，是小镇居民的精神家园，是一个可以“诗意地栖居”的地方。

这里能够有这么一片净土，组织孩子们一起来学习礼乐书术，是孩子们的人生幸运；能有这么多社交团体、文娱队伍，搭建起一个广阔的平台，组织大家参与各项活动，将所有居民组织进一个大家庭，是人们的幸运。所以说，聚龙小镇是一个可以耕读传家、诗书继世、人人乐得其所的理想国。

现代社会秩序是一个开放的动态的秩序，是多元差异中的平衡与和谐。在聚龙小镇，无论是学琴棋书画、练瑜伽太极的社团，还是小镇的其他协会、社团，都和其他城市、其他社区的社会组织一样，有其共同点：自愿成立、自选领导、自律运行、自聘人员、自主业务，推行的是一种民主的自治的运行机制，带有公益性、志愿性的色彩。一方面可以承接政府公共服务，反映居民诉求，化解基层社会矛盾；另一方面可以带领居民参与活动，共建和谐氛围，提升精神文明素质。

小镇居民的人群结构、层次、经济能力大家都知晓，不存在弱势群体之间的矛盾与需求。那么，精神文化上的需求向度更加凸显。正是这些各具特色的文化娱乐社团、义工组织、志愿者队伍、爱心义工社，满足了人们的精神需求、文化需求，以及参与社会表达主张的需求。这些组织已进入了良性循环和健康发展的轨道，就像清新的空气与草木葱茏的山野一样不可或缺，其整体架构的组织功能对小镇的社会秩序、文化生活、道德风气的养成具有举足轻重的作用。

你说的读书会，其种类会越来越丰富。早读班比较有意思，小镇弘扬国学，是特别有眼光和情怀的。我们不需要那种电视直播三百个学生排好方阵表演、给父母洗脚敬老的剧目，或者给孩子们穿上淘宝爆款的宽袍滚镶的粗劣汉服拍几张照片了事。

真要将一个民族的文化内涵与传统精髓代代流传、内化、外延，是一件融于日常的事情。在小镇这样一个注重诗书礼乐、和谐交往的环境中，说不定将来还能自然而然地重现曲水流觞的雅事。

（八）泉州文化多元性、包容性与聚龙小镇的多样文化生态

车凤：王老师，您这么多年走南闯北，去过那么多城市和地区，如果让您说出三个最喜欢的中国城市，会是哪三个？不瞒您说，如果让我说出三个，泉州绝对是位列其中的。要说其中的原因，一定是有理性的成分，更有感性的成分。理性来讲，这是一座有着那么悠久历史的古城。史料记载，西晋年间安史之乱，中原发生五胡乱华，河洛人衣冠南渡，定居于晋江、洛阳江两岸，泉州自此兴起。迄今泉州部分家族的姓氏对应一个或多个郡望堂号，也正印证了泉州人的古代中原来历。到了唐、宋、元朝，泉州逐步发展成为世界大港，那时候一提“刺桐港”，绝对是世界闻名啊。中央现在大力推进“一带一路”战略，其实古代海上丝绸之路的起点就是泉州港。

到了近代，泉州的繁华不再，经济和文化地位逐渐走向了边缘化，但是很

多事情真的就如老子所讲的，福祸相倚。正是因为不再万众瞩目，这座城市反倒保留下来了一些非常宝贵的物质和非物质文化遗产。泉州被誉为“世界宗教博物馆”，城内有一座中国现存最古老、具有阿拉伯建筑风格的清净寺。说到宗教，古代泉州河洛人民信仰道教，至唐朝时期佛教则更为鼎盛。宋、元时期的泉州，对外贸易发达，因此也有阿拉伯和波斯商人信仰的天主教、景教、伊斯兰教、摩尼教等进入泉州。

无论是古代还是现代，这座城市对信仰的追寻可以说是其他城市望其项背的，各种宗教和谐共生，教堂、寺院林立。宗教的传播，对于泉州社会生活、文化艺术、风俗民情产生了深刻、广泛的影响。其实正是因为这种包容和丰富的文化生态，全球第一个“世界多元文化展示中心”定址在了泉州。

说真的，每次到泉州的感觉都特别亲切，虽然在30岁以前从来没有去过，更别提生活过，但不知为何总有种似曾相识的熟悉感觉。

泉州是国务院首批公布的24个历史文化名城之一。此外，不知是否有人还记得两年前和泉州有关的文化事件——首届东亚文化之都的评选。2013年8月，泉州以其深远厚重的历史文化底蕴、鲜明奇特的多元文化大观、丰富多彩的文化遗产、悠久广泛的文化交流优势，从10个初审入围城市中脱颖而出，成为我国唯一入选的城市，和日本横滨、韩国光州共同当选首届东亚文化之都。我觉得这是特别有说服力的一件事，看来不仅仅是我一个人觉得泉州好，这是亚洲人民的共识。

从感性层面来讲，对泉州的好感应该是和弘一法师有点关系。因为很敬仰他，去到开元寺时也是特别有感触。弘一法师从出家到圆寂，二十四年里有十四年以上是在泉州度过的。那么绚烂至极的一生，最后华枝春满、天心月圆，在这片土地上画上了句号。

还有一个历史名人也对泉州情有独钟，就是南宋著名思想家朱熹。我揣测古代泉州人的素质一定是很高的，这可能与信仰的发达有关，所以引发了朱老夫子的感慨——此地古称佛国，满地皆是圣人。与此相应，700多年前当意大利人马可波罗来到泉州，也不吝赞美地把它称为“光明之城”。此外，泉州还有“海滨邹鲁”的美誉。

有时候我就在想，聚龙小镇这样的地方之所以会出现在泉州而不是其他的地方，究竟是一种偶然还是必然？小镇的业主来自不同国家、不同省份，在这个大家庭中相处得其乐融融，从来没有因为文化、习俗等差异争吵和冲突。这本身就是一件不可思议的事情。这和泉州的文化包容性是有关系的。特别有意思的是，我发现小镇里有一些泉州本地的居民，在和街坊邻里多年亲密互动后，开口说话竟然有东北腔，看他们一会儿说闽南语，一会儿讲东北话，觉得太好玩了。从饮食习惯上，他们聚餐活动时经常包饺子，其实这不是泉州本土的饮食习惯，我猜想一方面是受北方邻人的影响，一方面是因为包饺子时那热气腾腾的氛围大家都喜欢。

小镇的文化多元性和包容性还体现在聚龙山上的聚龙殿里，里面供奉了三尊神像，一尊是土地神，一尊是关公，另外一尊是本土的圣王公。每次看到他们三位威风凛凛地坐在那里，都感觉好和谐。这就是费孝通先生说的“各美其美，美人之美，美美与共，天下大同”。信仰这个问题，在世界其他很多地方都是战争和祸乱的导火索，从历史上的十字军东征，到今天穆斯林逊尼派与什叶派的流血冲突，人们都认为宗教本身的排他性是造成冲突的本质性原因，然而为什么在泉州这个地方各种宗教就可以长期地共荣共存呢？这是一个人类社会局部的奇迹，真值得宗教学者做一些深入的研究。

我想，泉州的每个普通市民都会为家乡大气包容、典雅古朴的气质而骄傲。我知道有一位叫陈日升的老先生，被称为“泉州第一炮”，在各种场合不遗余力地推广泉州的文化品牌。不知王老师有没有听过“南音”，这种有“中国音乐史上的活化石”之称的古乐，在2006年就被列入了第一批国家级非物质文化遗产名录。南音发源于泉州，用闽南语演唱，是中国现存历史最悠久的汉族古乐。有一种说法叫作“南有南音，北有昆曲”，足见南音在中国传统艺术领域的重要地位。陈日升对南音的保护、传承起到了非常重要的作用。在聚龙小镇2014年举办的“东亚文都文化传承与发展国际论坛”上，他曾经饱含热情地回顾了当年他推动南音进入泉州中小学课堂的往事，讲得非常有感染力。

聚龙小镇近些年来也一直对闽南传统文化和艺术的传承推广默默做着贡献，每逢小镇有重大活动和仪式，他们经常会邀请南音、梨园戏、高甲戏、提线木偶、布袋戏等剧团来小镇演出。通过这些演出活动，越来越多人知道了闽南这些丰富有趣的文化形态和样式。他们的文化情怀，还体现在通过中华文化传承世纪论坛、东亚文都文化传承与发展国际论坛、新龙门三行诗大赛等这样高端的文化活动，来表达对故土的眷恋，对历史和文化的深切使命感。

王树兴：哈哈，车博士观察得很仔细。你说到包饺子，我也觉得好玩。的确，过节聚餐大家一起动手包饺子，是容易调动氛围的活动。在聚龙小镇我亲身参与业主们邻里宴的包饺子活动，往饺子馅里偷偷搁自己喜欢的调料，还在邻里情厨房专门负责给大家煮饺子，记得那次活动一共煮了十多锅饺子。吃饺子的有一百多人，帮忙的有三四十个人，这些人来自五湖四海，口味各有不同，一锅饺子居然满足了各种口味的需求。这么一个活动，的确能生动真实地反映出小镇的包容气象来。

车博士全面罗列和分析了古今中外的文化、宗教在泉州这个城市的沉淀、影响、融合。泉州的确是个令人着迷的城市，在这里能发现伊斯兰教、佛教的印迹，能看到它们东传以后对汉地文化的影响；泉州又是个海滨城市，海岸线绵延四百多公里，在唐朝是四大口岸之一。可见泉州这个城市，文化融合、对外开放的气势和格局一直都在。

在这里还能找到古代哲学、戏曲与文化一直鲜活流变于今的各类样本，兼容并蓄地延续、内化到现代泉州人的生活血脉中，这一点是非常伟大的。

文化人类学家格尔茨曾经说，“人是一种脱离文化就不能在肉体上生存的动物，并且，一旦脱离文化，他在心智上也不能生存”，宗教则象征“将本体论和宇宙论与审美和道德联系在一起”。文化与宗教对一个民族、一个城市具有极其重要的意义，直接塑造了一个族群内在的精神命脉。我们知道，世界上有很多宗教具有极其鲜明甚至强烈的民族性和排他性，是一种非此即彼的信仰选择；但在泉州，它们却和平共处、从容自在，信佛的信佛，念古兰经的去礼拜，没有尖锐对立，没有你死我活。

接受多元价值观，接受多元文化，接受并欢迎不同的生活方式，不简单评判别人，不妄自猜疑别人，是小镇涵养大度、宽容的气质体现。

无论是佛教讲的“诸行无常”，还是日本茶道里的“一期一会”，都是要求珍惜当下、珍惜眼前人、珍惜相聚的每一个时刻。尊重每一种文化、每一个信仰、每一种戏曲、每一首诗歌，人生的每一个瞬间都不会再被重复。这一刻拥有过的，可能是最后一次拥有。是缘分，使朋友相聚在聚龙小镇。大家明白这个道理，

才更珍惜眼前的生活、友情，从而产生更大的凝聚力和共情心。

（九）小镇创建者个人化的儒家人格烙印

车凤：王老师，您在小镇住了那么久，对这个地方的总规划师、创建者们想必也有一定的接触，您会怎么评价他们？尤其是聚龙养生发展有限公司的董事长和总经理这两位灵魂人物。他们二位看起来是拥有截然不同的气质，但又有一些相同的特质和倾向。所谓“和实生物，同则不继”，或许正是因为他们性格的差异性，才有了聚龙小镇整体发展模式和战略思路。

我们所处的这个时代，其实赋予了每个人很多的机遇和选择。然而，正是因为选择太多，所以人们会感到困惑。《道德经》中说，“少则得，多则惑”。这两位领导者，共同的特点之一就是低调。据我所知，9 年来他们两位几乎都没有在任何媒体做过个人的宣传和访问，每当有人夸奖小镇，他们的表现也都是非常的谦虚。从这一点上说，他们反而比那些想方设法扬名立万、要影响力的企业家令人尊敬得多。

事实上，每个人的行为方式都是受他的价值观所支配的。我们都在选择一种自认为有意义的生活。在这两位郭总身上，首先都有一种报效家乡的桑梓情怀，他们都是泉州本地人。郭董是把自己在外地做工程所收获的几乎全部财富倾注在了家乡的这片土地上。郭总则是放弃了国企的优厚地位和稳定感，在最好的年华给了自己一种全新和未知的挑战。一次偶然的机会，有幸听他们讲出了创建“世外桃源”的初衷——人，这辈子总要留下点什么。

不能不说这是一句太朴实的话语，但是它的背后却是儒家思想中的一种“三不朽”情怀和烙印。《左传·襄公二十四年》载，春秋时鲁国的叔孙豹与晋国的范宣子曾就何为“死而不朽”展开讨论。范宣子认为，他的祖先从虞、夏、商、周以来世代为贵族，家世显赫，香火不绝，这就是不朽。叔孙豹则以为不然，他认为这只能叫“世禄”，而非“不朽”。在他看来，真正的不朽乃是：“太上有立德，其次有立功，其次有立言，虽久不废，此之谓三不朽。”就是这立德、立功、立言，从古至今不知激励了多少仁人志士为之奉献和奋斗，可以说，每一个在历史上留下痕迹的伟人都有这样一份追求作支撑。

儒家讲求使命感，正如北宋大儒张载所言：“为天地立心，为生民立命，为往圣继绝学，为万世开太平。”我觉得不管对郭董还是郭总而言，如果只是为了自我的名利实现，大可不必费这样的周折打造什么世外桃源，做这种吃力不讨好的事。房地产这个行业在过去的20年中，可以说是暴利和泡沫的代名词，再大牌的房地产商在人们心中也很难获得一种受尊敬的地位。用老百姓的话讲，是羡慕嫉妒恨。尽管说人们买房子的“噩梦”和重压是社会方方面面的因素共同作用的结果，但是确实很难相信有哪个房地产商人心中也怀有杜甫“安得广厦千万间，大庇天下寒士俱欢颜”的情怀，他们的目标就是钱。

王老师您发现没有，像郭总他们这样，住在自己开发建设的小区里的开发商，其实是非常之少的。通常来讲，开发商建造房屋的目的只有一个，就是把它们打造成受欢迎的商品，而后卖掉走人。正因为这样，近些年也才会出现那么多房屋质量问题。但是在聚龙小镇，所有的居民和两位创建者的关系不是买方和卖方的关系，而是邻里关系、朋友关系。小区方方面面的建设和服务，他们都是共同的享有者。

我记得您还专门打听过小镇的房价、物业管理费等，觉得怎么样？值不值？整个社区的环境那么好，还有最讲究的园林和景观（有些树木要十几万一棵），作为唯一获得国家建筑设计最高奖项——鲁班奖的住宅项目，配套的聚龙生态农业为居民提供无公害蔬菜，超低价格的业主体育运动福利大礼包，每年春节物业要送给业主的十几种年货，所有老年住户每年的免费体验，包括被称为七星级公厕的各种高级公共设施的配套……如果是以利益至上的商业原则作为导向，没有哪个开发商会投入这么多的资金做这些看不到利润回报的事情。

非常欣赏台湾文人林清玄的一句话，他说："就算只有一滴水，也要用来清洗世界。"当人人都在抱怨社会无情冷漠、功利市侩时，或许我们最应该做的就是从自己身上做一些力所能及的改变。聚龙小镇用自己迈出的一小步，缓慢地影响这个社会。我觉得这是无比可贵的事情。我们不能说这个社区是完美无缺的，但是他们有一个明确的目标，就是建设一个"人间桃源"。小镇的居民用自己的努力慢慢塑造了自己的理想家园。从立言来讲，小镇的领导者从来不自我标榜、夸夸其谈，他们低调务实，留予世人评说；从立德来讲，要为社会树立一种清新健康的人际交往风尚，人与人平等而亲近；从立功来讲，我们这个时代真正的建功立业又是什么？不是赚了盆满钵满之后的挥霍炫耀，不是把自己打造成镁光灯下的偶像和话语领袖，而是真正扎扎实实地为周围的人造福。有人说过，每个私企所呈现出的，本质上都是一种老板文化、领袖文化。或许每种领袖文化都有它不完美的地方，但正是对这种个人主义理想的追寻，才使得泉州的土地上出现了这样一个理想主义色彩浓厚的共同家园。这种理想，不是一朝一夕就可以完成，而是要花费许多志同道合者毕生的精力，是一个人生大梦想。

王树兴：正如你分析的那样，我对两位郭总也特别敬重。

梁漱溟曾经提到过三种人生态度——逐求、厌离、郑重。逐求是指人于现实生活中逐求不已，如饮食、宴安、名誉、声、色、货、利等。厌离是指回转头来反看自己、观察生活，会“觉得人生太苦”。郑重有两层意思：其一，为不反观自己时向外用力；其二，为回头看自家时向内用力。逐求是人对于物的态度，厌离是人对于自身的态度，郑重是人对于人的态度。

梁先生的这个观念，我经常反复思考琢磨，也受益颇深。但这三者在世间人生中并不一定有递进关系或者先后排序，“逐求是世俗的路，郑重是道德的路，而厌离则为宗教的路”。来到聚龙小镇后，与郭董和郭总接触后，他们的内在精神使我震撼。这两位小镇核心的灵魂人物身上最集中地凸显了儒家传统的出世与入世精神。看到这么美好的小镇，感觉他们两位的内在人格，正好和梁漱溟提到的三种人生态度互为印证。他们两位在此点上应该有很强的自觉意识，实际上也是在不断地超越和超脱。

打造这样的小镇绝不是地产商人仅仅追逐利益就能实现的。当然，能够建造这样一个小镇的地产商人也已经值得尊敬和欣慰了。他们是有情怀的人，这种情怀体现在小镇的人文追求上：一是明德，根植内心的修养；二是慎独，无需提醒的自觉；三是自在，以约束为前提的自由；四是利他，为别人着想的善良；五是知行合一，在感恩中用心奉献。

认真细读，他们的人文理念有很强的内在逻辑性，再结合我在小镇生活中的所见所感，人们的日常生活样貌，真是恰如其分。我给它们总结了一下，更简要地说就是八个字——正德厚生，臻于至善。

其实，郭董、郭总和常人一样，并不是完人，但他们的确有自己的独特魅力。这样的人，其境界是远超于一般成功人士的。我们应该感激这些将个人积累的

巨大财富用来反哺故乡的人。

他们一直和小镇居民同住，无形中造成的正是个人财富、个人形象、个人名利的“泯然众人”的影响。“和普通人一样”这样的行为看起来简单，做起来却很难，但他们却做到了。这么低调务实又看得高远，是因为他们自己也以这些理念为宗旨，以自己的言行做出表率。这种表率又完全融容在日常居家生活中，不会也不需要刻意塑造虚假道德模范。所以，小镇的居民也是一群独特的居民，他们之间有一种人我互助互养的美好关系。

只要有郭总他们在，居民就是安心的、舒适的。一个社区、一个村子、一个小镇，人与人、人与自然、人与物，自在和谐，就是好的。你刚才提到的“三立”和“不朽”，我很赞同。这不是在为他们违心唱赞歌，这是小镇居民自己的亲身感受。他们付出的每一点滴，人们都记在心里。

（十）慎独与诚信，信用良品店的感想

车凤：王老师，您从小镇回来的时候有没有去信用良品店再逛一逛啊？在中国其他的地方可是难找这样的商店。我和一些朋友讲起来的时候，他们都觉得不可思议，大家普遍认为在今天的社会诚信状况之下，不太可能会有无人看守和找零的商业机构，说白了认为真有这样理想主义的商店，根本就维持不下去。您想啊，不说大商场，就说咱们家门口的小超市，有哪家不是装着摄像头的，而且唯恐摄像头装得太少，会留有死角拍摄不到呢。所以，我真觉得应该让更多的人知道，在聚龙小镇，是有这样一家不可思议的商店存在的：钱箱子就敞开在那里，完全凭借一个人的自觉和自律拿货、放钱、找零。而且，经营了快一年了，生意还相当好呢。我上次去的时候专门去体验了一下，那种被信任的

感觉真是令人震撼和感动。

2015年年初，《新周刊》杂志做了一期“君子”主题的内容，请了很多名家共议君子之风，还做出了当代十大君子榜。关于君子，应该有很多的标准和界定，比如他们如何立志，如何为人处事，如何对待名利、对待自己、对待他人等。但是在我的理解中，一说到君子，我首先想到的一个词是“慎独”。《中庸》说：“君子戒慎乎其所不睹，恐惧乎其所不闻。莫见乎隐，莫显乎微，故君子慎其独也。”一个真正的君子最看重的不是别人的评价，而恰恰是自己内心的安宁，所以他会在意自己独处的时候做得够不够好。一个人到底是不是君子，不是看他在人前怎样，而是要看他在无人所见的人后怎样。这个话说起来容易，做起来真是一种非常大的考验。

很多人都知道东汉杨震“四知”的故事，他在做太守的时候曾经提拔一个叫王密的读书人做县令，多年后恰好杨震途径这个县，为了表达知遇之恩，王密就带了十斤黄金来送给杨震，并且说：“深夜里又没人知道，你就收下吧。”杨震反问道：“天知，地知，你知，我知，怎么能说没人知道呢？”王密听后很惭愧，就把黄金带回去了。

有很多人，在群体的环境中都能做得很好，彬彬有礼、儒雅谦让，可以让周围的人如沐春风。但是到了一个不被别人看见、听见的环境中，又有多少人可以自己管理好自己呢？所以有些人会批评那些人是伪君子。过去老辈人还喜欢讲“举头三尺有神明”，没人看见的时候也要注意自己的言行，但年轻人还有多少人信这个啊？所以能够做到慎独真的非常了不起，我觉得单凭这一点，就可以评判一个人是不是君子了。

和杨震相比，同样让人敬佩的还有元代的许衡。有一年盛夏之时他和朋友一起赶路，烈日当头、口渴难耐之时恰逢路边一棵结满果实的梨树。就在大家都争相摘梨的时候，许衡却端坐树下不动，朋友笑话他胆子小，说："不必害怕，荒野此无主。"许衡答道："梨虽无主，吾心独无主乎？"梨子没主人不要紧，我的心可是有主人的。这讲得多好啊，即使梨树没有主人，人心却是应该有主人的，这个主人就是良知，是自我道德的律令。

聚龙小镇的信用良品店，向世人昭示的既是一种慎独和自律的精神价值，同时也是对世道人心不灭的希望。小区有很多家长会专门带孩子来这里买东西，这里面包含的教育意义是非常深刻的，让孩子体验一次这样的购物经历，比给他讲很多空洞的道理要强得多，给人信任也就是给人尊严。

我听说有很多小镇以外的游客也会慕名来探访这家信用良品店，这不是正显示了一种人心所向的意味吗？它对我们这个社会的标杆意义是不可估量的。更让人高兴的是，据说又有一家信用良品店在小镇要开张了，您再去的话一定要去看看。

王树兴：我第一次到聚龙小镇，就在信用良品店里买了蜂蜜、青菜、土猪肉等；第二次到小镇，又在信用良品店买大瓶蜂蜜，一下子买很多，店里没人在，我就有点慌，有点不那么自信，就怕被别人误会。

记得前几年经常看到这样的报道，某个城市在广场上放几千把红雨伞供市民免费取用，但一去无回；某地过重阳节在广场摆上万盆菊花被哄抢一空，只剩一地残枝败叶……近年我们也经常看到市民在出游外地、国外时被屡屡曝光各种丢丑行为，因此国内的各类媒体开始宣扬大家注意出行文明。我个人其实对这种提醒很不以为然。一个人的品格修养、道德情操，是长年累月才可以养

成的，怎么会成为出行外地、国外时随手可以拉过来披挂伪装一下的饰物？这些主流媒体一直大力宣扬强调的口径是出行要文明，在家、在本地、本土就不需要文明素质了吗？文明只是对外需要，对内就可以随意放弃吗？

我仔细观察过来信用良品店的客人，也反思过自己在这个店里的复杂心态。这个店的存在，就是无声的课堂，教育人们如何自律、他律、信任他人。其实有些幼儿园就该明白的道理，比如先到先得、可以有选择的优先权，但你不能把大的好的都挑完、不可以一直霸占最好的玩具等等，大人却完全无视。人人急于争抢最优越的资源、最大的利润、最好的机会，无论什么手段什么措施，只要得到的就是成功者。这样的社会风气只鼓励和产生“强者”，丢失的是公平、正义、信用，最大的损失是尊严和温暖。

小镇的人们，无需在出行时才拿起文明的配饰，而是在住家周围、在日常生活中已经锻造出信用的良品，这是一种其他地方、其他方式无法企及的人格段位。良品店，这么坦然地考验着买卖双方的信任。若出售的是良品，必有良价、良评，就像俗谚说的，“每个人心里有一杆秤”。

你提到的君子“慎独”，也是小镇人进行自律他律共同奉行的理念，在契约时代，大家共同遵守规章制度。一个人的良品信用，会烛照其他人，学坏可以是从众的，学好同样也是如此。如果这样的良品店越来越多，“夜不闭户”“路不拾遗”就不是乌托邦的想象。

（十一）小镇独特的社区管理模式

车凤：王老师，记得您说过您的太太就是做社区管理和研究的，不知您有没有针对中国社区管理模式的问题与她有过探讨？我查阅了一下，“社区”这个词汇，最初是由德国著名社会学家费迪南德·滕尼斯提出来的，后翻译到美国，就使用了 Community 这个词。聚龙小镇的成功，我觉得与它整体的管理模式是有很大关系的。它的管理模式，可以说不同于中国那么多各种各样的社区。在我们平常见到的小区里，业主委员会是代表业主，与物业管理部门二元对立的一个组织。业主委员会代表业主与物业企业签订服务合同，监督和协助物业企业履行合同，对物业服务情况进行考核评定。当然，业主委员会也会督促业主交纳物业服务费。近些年来，我们从新闻媒体看到太多的纠纷和事件，也有不少还会对簿公堂：业主抱怨物管服务质量跟不上，物业费用途不公开等；物业方面称，业主物业费缴纳不积极，甚至拒交物业费，影响招聘高素质服务人员、更新服务设备，质量自然就会相应降低……双方各执一词，孰是孰非？不禁让人感叹：业主与物业漫长纠纷道路，何处是尽头？

我觉得小镇的物业管理模式最大的优势就是物业和业主的“二合一”。我没有统计过小镇的居民中有多少是聚龙养生公司的员工，似乎在小镇工作了一段时间的人都会考虑成为这里的业主。像王老师熟悉的上官，本身是物业服务部门的领导，但他同时也是业主。最有代表性的是小镇的两位掌门人。你说他们是物业的领导呢？还是小镇的业主呢？毫无疑问二者都是。这种双重身份，就使得他们在考虑问题的时候，会设身处地地为每一位业主着想，因为业主的需求也是他们自身的需求。这样一来，就没有了那种深层的本质矛盾。

我看过一篇文章讲到美国的社区管理特点，我觉得小镇的管理模式和他们有一定的可比性：美国社区治理的民主化程度高，社区治理为居民的参与提供了各种渠道。另外，美国的社区协会即“业主协会”，由房地产开发商发起组织，是一种民间自治机构，由本社区业主投票产生。协会主要负责对小区的事务进行管理。这一点上，聚龙小镇的治理，有很多时候都是居民提出一些主张和建议，大家参与的积极性很高。他们的微信群、小镇论坛、定期的业主咨询会等等渠道很发达，而且有很多小镇治理的决策就是从业主来的，这有点像中国古代的大家族，不同的是大家族是由族长和有威望的人决策，小镇是人人都可做主人翁。

王树兴：社区是一个生活共同体。社区概念本身来源于西方，最早由社会学家命名和定义，虽然定义侧重各有不同，但强调人群内部成员之间的文化维系力和归属感，认同某些共同习俗和组织制度。世界卫生组织关于社区的定义中强调了“每个成员均经由家庭、近邻、社区而融入更大的社区”，这更能说明社区的社会功能和人们之间互助互动的关系。

西方社区管理的历史比较长久，经验成熟、模式丰富，社会组织充分发育，社区事务、居民诉求主要由各类社会组织办理和实现，政府只是进行宏观管理，某种意义上是一种高度的自治。

目前在国内，社区还是社会管理体系的最基层单位，大多数采用的是政府主导、党委领导、社会组织参与、社区居委会作为群众性自治组织的管理体系和机制。社区居委会的一般定位是政府和居民群众的桥梁纽带。其中，居委会性质是由《宪法》和《居委会组织法》规定的，其职责是办理居民的公务服务和公益事业，调解纠纷，维护治安，协助相关部门做好社会保障、公共卫生、青少年教育、养老服务等内容。近年来，社会治理和社区治理的理念逐步加深，由管理到治理，体现了社会组织、民间团体对社会公共生活的参与程度在不断提高。

据社区建设领域的朋友介绍，北京这么大的城市，近几年指导设立社区的

居住户数基本上在1000~3000户的规模。这个范围大概占全市社区总数的60%左右。而设立社区同时要选举成立居委会，作为一种主体组织，再加一支三万余人的社区工作者队伍，组织居民开展各类居民自治活动，进行自我管理和自我服务。你肯定也发现了，聚龙小镇的居民生活和公共服务公益事业这么好，但是小镇却没有居委会，也没有业主委员会。这是令我吃惊的一个地方。

据我了解，在一些大城市的社区里，物业企业、业主委员会与居民之间、与社区居委会之间矛盾重重，有的还会影响到社区居民的日常生活。所以，深入观察思考聚龙小镇的和谐美好生活，就会好奇它的组织管理模式。

其实答案就在于小镇的物业服务，它涵盖的内容非常广泛，已经形成了一套成熟的组织体系和运作机制。物业服务公司非常完美娴熟地一应承载了业主委员会、社区居委会等相关组织的作用。业主委员会、物业服务公司都是基于经济利益关系成立的组织，所谓业主即是房屋所有人，受《物权法》和《物业管理条例》保护。物业服务本来只是对小区地域内的建筑、设施、道路与公共空间进行维护修缮，内在本质是一种经济行为；而在聚龙小镇，物业服务远远超越这个范围和层次，除了为居民提供了基本的物业服务之外，更是对居民生活、精神需求、各类社会组织和志愿者队伍的培育与发展、公共习俗的建立、社区文化的养成维系等全面覆盖，这是极其少有的。

20世纪末，随着社会经济飞速发展，人们由单位人向社会人转变，单位承担的社会功能不断弱化。最近十年来，社会人向社区人转变。对于成分各异、结构复杂、需求多元的社区居民群体，由管理向服务转变，也是一个“善治”的起点。国内的社区建设与发展在不断地借鉴西方社区管理经验，与这个大背景相适应和吻合的是，聚龙小镇的社区管理模式更是对西方社区经验的深化和本土改造，是一种更高层次的活学活用，以物业服务为核心，辐射出一系列外扩的服务内容和服务组织，再加上各种小的社团、队伍、群体，就是一张服务大于管理的有效网络，每一个结点上都有生命力。

当然，没有规矩不成方圆，自由是有限的自由。仔细看一下小镇的规约，小镇实质上采用的还是自治、自管、自律，共同遵守约定俗成的规则。大到整个小镇，小到一个小小文艺队伍内部，都有自我管理的共同约定。这是小镇看不见的生命线，人人遵守，人人索取的同时人人做出贡献，也是自我管理、自我服务、自我教育、自我监督的集体结晶。

小镇不光是由建筑、湖泊、山林和一群来自五湖四海的居民组成的客观存在。小镇的社区管理，打造出了人们的乐活家园，也打造了人们的精神家园。这也就是为什么人人在小镇都能舒心地微笑，并且乐意为他人付出的原因。

聚龙小镇我的家

附录二　湖水为镜，照彻人心

——聚龙小镇聚龙湖清淤纪实

周之鹤 / 文

还记得上一次你与邻居在路上偶遇，热情地彼此打招呼是在什么时候吗？或许你要好好思考一阵才能想起，再或许，你压根儿从没跟邻居说过话。如果你问聚龙小镇居民同样的问题，他们会笑着回答你："就在此刻啊。"

还记得上一次你被非亲非故的人关心和照顾，以至于感动得落泪，是在什么时候吗？或许你会从很久远的儿时、很遥远的故乡开始回忆经年的人和事。如果你问聚龙小镇居民同样的问题，他们会笑着回答你："就在此刻啊。"

还记得你上一次义务劳动，却唯恐不能多干一些，一下班就心急火燎往回赶是在什么时候吗？或许很多人会说，还没有找到可以让我如此不计回报的事情。如果你问聚龙小镇居民同样的问题，他们会笑着回答你："就在此刻啊。"

这样的人和事真的存在吗？莫非这就是传说中的世外桃源？

（一）缘起：聚龙湖"变绿"

当记者听说有一个社区，竟然由业主自发组织起来为小区里的湖水清淤，不禁感到一丝不解和不信，忍不住到网上搜索起这个叫作"聚龙小镇"的地方。这个位于泉州惠安的社区，始建于2007年，9年内吸引了8国28省共计5400余户到此地安家落户。小区的邻里关系非常和谐，大家经常组织邻里宴等丰富多彩的社区活动，社区内还开办了6家无人值守、也没有摄像头的自助商业机构。

“聚龙湖位于小镇中心地带，连接着聚龙山、木栈道、黄塘溪等诸多自然景观，它就像小镇的心脏一样。”小镇物业公司经理陈小香对记者说。但是从2015年年底开始，聚龙湖面上的蓝藻越来越多。

“看到这种情况，我们马上联系专业机构对湖水进行了现场勘测。聚龙湖原本是一个水库，注水至今已将近10年了。早些年水库自洁功能良好，湖水很清澈。目前主要问题是湖面表层蓝藻泛滥导致水质平衡受损，唯一彻底的根治办法只有一个——放水清淤。”物业公司副总经理陈建良对记者说，“接近300亩的湖面，188万立方米的容水量，此次整治泄水总量约118万立方米，需清淤泥总量约4800立方米，重约5000吨。这几个硬数字一出来，几家参与项目竞标的公司报出了少则几百万，多则上千万的报价。当我把这个消息在小镇正能量微信群里刚一发布，业主们纷纷表示，这活儿还是咱们自己来干吧。”

你没有听错，这的确是聚龙小镇业主在第一时间说出的真心话。“在小镇，我们的家不仅仅是这100多平米的屋子，屋外的一草一木也是我们的家。平常日子里，小镇家人们还会主动去捡拾垃圾、修枝剪叶，如今聚龙湖生病了，当然应该由我们自己亲手把它治好。”63岁的业主徐毅奋深情地说道。他告诉记者，小镇没有陌生人，生活在这里的人们互以家人相称。徐老先生第二天一大早就主动来到了湖边，等待着参加劳动。

“自己能做的就自己来，实在做不了的，再由物业出面寻求外部协助，这样一来能够在经济上节省开支，大家本来交的物业费就不多嘛，二来能够增进小镇家人之间的感情交流，干活的时候唠唠家常、讲讲笑话、唱唱歌，很难得的。”48岁的业主陈红标对记者说，这次清淤工程至今他天天来，站在最累的位置上，一天没有落下。

“我的工作大多是夜班，知道这个消息的时候，小镇的家人们已经开始第二天的劳动了。我在下夜班往回赶的路上打电话给物业，问清了在哪些位置，做哪些活儿，直接就去了。”40 岁的业主孙保朕话语中透着朴实，聚龙湖清淤这段日子里，他下夜班之后的休息时间，全在清淤现场干活。

“我们没有做任何动员，没有刻意向业主提出过要求，业主们这样积极投入地参与劳动，也是动员不来的。我本人是小镇物业公司第一批入职的老员工，我和我的家人也生活在小镇，我们也是小镇第一批入住的业主。对此我的体会太深了，这不是普通意义上的业主与物业的关系，我们是一家人，共为这个家。”陈建良激动地对记者说。而且，小镇的业主们不是一家派一个代表象征性地来干活，而是全家总动员，同时或轮流，有几个上几个，包括老人和孩子。

（二）孩子们记住了湖底的样子

陈建良与妻子及两个女儿均参加了这次劳动。“6 月 5 日开始放水，6 月 9 日开始正式清理湖底淤泥。在放水那几天里，正好赶上端午节假期，我的两个女儿，老大上高二，老二今年五年级，她们都对清淤充满了好奇与热情，特别是老二，干了一天之后吵嚷着还要来。”陈建良说道。由于最初的几天湖水没有彻底放完，清淤工作就从湖心岛游泳池开始了，游泳池的底部是瓷砖，靠近岸边的部分铺着一些鹅卵石。湖水放掉之后，大家发现游泳池底部长满了绿色的青苔，就由孩子和一些老人作为主力，拿着刷子、钢丝球等工具，蹲在地上一点一点刷洗。

“那个上面很滑，坡度有些倾斜，偶尔会有人不小心滑倒。孩子们在我周

围一边干活一边照顾我提醒我，有几次差点滑倒，都被他们扶住了。”66 岁的业主许当治阿姨充满温情地对记者说，自己蹲着干了一天活之后，第二天感觉腰很酸，那些孩子们是真能干，一直坚持到把游泳池彻底洗刷干净。

放水三天后，陈建良的二女儿终于等来了可以清理湖底的日子。在见到湖底的那一瞬间，孩子感到很震撼。从没想到以前这个清澈的大湖底部，是十多厘米厚的黑色淤泥，在阳光的照耀下，闪着光亮。“看着爸爸用铲子将黑泥铲起来，倒进桶里，那个泥很黏很黏，倒很多次都倒不下来。”小姑娘眼中，有昔日清澈的湖水，更有今日难得一见的湖底，如果不是亲眼所见，在书本里恐怕难以找到这样具体而真实的感受。

那些生活在都市中的孩子们，在公园里被清理得干干净净的湖面上划船，从未想过湖底是什么样子；在小区里，见到的是美丽的人工喷泉，不喷水的时候，是生硬的水泥底。待孩子们长大成人，也难以想象这波光粼粼的湖水之底，原来是这般的柔软与细腻。

所以，陈建良的小女儿在端午假期结束要去上学的时候，对爸爸妈妈说：“你们不要把活儿都干完了，要留一些等我回来啊！”这，就是劳动带给人们的最大恩赐吧。

（三）一天 600 桶，一桶 30 斤

小镇的生态建设非常好，聚龙湖周围有着宽阔的绿化带、木栈道等，因此清淤的工程车不能停靠在湖边，至多能停在三五百米开外。从湖底起了淤泥，装桶后，就需要依靠人工传递到工程车上。清淤正式开始之后，参与劳作的小镇人就会排起长队，一桶一桶传递。

从湖底到工程车，有这样几个重点位置：湖底盘起淤泥、传递上湖岸、传递上车、倒泥入车。这四个位置中，尤以传递上湖岸为最吃力的点，这个位置上通常会放置一个汽油桶，人站在桶上，弯腰先接过从下面递上来的淤泥桶，再双手举过肩膀，将桶上传给站在岸边的人。一弯腰一高举，身体呈 180 度开合运动，若非有些功底之人，绝不敢轻易碰触。而且，眼下正是福建的雨季，阵雨说来就来，干活的人们时常会浑身湿透。写作此文时，清淤已经进行到第 9 天了，陈红标在这个位置上站了 9 天。

“我是做船运工作的，工作本身属于体力作业，虽然现在是管理层了，也离不开体力活。正好这几天放假在家，赶来帮帮忙。”刚刚结束当天劳动，还没顾上歇口气的陈红标腼腆地对记者说。

“这几天下来，您看一天能清理多少淤泥呢？”

“每天能拉 8~10 车，一车载重 2 吨，大约 20 吨吧。”

“每只装满淤泥的桶有多少斤重呢？”

“我们的桶有大小之分，平均下来一桶三十斤吧。”

“每天经您手传递的桶有多少只，您计算过吗？”

“真没有在意过，如果算算的话，600 桶是肯定有了，有时候可能会更多。”

是什么让这个 48 岁的汉子，每天毫无怨言地搬运 18 000 斤重物呢？“怎么会有怨言，这本来就是家里的事，我体力好，多干一些，我这些家人就能少干一些，我很开心。还有很多年富力强的兄弟比我做得更多，这就是我们小镇的传统。而且我的这些小镇家人一直陪伴在我们身边，前两天干活的时候总下雨，有家人送来红糖姜汤，害怕我们衣服湿透了会着凉；端午节那天，有家人送来自己包好煮好的粽子、点心，大伙儿一起说说笑笑，一起过端午。”陈红标笑

着对记者说。陈红标还是小镇爱心顺风车队的一份子，只要外出，总能搭载小镇家人一路同行。

（四）夜班之后争取不缺席

当孙保朕的手机接通的刹那，听筒里传来了洪亮的《歌唱祖国》的歌声。“歌唱我们亲爱的祖国，从此走向繁荣富强……”“你好，我刚下夜班，正在参加单位组织的红歌大赛。”孙保朕充满歉意地对记者说，今天由于单位有活动，不能及时赶回去参加清淤劳动了，他感到挺遗憾的。

孙保朕在距离小镇 27 公里外的一家中化炼油厂工作，通常情况夜班是晚 8 点至早 8 点，作为班长的他要在高温环境的生产一线上，保持高度责任心，集中注意力整整 12 小时。

“我是大连人，喜欢运动，经常参加马拉松、骑车等比赛。我今年 40 岁，来南方 5 年了，我是 2015 年 10 月入住小镇的。我喜欢小镇这个大家庭，人与人很亲切，没有高低贵贱之分，无论你是做什么工作的，在这里大家都平等相待，人心向善，这种和谐平等的氛围，真正的亲人之间都不一定能做到。”孙保朕真诚地对记者说。

在清淤的劳动中，孙保朕只要能参加，从未缺席过。来了就寻找最辛苦的岗位，哪里有累活重活就到哪里。“孙大哥很厉害，别人最多一次提两桶，他常常同时提四桶！每次他一来，节奏就会明显快两倍。”参与劳动的营销公司员工阮银萍对记者说。

“就是干活，没有什么可值得说的。那么多老人、妇女和孩子都来了，大家都很卖力，自己的家园嘛。”孙保朕不在意地说道。

（五）夫妻双双把泥搬

何瑞贤、赵志英夫妇，30 岁出头，入住小镇 3 年了。从清淤第一天开始，小两口就约好了轮流上阵干活，你方唱罢我登场。“我在小镇开了一个经营进口商品的店，我和妻子商量好，轮流清淤，轮流看店。我去的话能多做一些重体力活，她去主要是参与传递。”何瑞贤对记者说，在参与劳动的过程中，他很感动。

“第一天，小镇老兵团的老兵们就一起来了，他们都是居住在小镇上的退伍老兵，来自全国各地。由于有着共同的军营记忆，所以也是小镇最整齐的一个团队，到哪里都几乎是统一行动。在他们的感召之下，我的岳父，今年 70 岁了，他本来住在小镇外，却也一定要来拎桶。老人们边干活，边高声齐唱《团结就是力量》，人们都感到很振奋。后来，我的好朋友——小镇外国语学校的熊老师，也在假期和课余时间主动来帮忙，大家都被这种氛围感染着。”何瑞贤感慨地说，“看大家都在劳动，你不参与，会有种过意不去的感觉。”

“我祖籍海南，出差路过小镇，被这里的文化气息深深吸引，决定将家安在此地。我在这里会找到小时候在农村生活时的感觉，不是指生活方式，而是那种邻里和睦、人情味很浓的乡村文化氛围。我觉得小镇能给我带来很强的安全感，我走过了很多沿海省市，大连、威海、烟台、上海、浙江，最终我在小镇放下了所有的防备，找到了属于自己的归宿感。”

除了这对小夫妻之外，还有一对老夫妻，给人们留下了很深的印象。陈振兴、张琼玲夫妇，由于还没有到退休年龄，因此平日里住在 30 公里之外的泉州市区，周末和节假日回到小镇来。当得知聚龙湖开始清淤的消息后，夫妇俩趁端午假期专程回到小镇来干活。

VER SAGE

“我的祖籍是惠安，出生在泉州，17岁那年上山下乡来过惠安，之后在泉州一直工作了40年。后来有机缘遇到小镇，2009年买了房子，住在这里至少也有5年了。既然选择了这个地方，就应该守护好这个人间桃花源，为这个大家庭做些该做和能做的事。”陈振兴先生在赶往小镇的路上，接到记者的电话，如此说道。

“今天是第9天了，明天第10天，正好周末，我们都能参加。久违了的劳动，全身心的投入，这场景令自己感动，也感到震撼。我真盼着能早点退休，那样就可以整天待在小镇这个温馨、快乐、健康的地方，真感觉归心似箭啊！”陈振兴先生的儿子目前在美国普林斯顿大学念博士后，儿媳是芝加哥大学的博士后，小两口也总盼着能回国在小镇与父母团聚。

“自2003年儿子考上中国科技大学那年开始，我就开始持续关注高考志愿填报的相关信息与技巧，入住小镇之后，开始义务为小镇家人提供这方面的咨询服务，帮助了不少学生选择了合适的大学。今年高考刚刚结束，这不，我还会做好这个高考志愿填报义务辅导员。”陈振兴先生风趣地说道。小镇里有着如此众多的利他者，每一个人心里装着的，都是别人。

（六）家事不是钱的事

孙建华，今年30岁，在小镇物业公司工作已经是第4个年头了，目前在安保部任职消防专员。“作为物业公司的员工，我们在忙完本职工作后，都会主动去清淤现场工作。刚开始那几天正赶上端午节假期，我和同事们都是全天参与的，假期结束后，我们会在上午集中处理好本职工作，下午参与清淤。”孙建华对记者说，每天参与清淤的员工总数将近200人。

当记者问到公司是否给大家发放相应的劳务费时，孙建华笑了，连声说："没有的，没有的，公司并没有硬性规定大家必须去参加劳动，大家都是主动去的，因为这里也是我们每一个员工的家。"

孙建华向记者介绍说，他刚入公司时从安保岗位开始做起，随着自身的不断进步，公司会进行岗位调整，如果你认真负责、热情、乐于奉献，那就会被安排到重要的岗位。

公司在每周一、周三会组织员工参与公益活动，活动会安排在下班后，大家分成几路在小镇的不同位置看看绿化带中有没有需要清理的垃圾，有没有需要维修的设施等。每个人可以根据自己的时间随时参与，如果有事也可以不参加。"一旦形成了习惯，没有人要求你也会认真去完成。从入职到现在，几乎每次公益活动我都参加，现在只要见到地面上的垃圾就会随手捡起来，只要闻到哪里的气味不对头，就一定要找到原因，看看是不是下水道堵塞了，还是隐藏在植物下面的垃圾没有被彻底清理。小镇上所有的事，无论大小，都是我们自己的家事，会当作家事来对待，这和发不发钱没有关系。"孙建华坦言，自己18岁就从江西老家出门打工，在广州、深圳等大城市都待过，但是在那些地方没有一个真正意义上的朋友。

"真的朋友，一定会在你有困难的时候帮助你。但在那些打工日子里遇到的人，顶多属于认识，在一起工作挺长时间的，甚至相互都不知道名字。后来一个偶然的机会我来到小镇，刚来时也没有抱太大的希望，打算试试。"孙建华回忆道，"到小镇之后，我发现这里的人很友善，无论业主还是同事，都很平等、很真诚。刚开始的时候，我也对公司加班却没有报酬而感到不适应，但是当我的心被小镇家人温暖了之后，我发现，钱真的不是最重要的。"

孙建华对记者说，他和妻子刚来的时候，无亲无故，人生地不熟，妻子恰巧还怀孕了。正在发愁的时候，业主朱阿姨知道了这个消息，就每天不间断地送来营养品，还帮忙联系妇产医院、医生。在朱阿姨的陪伴下，妻子平安度过了孕期和产期。素昧平生的朱阿姨让小两口深深感动，原来人与人之间，还可以如此无私地彼此关爱、彼此尊重。从那之后，孙建华在小镇找到了归宿感，把这里当作了家。“我觉得自己被净化了，灵魂被净化了。我现在最大的愿望就是能把父母亲都接过来，把老家的房子卖掉，在这里买房子安家！”

与孙建华有着同样想法的，还有营销中心的行政专员阮银萍。小阮今年28岁，到小镇工作以来，每月4天的休息日，她最多只休息2天；每一次的公益活动都积极参加，业余生活都被小镇工作填满了。“我觉得这样很充实，比如这次清淤，我刚开始去游泳池那里帮忙，石头上的青苔很难清理，大家都把鞋子脱掉，也不能戴手套等任何保护措施，就徒手清理；后来大家一起传送污泥桶，快的时候不到10秒就要接到一桶，两只手不停歇，单纯的劳动很快乐！那种感觉很像小时候在乡下做农活，心里有种说不出的喜悦和充实，这比让我在家躺着休息要愉快无数倍。在这份工作中能找到一种使命感，体会到自己的价值，这些不是金钱和假期能替代的。”内向的小阮轻声地对记者说，“我希望通过自己和爱人的努力，能够在小镇买套房子，安居乐业。这一定可以实现。”

（七）中国传统“家文化”的凝聚力

小镇诞生至今，第一次遇到如此大规模的业主“自助”工程，参与人数最多，工期最长，天气也多变。小镇人伸出双手，运出顽固的淤泥，一点一滴帮助聚龙湖清洁躯体，在这个劳动的过程，湖底的泥巴带走了每一个劳动者的汗水，却还给劳动者一颗宁静、干净、安稳的心灵。

这次聚龙湖清淤工程，仅仅是小镇人大家庭生活的一个缩影。大家不计得失、争先恐后地参与，自己能多干绝不留给别人的利他精神，让局外人看着无比感动，而小镇人自己却觉得很平常。这背后，到底蕴藏了什么样的原因？为此，记者电话采访了一直在跟踪调研聚龙小镇的北京师范大学的车凤老师。

记者：自 2013 年开始，您就开始关注、研究小镇这一社区文化研究的重要个案。您认为，为什么在这样一个位置可以用偏僻来形容的小镇上，会再现陶渊明笔下桃花源般的理想国的情形？

车凤：这个说来话长了。简单地讲，这里面有创建者对于小镇的定位、设计和规划，更有一批批新老业主共同的价值凝聚和身体力行。小镇的居民，如果说有共同点，那么应该说他们普遍具有一种理想主义的情怀吧。如今，大家都抱怨今天的社会，人与人之间功利市侩，但是很少有人愿意从自身做起去一点点改变。当然，改变世道人心的确不是件容易的事：一方面要有一种崇高的理想和使命；另一方面，也需要实力和能量，包括资金的实力，一个群体的价值默契，乃至于百折不挠的信念和勇气。聚龙小镇能有今天，不是一朝一夕之功，也不是一两个人的力量所及，确实是一步一步做出来的。

记者：为什么小镇居民之间，身份贵贱模糊了，职业年龄模糊了，只有平等、尊重与关爱越来越清晰？

车凤：你真的很敏锐，准确地捕捉到了这一点。通常情况下，人与人的交往都是一种社交的需要，从一个人童年开始，社会属性被培养和开发出来，他

的人际交往就慢慢有了一些功利的目的和需要。很多人选择朋友，都是在看对自己有没有用，能否在一些事情上帮到自己。只有少数的交往，我们是会因为一个人的人格魅力、品行而亲近他，并长久延续这种关系。在聚龙小镇，首先这些居民之间、邻里之间的交往是很单纯的，大家在一起登山、钓鱼、跳广场舞，乃至于一起做义工，一起捡拾垃圾，但是不在一起做生意，不考虑在这个家园中发展自己的事业。因此说，小镇目前是“安居”的地方，不是“乐业”的地方。人与人的关系单纯了，自然属性就比社会属性展现得更多了，因此，志趣相投就比身份、职业那些因素更加重要了。至于互相的帮助和关爱，还是因为他们长期以来培养的感情决定的吧。很多业主都有过这样的经历：一开门发现自家门上挂着一袋蔬菜，通常都不知道是谁送的。他们对人的好是不求回报的，利他的行为是发自内心的。

记者：您认为，小镇人感到的强烈归宿感，具体指的是什么？会对内心产生怎样的影响？

车凤：归宿感也好，归属感也罢，一定是内心价值观的认同才会产生的。他们的归属感，不仅体现在要常常地生活在这里（很多业主并非泉州本地人，所以有些人会是在故乡和小镇两边跑），更体现在对于小镇一草一木的关爱呵护，对小镇每一位邻居的友善亲近，对外面来的游客的滔滔不绝地介绍和讲解。一个外人到小镇后，也许只是为了参观或者来参加什么活动，但是他会不断听到小镇的居民跟他讲：“小镇的确是太好的地方，环境好，人也好，你也到这里买房吧，咱们做邻居。”还有就是，你看很多人特别喜欢穿印有小镇标识的 T 恤衫，去外面办事也会戴着印有小镇 LOGO 的帽子，这不就是一种自豪感和荣誉感的体现吗？他希望别人注意到、了解到他的社区、他的家园。这种归属感，其实是一种很正能量的情绪，他会对自己要求更严格，会更自律，我觉得这种力量比法律、他律都高级得多。

记者：小镇模式能否复制？复制的关键又是什么？

车凤：这个问题很多人在问，因为小镇太好了，每年都有非常多的房地产企业老总、高管来参观学习，大概每年几千人的样子。小镇的模式，其实是它背后的文化决定的，不是简单的管理模式和条条框框。我觉得在其他的地方，要想整体复制这样一个小镇，是不可能的，因为它的建立和存在不是一个房地产项目的概念，开发公司的董事长和总经理都在其中居住，他们本身就是业主，这一点其他的开发商就做不到。再者，小镇的创建者给它的定位是“家园”，不是赚钱的项目，所以很多时候是不计成本地在做事，这也是不可复制的。通常的企业，尤其是上市公司，他们的诉求就是首先保障经济的回报，这也是很正常的。但是话说回来，很多企业来小镇参观后，还是可以学习到很多具体操作方法的，比如绿城集团就学习了“业主文明公约”这样的细节，在卖房子的时候会和客户签订这样一份文件，也取得了不错的效果。

记者：您如何评价小镇此次聚龙湖清淤工程？您认为是什么支撑了业主和员工如此无私参与的行为？

车凤：聚龙湖清淤这件事，对小镇以外的每个人来说都是不可思议的，因为在中国任何一个其他社区都不太可能发生。我们常常在媒体上看到一些物业公司和业主发生各种争端的新闻，有的因为业主物业费的拖欠，有的因为物业公司不能履行应有的责任，所以，对簿公堂者有之，大打出手、头破血流者也有之。那么，究竟是什么样的原因，会让聚龙小镇的业主能够自发地、无偿地、全情投入地去干挖淤泥、搬运工这样繁重的体力劳动呢？要知道，这些顶着烈日辛勤劳动的业主，有的是成功的企业家，有的是事业单位的领导干部，有的是年逾古稀的老人，还有的是周末回家和父母团聚的学生……归根结底，是这些人把聚龙小镇真正当成了自己的家。

家文化是小镇成功凝聚业主情感最重要的因素。在这个社区里，邻里之间、业主和物业工作人员之间，大家都是以家人相称，三天两头搞邻里宴，让大家彼此熟悉，内心没有隔膜。自2007年小镇建设之初，“这里没有陌生，我们亲如一家”的宣传语就深深打动了每一位业主的心，也成为很多人选择小镇的一个重要理由。近些年来，随着中国城镇化进程的推进，人与人之间的隔绝和原子化倾向愈发严重，农耕文明社会的家族、宗族、村落化的生活方式已经越来越少见。社会的信任度不断下降，人的孤独感与日俱增。

在聚龙小镇，大家居住在文明舒适的现代化社区环境中，但是却在努力找回昔日的熟人社会的温情。正是因为多年来邻里文化和家文化的积淀，才会让业主产生“小镇是我的家，聚龙湖是我们每一位业主的”这样的认同感，也才会出现男女老少齐上阵，不为家园付出就会感到遗憾和愧疚的心理。

小镇建立9年以来，其实出现了太多利他和奉献的美好事情，这次的湖水清淤只是其中之一。中国古人讲“化民成俗”，“德不孤，必有邻”，我想，这个地方已经真正做到了建立自身的精神价值标准和体系。这对于整个中国社会都具有一种示范意义。

附录三　聚龙诗选

小镇印象

汪剑钊

小镇是安谧的，静到
可以听到栀子花馥郁的呼吸。
美人蕉旁若无人地开放，
哪怕是黑夜，哪怕有阔叶的阻拦，
也遮不住花瓣的骄傲；
晌午的阵雨，像一群玩累的野孩子，
早已找到自己的栖息地；
蜿蜒的廊桥氤氲着八月的暑热，
湖心亭，依稀有音乐飘旋，
还有老枞茶汤挥发着醇厚的甘冽；
路边，刺桐树伸展道德的枝杈，
与绣眼鸟一起等待伦理学盛开的花季；
夜行者不慎被余柑果的清香绊倒，
在聚龙湖畔收获红豆的秘密……

天边，淡淡的云，黑似乎也很淡，
极目处，尚有隐约闪烁的幽光；
月亮独自在空中漂浮，
犹如被繁星遗弃的一名孤儿。
茂密的樟树下，红蜻蜓踮起脚步
清点着小径的鹅卵石……
“晚上好！”“您好！”
迎面问候的行人素不相识，
但发自内心的两个声音，
让漆黑的夜顷刻浸染人性的暖意；
月光照旧不语，只是携起夏季风的纤手，
轻轻拨弄沉默的湖水……

汪剑钊，诗人、翻译家、评论家。北京外国语大学外国文学研究所教授，北京大学中国诗歌研究院研究员。

桃源梦

梁晓明

是一个梦，告诉我们人生
原来可以休息，可以酣睡，闲逛
可以无所事事地随着清香
走到一朵花的心里。

我从浙江来，浑身带着西湖的消息
但此刻，在聚龙
在这个梦境的小路上左右张望
我忘了我从哪里来
我只想住在这里
坐在这里
甚至我愿意
彻底安心地躺在这里。

梁晓明，中国先锋诗歌代表诗人，《诗江南》副主编。

聚龙小镇

田原

理想如同古老的传说
在一座经年的荒丘上
展示着它的可能性
抽象的龙，因此
变成了此地
具象的命名

崛起的楼群
是拥抱太阳的手臂
云朵匆匆
在窗玻璃里留下足迹
风公平地吹拂每一张脸
椰子树在骤雨中
挺拔着意志

聚龙湖蓄满了阳光和星光

荡漾的小舟
仿佛在追逐飞翔的蜻蜓
湖面的浮桥上，一颗颗小星星
被钓上水面，然后
再被放生

山洞里储藏的百吨好酒
继续发酵
它在酝酿最浓郁的醇香
等待客人一饮而尽
沉入杯底的老枞茶叶
还原自己的原形

山涧小溪为酷暑带来沁凉
林间鸟鸣是另一种音乐
在远客的心中回响
白石子铺成的广场
与天空对望
背阴小路上的蛇窜入草丛
惊飞草叶上的小虫

空中慢慢盘旋的鹰

然居
—7#
陶
8#

欢聚仲夏夜
19:30 地点：

聚龍小鎮
乐享邻里情 共庆小镇节

最美紫龙人！

用它的锐眼为小镇取景
森林公园里的野蜂在树洞酿蜜
湖心岛的歌声泛起涟漪
漫过湖畔的荷叶
山麓下的黑山羊一声不吭
只顾啃草

与大海为邻的小镇
也以德为邻
眺望沉船的去向
偶尔也梦见冰山上的雪莲
但它从不放松警惕台风的暗算
年轻的聚龙小镇
像大地印制出的一张新名片
名字：人间桃源
地址：福建泉州

田原，中国当代著名诗人、诗歌翻译家，任教于日本国立东北大学。

图书在版编目（CIP）数据

这就是我想过的生活 / 车凤，王树兴著.
-- 北京：中国致公出版社，2016

ISBN 978-7-5145-0984-7

Ⅰ. ①这… Ⅱ. ①车… ②王… Ⅲ. ①纪实文学—作品集—中国—当代②散文集—中国—当代 Ⅳ. ①I217.1

中国版本图书馆CIP数据核字(2016)第211363号

这就是我想过的生活

车凤　王树兴　著

责任编辑：董拯民　张洪雪

责任印制：岳　珍

出版发行：中国致公出版社 China Zhigong Press

地　　址：北京市朝阳区八里庄西里100号住邦2000商务中心1号楼东区15层

邮　　编：100025

电　　话：010-85869872（发行部）

经　　销：全国新华书店

印　　刷：小森印刷（北京）有限公司

开　　本：710mm×1000mm　1/16

印　　张：20.5

字　　数：300千字

版　　次：2016年10月第1版　　2016年10月第1次印刷

定　　价：48.00元